福克纳文集

献给艾米丽的
一朵玫瑰花

［美］威廉·福克纳 / 著

李文俊 / 译

人民文学出版社
PEOPLE'S LITERATURE PUBLISHING HOUSE

William Faulkner

A ROSE FOR EMILY

图书在版编目(CIP)数据

献给艾米丽的一朵玫瑰花/(美)威廉·福克纳著;李文俊等译. —北京:
人民文学出版社,2020
(福克纳文集)
ISBN 978-7-02-015964-2

Ⅰ.①献… Ⅱ.①威…②李… Ⅲ.①短篇小说—小说集—美国—现代
Ⅳ.①I712.45

中国版本图书馆 CIP 数据核字(2020)第 032290 号

责任编辑　马爱农
装帧设计　黄云香
责任校对　李义洲
责任印制　廖　冉

出版发行　人民文学出版社
社　　址　北京市朝内大街 166 号
邮政编码　100705

印　　刷　三河市鑫金马印装有限公司
经　　销　全国新华书店等

字　　数　224 千字
开　　本　880 毫米×1230 毫米　1/32
印　　张　9.625　插页3
印　　数　1—8000
版　　次　2021 年 5 月北京第 1 版
印　　次　2021 年 5 月第 1 次印刷

书　　号　978-7-02-015964-2
定　　价　45.00 元

如有印装质量问题,请与本社图书销售中心调换。电话:010-65233595

目　录

前　　言

　　威廉·福克纳(1897—1962)是美国 20 世纪最重要的作家之一,于 1950 年获得 1949 年度的诺贝尔文学奖。他的生平与著作情况,大家比较熟悉,我过去也多次写过介绍文章。其中较新与长短适中的大约要算人民文学出版社 2010 年出版的拙著《威廉·福克纳》书前专文《美国的潘神》,有兴趣者可以翻翻,这里就不再重复了。福克纳以长篇小说著称,但一生中也写有不少中短篇小说,其中的一些更是堪称佳品,值得认真阅读,细细把玩。他自己也曾说过:"写长篇小说时可以马虎,但在写短篇小说时就不可以……它要求几乎绝对的精确,……几乎每一个字都必须完全正确恰当。"(见《福克纳在大学》,弗吉尼亚大学出版社,1977 年,207 页)美国批评家阿瑟·伏斯在其专著《美国短篇小说》(俄克拉何马大学出版社,1973 年)中强调说:"有一点是肯定的,福克纳创作过许多优秀的短篇小说。如同他出色的长篇作品一样,这些短篇小说以虚构世界的广度和深度、感人至深的主题、深刻的道德寓意以及小说文体与叙述手法的多样性和艺术性给读者留下深刻的印象。看来,我们不妨说美国短篇小说作家中,除了亨利·詹姆斯以外,至今还没有人像福克纳那样在这一形式的创作方面取得如此巨大的成就。"美国著名批评家哈罗德·布鲁姆在其重要著作《西方正典》的"附录:经典书目"中,被他列入的福克纳作品竟多达八本,其中之一即是《短篇小说集》。

福克纳最初是喜欢写诗的。但是他只能在青年时期将彩纸制作精致带自绘插图的手抄诗稿本用于追求邻家女孩子,或是在地方小刊物上发表不付或略致象征性薄酬的小诗过过诗人瘾。只有在福克纳的朋友斯东律师为他代交了四百美元(当时也不是个小数目)的"出版补贴"之后,才能使一家小出版社答应出版他的《大理石牧神》。因此,他总称自己是"一个失败的诗人"。此时,福克纳已是大龄青年,不好意思再赖在父母家里白吃白住。况且紧接着他又娶了结过一次婚带来两个孩子的前女友为妻,有了较重的家庭负担,木工、修理工,但凡能找到什么活儿他都愿意干。有一个时期甚至还当了他读过一年的密西西比大学的暖气锅炉工。(后来上好莱坞去写电影剧本也还是为了养家糊口。)此时他想想还是写小说更切实际,何况他打小就有讲故事的特殊本领,能让小朋友听得云山雾罩,分不清到底是在说真事还是在胡诌。他还逐渐"发现",稿子若蒙《星期六晚邮报》《柯里尔》《体育画报》《小姐》等全国性商业性刊物录用,一个短篇的稿费会比从小出版社出一整部长篇所得的还要多,所以他经常把从此处退回的稿件投到别处去。他自嘲地戏称这是在文学"卖淫"。其实那是"以丰补歉",好让自己有一定的物质基础从事更能发挥才能的艺术创作。人们在整理他的遗物时发现有一张硬板纸,上面写有四十多个短篇小说的标题,有的因已发表而划去,有的一投不中又用箭头划向另一家刊物的名称。这也真能算是用心良苦了。他还"发明"了一种自认为很高明的做法:有时,在有了一个文学构思或灵感后,他会先写成短篇投给刊物发表,然后再加以改写与发挥,使之成为长篇小说的组成部分。也有时候是倒过来,先写成长篇里的一章,加以压缩,作为短篇投出去。但不管是长篇还是短篇,两者都同样精彩,可称各有特色,像《花斑马》(1931)、《沃许》(1934)、《熊》(1942)等等,便是这样的例子。起先的短篇后来都在《村子》(1940)、《押沙龙,押沙龙!》(1936)与《去吧,摩西》(1942)中得到淋漓尽致的发挥。总的来说,短篇小说代表了福克纳作品中民间色彩更浓的一面,因此也比较好懂。美国有位评论家说,要了解福克纳,不妨先读马尔科姆·考利编的《便携本福克纳文集》与《威廉·福克纳短篇小说集》。一直要到得到诺贝尔奖后,他才底气硬了些,大致能按自己的意思办事了。福克纳一生大约共写了一百多篇短篇小说。最早的一本集子是《这十三篇》(1931),《马丁诺医生及其它》出版于1934年。1950年,福克纳的《短篇小说集》出版,其中有十七篇过去未曾收入集子。这时,他"创造自己的一个天地"的意识更加自觉了,于是便把它们分成了这样几个大板块,如"乡野""村庄""蛮荒""荒原""中土""远方",显示他的短篇与长篇一样,是他的约克纳帕塔法县这个"天地"里的一个"独立、完整、自成体系、不可或缺的经典组成部分"。

关于福克纳的短篇小说,还有一点必须说明。那便是所谓"系列小说"的问题。他把《没有被征服的》(1938)、《去吧,摩西》(1942)与《让马》(1949)都称为长篇小说。其实三本书中的各章虽然大抵都有相同的背景,人物也是大致相同与有血缘关系,但故事并不紧紧相扣与相互有关,分开来读即是一个个中短篇。即以本选集中的《熊》来说,前后一共有三种版本。最短的那篇发表于《星期六晚邮报》(1942年5月9日),即周珏良先生所译的本子。最长的见之于《去吧,摩西》,居中的则收入1955年出版的《大森林》。本藏本所收的是最长的一种。读者可以看到,内中有一大段两兄弟在账本上轮流所加的批语,这些都是对当时南方的庄园制度与黑人受压迫景况所作的深刻反思与质问。后来两兄弟便搬出庄园大宅，让黑人居住。自己去住小屋。后代更是放弃了祖产，自己像耶稣那样，去当一名木匠。

对于一位大作家应该有各种各样的读法，这样的"环状立体式逼视"能使我们对一位作家思想的复杂性与艺术思维的多样性可以有更为深刻的理解。倘若通过这本集子能引起读者们对福克纳作品的兴趣与进一步阅读的欲望，那么，对于一个多年从事福克纳译介工作的老人来说，这便是莫大的安慰了。

李文俊

2013 年初春写于北京左安门东架松

献给艾米丽的一朵玫瑰花

一

艾米丽·格里尔生小姐过世了,全镇的人都去送丧:男子们是出于敬慕之情,因为一个纪念碑倒下了。妇女们呢,则大多数出于好奇心,想看看她屋子的内部。除了一个花匠兼厨师的老仆人之外,至少已有十年光景谁也没进去看看这幢房子了。

那是一幢过去漆成白色的四方形大木屋,坐落在当年一条最考究的街道上,还装点着有十九世纪七十年代风格的圆形屋顶、尖塔和涡形花纹的阳台,带有浓厚的轻盈气息。可是汽车间和轧棉机之类的东西侵犯了这一带庄严的名字,把它们涂抹得一干二净。只有艾米丽小姐的屋子岿然独存,四周簇拥着棉花车和汽油泵。房子虽已破败,却还是桀骜不驯,装模作样,真是丑中之丑。现在艾米丽小姐已经加入了那些名字庄严的代表人物的行列,他们沉睡在雪松环绕的墓园之中,那里尽是一排排在南北战争时期杰弗生战役中阵亡的南方和北方的无名军人墓。

艾米丽小姐在世时,始终是一个传统的化身,是义务的象征,也是人们关注的对象。打一八九四年某日镇长沙多里斯上校——也就是他下了一道黑人妇女不系围裙不得上街的命令——豁免了

1

她一切应纳的税款起,期限从她父亲去世之日开始,一直到她去世为止,这是全镇沿袭下来对她的一种义务。这也并非说艾米丽甘愿接受施舍,原来是沙多里斯上校编造了一大套无中生有的话,说是艾米丽的父亲曾经贷款给镇政府,因此,镇政府作为一种交易,宁愿以这种方式偿还。这一套话,只有沙多里斯一代的人以及像沙多里斯一样头脑的人才能编得出来,也只有妇道人家才会相信。

等到思想更为开明的第二代人当了镇长和参议员时,这项安排引起了一些小小的不满。那年元旦,他们便给她寄去了一张纳税通知单。二月份到了,还是杳无音信。他们发去一封公函,要她便中到司法长官办公处去一趟。一周之后,镇长亲自写信给艾米丽,表示愿意登门访问,或派车迎接她,而所得回信却是一张便条,写在古色古香的信笺上,书法流利,字迹细小,但墨水已不鲜艳,信的大意是说她已根本不外出。纳税通知附还,没有表示意见。

参议员们开了个特别会议,派出一个代表团对她进行了访问。他们敲敲门,自从八年或者十年前她停止开授瓷器彩绘课以来,谁也没有从这大门出入过。那个上了年纪的黑人男仆把他们接待进阴暗的门厅,从那里再由楼梯上去,光线就更暗了。一股尘封的气味扑鼻而来,空气阴湿而又沉闷,这屋子长久没有人住了。黑人领他们到客厅里,里面摆设的笨重家具全都包着皮套子。黑人打开了一扇百叶窗,这时,便更可看出皮套子已经坼裂;等他们坐了下来,大腿两边就有一阵灰尘冉冉上升,尘粒在那一缕阳光中缓缓旋转。壁炉前已经失去金色光泽的画架上面放着艾米丽父亲的炭笔画像。

她一进屋,他们全都站了起来。一个小模小样、腰圆体胖的女人,穿了一身黑服,一条细细的金表链拖到腰部,落到腰带里去了,一根乌木拐杖支撑着她的身体,拐杖头的镶金已经失去光泽。她的身架矮小,也许正因为这个缘故,在别的女人身上显得是丰满的东西,而她却给人以肥大的感觉。她看上去像长久泡在死水中的一具死尸,肿胀发白。当客人说明来意时,她那双凹陷在一脸隆起的肥肉之中,活像揉在一团生面中的两个小煤球似的眼睛不住地移动着,时而瞧瞧这张面孔,时而打量那张面孔。

她没有请他们坐下来。她只是站在门口,静静地听着,直到发言的代表结结巴巴地说完,他们这时才听到那块隐在金链子那一端的挂表滴答作响。

她的声调冷酷无情。"我在杰弗生无税可纳。沙多里斯上校早就向我交代过了。或许你们有谁可以去查一查镇政府档案,就可以把事情弄清楚。"

"我们已经查过档案,艾米丽小姐,我们就是政府当局。难道你没有收到过司法长官亲手签署的通知吗?"

"不错,我收到过一份通知,"艾米丽小姐说道,"也许他自封为司法长官……可是我在杰弗生无税可缴。"

"可是纳税册上并没有如此说明,你明白吧。我们应根据……"

"你们去找沙多里斯上校。我在杰弗生无税可缴。"

"可是,艾米丽小姐——"

"你们去找沙多里斯上校。"(沙多里斯上校死了将近十年了。)"我在杰弗生无税可纳。托比!"黑人应声而来。"把这些先生们请出去。"

二

她就这样把他们"连人带马"地打败了,正如三十年前为了那

3

股气味的事战胜了他们的父辈一样。那是她父亲死后两年，也就是在她的心上人——我们都相信一定会和她结婚的那个人——抛弃她不久的时候。父亲死后，她很少外出；心上人离去之后，人们简直就看不到她了。有少数几位妇女竟冒冒失失地去访问过她，但都吃了闭门羹。她居处周围唯一的生命迹象就是那个黑人男子拎着一个篮子出出进进，当年他还是个青年。

"好像只要是一个男子，随便什么样的男子，都可以把厨房收拾得井井有条似的。"妇女们都这样说。因此，那种气味越来越厉害时，她们也不感到惊异。那是芸芸众生的世界与高贵有势的格里尔生家之间的另一联系。

邻家一位妇女向年已八十的法官斯蒂芬斯镇长抱怨。

"可是太太，你叫我对这件事又有什么办法呢?"他说。

"哼，通知她把气味弄掉，"那位妇女说，"法律不是有明文规定吗?"

"我认为这倒不必要，"法官斯蒂芬斯说，"可能是她用的那个黑鬼在院子里打死了一条蛇或一只老鼠。我去跟他说说这件事。"

第二天，他又接到两起申诉，一起来自一个男的，用温和的语气提出意见。"法官，我们对这件事实在不能不过问了。我是最不愿意打扰艾米丽小姐的人，可是我们总得想个办法。"那天晚上全体参议员——三位老人和一位年纪较轻的新一代成员在一起开了个会。

"这件事很简单，"年轻人说，"通知她把屋子打扫干净，限期搞好，不然的话……"

"先生，这怎么行?"法官斯蒂芬斯说，"你能当着一位贵妇人的面说她那里有难闻的气味吗?"

于是,第二天午夜之后,有四个人穿过了艾米丽小姐家的草坪,像夜盗一样绕着屋子潜行,沿着墙脚一带以及在地窖通风处拼命闻嗅,而其中一个人则用手从挎在肩上的袋子中掏出什么东西,不断做着播种的动作。他们打开了地窖门,在那里和所有的外屋里都撒上了石灰。等到他们回头又穿过草坪时,原来暗黑的一扇窗户亮起了灯:艾米丽小姐坐在那里,灯在她身后,她那挺直的身躯一动不动像是一尊偶像。他们蹑手蹑脚地走过草坪,进入街道两旁洋槐树树阴之中。一两个星期之后,气味就闻不到了。

而这时人们才开始真正为她感到难过。镇上的人想起艾米丽小姐的姑奶奶韦亚特老太太终于变成了十足疯子的事,都相信格里尔生一家人自视过高,不了解自己所处的地位。艾米丽小姐和像她一类的女子对什么年轻男子都看不上眼。长久以来,我们把这家人一直看做一幅画中的人物:身段苗条、穿着白衣的艾米丽小姐立在身后,她父亲叉开双脚的侧影在前面,背对艾米丽,手执一根马鞭,一扇向后开的前门恰好嵌住了他们俩的身影。因此当她年近三十、尚未婚配时,我们实在没有喜幸的心理,只是觉得先前的看法得到了证实。即令她家有着疯癫的血液吧,如果真有一切机会摆在她面前,她也不至于断然放过。

父亲死后,传说留给她的全部财产就是那座房子;人们倒也有点感到高兴。到头来,他们可以对艾米丽表示怜悯之情了。单身独处,贫苦无告,她变得懂人情了。如今她也体会到多一便士就激动喜悦、少一便士便痛苦失望的那种人皆有之的心情了。

她父亲死后的第二天,所有的妇女们都准备到她家拜望,表示哀悼和愿意接济的心意,这是我们的习俗。艾米丽小姐在家门口接待她们,衣着和平日一样,脸上没有一丝哀愁。她告诉她们,她的父亲并未死。一连三天她都是这样,不论是教会牧师访问她也好,还是医生想劝她让他们把尸体处理掉也好。正当他们要诉诸法律和武力时,她垮下来了,于是他们很快地埋葬了她的父亲。

当时我们还没有说她发疯。我们相信她这样做是控制不了自己。我们还记得她父亲赶走了所有的青年男子,我们也知道她现在已经一无所有,只好像人们常常所做的一样,死死拖住抢走了她一切的那个人。

三

她病了好长一个时期。再见到她时,她的头发已经剪短,看上去像个姑娘,和教堂里彩色玻璃窗上的天使像不无相似之处——有几分悲怆肃穆。

行政当局已订好合同,要铺设人行道,就在她父亲去世的那年夏天开始动工。建筑公司带着一批黑人、骡子和机器来了,工头是个北方佬,名叫荷默·伯隆,个子高大,皮肤黝黑,精明强干,声音洪亮,双眼比脸色浅淡。一群群孩子跟在他身后听他用不堪入耳的话责骂黑人,而黑人则随着铁镐的上下起落有节奏地哼着劳动号子。没有多少时候,全镇的人他都认识了。随便什么时候人们要是在广场上的什么地方听见呵呵大笑的声音,荷默·伯隆肯定是在人群的中心。过了不久,逢到礼拜天的下午我们就看到他和艾米丽小姐一齐驾着轻便马车出游了。那辆黄轮车配上从马房中挑出的栗色辕马,十分相称。

起初我们都高兴地看到艾米丽小姐多少有了一点寄托,因为妇女们都说:"格里尔生家的人绝对不会真的看中一个北方佬,一个拿日工资的人。"不过也有别人,一些年纪大的人说就是悲伤也不会叫一个真正高贵的妇女忘记"贵人举止",尽管口头上不把它叫做"贵人举止"。他们只是说:"可怜的艾米丽,她的亲属应该来到她的身边。"她有亲属在亚拉巴马;但多年以前,她的父亲为了疯婆子韦亚特老太太的产权问题跟他们闹翻了,以后两家就没有来往。他们连丧礼也没派人参加。

老人们一说到"可怜的艾米丽",就交头接耳开了。他们彼此说:"你当真认为是那么回事吗?""当然是啰。还能是别的什么事?……"而这句话他们是用手捂住嘴轻轻地说的;轻快的马蹄嘚嘚驶去的时候,关上了遮挡星期日午后骄阳的百叶窗,还可听出绸缎的窸窣声:"可怜的艾米丽。"

她把头抬得高高——甚至当我们深信她已经堕落了的时候也是如此,仿佛她比历来都更要求人们承认她作为格里尔生家族末代人物的尊严,仿佛她的尊严就需要同世俗的接触来重新肯定她那不受任何影响的性格。比如说,她那次买老鼠药、砒霜的情况。那是在人们已开始说"可怜的艾米丽"之后一年多,她的两个堂姐妹也正在那时来看望她。

"我要买点毒药。"她跟药剂师说。她当时已三十出头,依然是个削肩细腰的女人,只是比往常更加清瘦了,一双黑眼冷酷高傲,脸上的肉在两边的太阳穴和眼窝处绷得很紧,那副面部表情是你想象中的灯塔守望人所应有的。"我要买点毒药。"她说道。

"知道了,艾米丽小姐。要买哪一种?是毒老鼠之类的吗?那么我介……"

"我要你们店里最有效的毒药,种类我不管。"

药剂师一口说出好几种。"它们什么都毒得死,哪怕是大象。可是你要的是……"

"砒霜,"艾米丽小姐说,"砒霜灵不灵?"

"是……砒霜?知道了,小姐。可是你要的是……"

"我要的是砒霜。"

药剂师朝下望了她一眼。她回看他一眼,身子挺直,面孔像一面拉紧了的旗子。"噢噢,当然有,"药剂师说,"如果你要的是这种毒药。不过,法律规定你得说明做什么用途。"

艾米丽小姐只是瞪着他,头向后仰了仰,以便双眼好正视他的双眼,一直看到他把目光移开了,走进去拿砒霜包好。黑人送货员把那包药送出来给她;药剂师却没有再露面。她回家打开药包,盒子上骷髅骨标记下注明:"毒鼠用药。"

四

于是,第二天我们大家都说:"她要自杀了。"我们也都说这是再好没有的事。我们第一次看到她和荷默·伯隆在一块儿时,我们都说:"她要嫁给他了。"后来又说:"她还得说服他呢。"因为荷默自己说他喜欢和男人来往,大家知道他和年轻人在麋鹿俱乐部一道喝酒,他本人说过,他是无意于成家的人。以后每逢礼拜天下午他们乘着漂亮的轻便马车驰过:艾米丽小姐昂着头,荷默歪戴着帽子,嘴里叼着雪茄烟,戴着黄手套的手握着马缰和马鞭。我们在百叶窗背后都不禁要说一声:"可怜的艾米丽。"

后来有些妇女开始说,这是全镇的羞辱,也是青年的坏榜样。男子汉不想干涉,但妇女们终于迫使浸礼会牧师——艾米丽小姐一家人都是属于圣公会的——去拜访她。访问经过他从未透露,但他再也不愿去第二趟了。下个礼拜天他们又驾着马车出现在街上,于是第二天牧师夫人就写信告知艾米丽住在亚拉巴马的亲属。

原来她家里还有近亲,于是我们坐等事态的发展。起先没有动静,随后我们得到确讯,他们即将结婚。我们还听说艾米丽小姐去过首饰店,订购了一套银质男人盥洗用具,每件上面刻着"荷·伯"。两天之后人家又告诉我们她买了全套男人服装,包括睡衣在内,因此我们说:"他们已经结婚了。"我们着实高兴。我们高兴的是两位堂姐妹比起艾米丽小姐来,更有格里尔生家族的风度。

因此当荷默·伯隆离开本城——街道铺路工程已经竣工好一阵子了——时,我们一点也不感到惊异。我们倒因为缺少一番送行告别的热闹,不无失望之感。不过我们都相信此去是为了迎接艾米丽小姐作一番准备,或者是让她有个机会打发走两个堂姐妹(这时已经形成了一个秘密小集团,我们都站在艾米丽小姐一边,帮她踢开这一对堂姐妹)。一点也不差,一星期后她们就走了。而且,正如我们一直所期待的那样,荷默·伯隆又回到镇上来了。一位邻居亲眼看见那个黑人在一天黄昏时分打开厨房门让他进去了。

这就是我们最后一次看到荷默·伯隆。至于艾米丽小姐呢,我们则有一段时间没有见到过她。黑人拿着购货篮进进出出,可是前门却总是关着。偶尔可以看到她的身影在窗口晃过,就像人们在撒石灰那天夜晚曾经见到过的那样,但却有整整六个月的时间,她没有出现在大街上。我们明白这也并非出乎意料;她父亲的性格三番五次地使她那作为女性的一生平添波折,而这种性格仿佛太恶毒,太狂暴,还不肯消失似的。

等到我们再见到艾米丽小姐时,她已经发胖了,头发也已灰白了。以后数年中,头发越变越灰,变得像胡椒盐似的铁灰色,颜色就不再变了。直到她七十四岁去世之日为止,还是保持着那旺盛的铁灰色,像是一个活跃的男子的头发。

打那时起,她的前门就一直关闭着,除了她四十左右的那段约有六七年的时间之外。在那段时期,她开授瓷器彩绘课。在楼下的一间房里，她临时布置了一个画室，沙多里斯上校的同时代人全都把女儿、孙女儿送到她那里学画，那样的按时按刻，那样的认真精神，简直同礼拜天把她们送到教堂去，还给她们二角五分钱的硬币准备放在捐献盆子里的情况一模一样。这时，她的捐税已经被豁免了。

后来，新的一代成了全镇的骨干和精神，学画的学生们也长大成人，渐次离开了，她们没有让她们自己的女孩子带着颜色盒、令人生厌的画笔和从妇女杂志上剪下来的画片到艾米丽小姐那里去学画。最后一个学生离开后，前门关上了，而且永远关上了。全镇实行免费邮递制度之后，只有艾米丽小姐一个人拒绝在她门口钉上金属门牌号，附设一个邮件箱。她怎么也不理睬他们。

日复一日，月复一月，年复一年，我们眼看着那黑人的头发变白了，背也驼了，还照旧提着购货篮进进出出。每年十二月我们都寄给她一张纳税通知单，但一星期后又由邮局退还了，无人收信。不时我们在楼底下的一个窗口——她显然是把楼上封闭起来了——见到她的身影，像神龛中的一个偶像的雕塑躯干，我们说不上她是不是在看着我们。她就这样度过了一代又一代——高贵、宁静，无法逃避，无法接近，怪僻乖张。

她就这样与世长辞了。在一栋尘埃遍地、鬼影憧憧的屋子里得了病，侍候她的只有一个老态龙钟的黑人。我们甚至连她病了也不知道；也早已不想从黑人那里去打听什么消息。他跟谁也不说话，恐怕对她也是如此，他的嗓子似乎由于长久不用变得嘶哑了。

她死在楼下一间屋子里，笨重的胡桃木床上还挂着床帷，她那长满铁灰头发的头枕着的枕头由于用了多年而又不见阳光，已经黄得发霉了。

五

黑人在前门口迎接第一批妇女,把她们请进来,她们话音低沉,发出唧唧声响,以好奇的目光迅速扫视着一切。黑人随即不见了,他穿过屋子,走出后门,从此就不见踪影了。

两位堂姐妹也随即赶到,他们第二天就举行了丧礼,全镇的人都跑来看看覆盖着鲜花的艾米丽小姐的尸体。停尸架上方悬挂着她父亲的炭笔画像,一脸深刻沉思的表情,妇女们唧唧喳喳地谈论着死亡,而老年男子呢——有些人还穿上了刷得很干净的南方同盟军制服——则在走廊上、草坪上纷纷谈论着艾米丽小姐的一生,仿佛她是他们的同时代人,而且还相信和她跳过舞,甚至向她求过爱,他们把按数学级数向前推进的时间给搅浑了。这是老年人常有的情形。在他们看来,过去的岁月不是一条越来越窄的路,而是一片广袤的连冬天也对它无所影响的大草地,只是近十年来才像窄小的瓶口一样,把他们同过去隔断了。

我们已经知道,楼上那块地方有一个房间,四十年来从没有人见到过,要进去得把门撬开。他们等到艾米丽小姐安葬之后,才设法去开门。

门猛地被打开,震得屋里灰尘弥漫。这间布置得像新房的屋子,仿佛到处都笼罩着墓室一般的淡淡的阴惨惨的氛围:败了色的玫瑰色窗帘,玫瑰色的灯罩,梳妆台,一排精细的水晶制品和白银做底的男人盥洗用具,但白银已毫无光泽,连刻制的姓名字母图案都已无法辨认了。杂物中有一条硬领和领带,仿佛刚从身上取下来似的,把它们拿起来时,在台面上堆积的尘埃中留下淡淡的月牙痕。椅子上放着一套衣服,折叠得好好的;椅子底下有两只寂寞无声的鞋和一双扔了不要的袜子。

那男人躺在床上。

我们在那里立了好久,俯视着那没有肉的脸上令人莫测的龇牙咧嘴的样子。那尸体躺在那里,显出一度是拥抱的姿势,但那比爱情更能持久、那战胜了爱情的熬煎的永恒的长眠已经使他驯服了。他所遗留下来的肉体已在破烂的睡衣下腐烂,跟他躺着的木床黏在一起,难分难解了。在他身上和他身旁的枕上,均匀地覆盖着一层长年累月积下来的灰尘。

后来我们才注意到旁边那只枕头上有人头压过的痕迹。我们当中有一个人从那上面拿起了什么东西,大家凑近一看——这时一股淡淡的干燥发臭的气味钻进了鼻孔——原来是一绺长长的铁灰色头发。

（杨岂深 译）

两个士兵

我和彼得常去基尔格鲁老人家听他的收音机。我们总是等到晚饭以后，等到天黑，然后我们就站在基尔格鲁老人的客厅窗户外面，我们听得见是因为基尔格鲁老人的妻子耳朵聋，他总把收音机的声音尽量调大，因此我想，我和彼得跟基尔格鲁老人的妻子一样能听得清清楚楚，尽管我们是站在外面，而且窗户是关着的。

那天晚上我说："什么？日本人？什么是珍珠港？"彼得说："嘘。"

于是我们就站在那里，天真冷，听收音机里那个人说话，只不过我怎么也听不明白他在说些什么。后来那人说眼下他就说这么多，我跟彼得就上路走回家，彼得告诉我这是怎么一回事。因为他快二十岁了，去年六月已经读完联合中学①，知道好多事情：告诉我日本人往珍珠港扔炸弹了，而珍珠港在水那头。

"哪片水那头？在奥克斯福德的政府水库那一边？"

"不是，"彼得说，"在大海那头。太平洋。"

我们回到家。妈跟爸早就睡了，我跟彼得上床躺下，我还是不明白那水在哪里，彼得又讲一遍——太平洋。

---

① 联合中学：好几所学校合并而成的中学。

"你怎么回事?"彼得说,"都快九岁了。九月以来一直在上学。你难道没学点东西?"

"我想我们还没有学到太平洋那一段呢。"

当时我们还在种巢菜①,这本应该在十一月十五日以前种完的,可因为爸又晚了,就像我和彼得认识他以来他总误事一样。我们还有柴火得收进来,可每天晚上我跟彼得总去基尔格鲁老人家,在冷风里站在他的客厅窗户外面听他的收音机;然后我们回家上床躺下,彼得就给我讲那是怎么一回事。这就是说,他给我讲一会儿,然后他就不给我讲了。好像他不想再说了。他会叫我闭嘴,说他要睡觉,可他根本不要睡觉。

他就那么躺在那里,比他真睡着了要蠢得多,而且有样东西,我能感觉到这东西从他身体里冒出来,好像他甚至在生我的气,不过我知道他想的不是我,又好像他在为什么事情发愁,不过也不是那么回事,因为他从来没有什么要发愁的事情。

他从来不像爸那样误事,更别说有什么事情赶不上趟。他从联合中学毕业的时候,爸给他十英亩地,我跟彼得都觉得爸少了起码十英亩地高兴得很,少了一些自己要发愁的东西,而彼得在这十英亩地上都种了巢菜,翻了一遍,平整好准备过冬,所以,不是那么回事。可又有点事儿。我们每天还是去基尔格鲁老人家听他的收音机,现在他们去了菲律宾,但麦克阿瑟将军在挡着他们。然后我们就回家,躺在床上,彼得不肯告诉我任何事情,也不肯说话。他就那么一声不吭地躺在那里,安静得像是个隐蔽的伏兵,我碰碰他,他的身子或腿硬极了,一动不动跟铁似的,过了一会儿我就睡着了。

---

① 一种肥田的植物。

后来,有一天——在这以前除了我们在柴林里砍树的时候骂我没有把柴火劈够以外,他什么话都不跟我说——他说:"我得去。"

"去哪里?"我说。

"去打那个仗。"彼得说。

"在我们砍够柴火以前?"

"柴火,去他的。"彼得说。

"好吧。"我说,"我们什么时候出发?"

可他没在听。他躺在那里,像铁一样又冷又硬地躺在黑暗里。"我得去。"他说,"我可不能容忍那帮人这么对付美利坚合众国。"

"对,"我说,"什么柴火不柴火的,我看我们得去。"这一回他听见了。他还是安安静静地躺着,可这是另一种安静。

"你?"他说,"你去打仗?"

"你揍大家伙,我来揍小家伙。"我说。

然而他告诉我我不能去。开始我以为他就是不想要我跟在他身后,就像他去追塔尔家姑娘的时候不要我跟着去一样。可他告诉我,是军队不要我,因为我太小了。这时候我知道他是真有这种打算,不管我怎么说怎么做我都是去不了的。不知怎么回事,在这以前我一直不相信他会自己一个人走的,现在我知道他要去了,而且他无论如何是不会让我跟他去的。

"我可以给你们大家劈柴打水的!"我说,"你们总得要用柴用水的!"

他转过身把手放在我胸口,因为现在是我笔直地硬邦邦地仰天躺着。

"不,"他说,"你得待在这里帮爸的忙。"

"帮他干什么?"我说,"他永远也赶不上趟了。他也不可能再落后多少了。我跟你揍他们日本人的时候,他当然能够照料这巴掌大的一个农场。我也得去。要是你得去的话,那我也得去。"

"不行。"他说,"别说了。别做声。"他是当真的,我知道他是当真的。不过我肯定那是从他嘴里说出来的,我不闹了。

"那我就是不能去了。"我说。

"对,"彼得说,"你就是不能去了。首先你还太小,其次——"

"好吧,"我说,"那你就闭上嘴让我睡觉。"

于是他不说话,躺了回去。我躺在那里好像已经睡着了,没过多久他就睡着了,我知道他是因为想去打仗才发愁得睡不着的,现在他终于决定要走了,他不再发愁了。

第二天早上他告诉妈和爸。妈还好。她哭了。

"不,"她哭着说,"你不要走。我宁可我替你去,要是可以的话。我可不要救国家。那些日本人可以拿走,留着它,只要别来惹我,我的家,我的孩子。可我记得我弟弟马许和另外一次战争。他还没到十九岁可他得去打仗,我妈妈跟我现在一样也不明白。但她对马许说要是他非去不可,他就得去。所以要是彼得非去打这场仗不可,那他就得去。就是别要求我弄明白这是为什么。"

可爸不行。他是那种闹的家伙。"去打仗,"他说,"哼,我看不出这有什么丁点儿的用处。你还没到征兵入伍的年龄,这不,国家还没有受到侵犯。我们在华盛顿特区的总统在注意事态的发展,他会通知我们的。还有,在你妈说的那次战争里,我被招兵了,给送到得克萨斯,在那儿待了快九个月一直到他们终于不打了。在我看来,有了你舅舅马许在法国战场真的受了伤,这对我,至少我这辈子在保卫国家方面也就够了,还有,你走了,我要人帮忙干农活时该怎么办。看来我要大大地落后了。"

"从我记事以来你总是落后的。"彼得说,"反正我要去。我得去。"

"当然他得去。"我说,"那些日本人——"

"你给我闭嘴,"妈哭着说,"没人在跟你讲话。去给我抱一捆柴火!这才是你能干的活儿。"

于是我就去抱柴火。第二天整整一天,我跟彼得和爸尽量地把柴火抱进来,因为彼得说爸所谓柴火够多了就是墙上还靠着一根劈柴,妈还没有把它放进炉膛,妈在为彼得出发做准备。她把他的衣服洗干净补好,又给他煮了一鞋盒的干粮。那天晚上我和彼得躺在床上听她一边哭一边给他理旅行袋,过了一会儿彼得坐起来,穿着睡衣走到后面去,我听见他们在讲话,后来妈说:"你非去不可,所以我愿意你去。但我不明白,我永远不会明白,也别指望我能弄明白。"后来彼得回来上床,像块铁一样硬邦邦地安静地躺在那里,后来他说,他并不是对我说,他也不是在对什么人说:"我得去。我就是得去。"

"当然你得去。"我说,"那些日本人——"他猛地翻过身来,他好像呼地翻过来侧身躺着,在黑暗里看着我。

"总而言之,你还行。"他说,"我因为对付你要比对付他们大家加在一起还要麻烦得多。"

"我想我也是没有办法。"我说,"不过也许还得再打几年,我还能去。也许有一天我会闯进来跟你碰头的。"

"我不希望有这一天。"彼得说,"大家上战场不是去玩的。一个人不会为了玩就离开他妈让她哭哭啼啼的。"

"那你为什么要去?"我说。

"我得去,"他说,"我就是得去。现在你赶快睡觉。我得一早赶那早班公共汽车。"

"好吧。"我说,"我听说孟菲斯是个大地方。你怎么才能找到部队待的地方？"

"我会跟人打听上哪儿去参军。"彼得说，"现在睡吧。"

"你就这么问？上哪儿去参军啊？"我说。

"对，"彼得说，他又翻过身去，"别说了，睡吧。"

我们就睡觉了。第二天早上我们点着灯吃早饭，因为公共汽车六点钟就经过这里。妈不哭了，只是神色阴郁，忙忙碌碌地把早饭一样样放在桌上让我们吃。后来她把彼得的旅行袋收拾好，可彼得根本不想带什么旅行袋去前线，但妈说规矩人无论到哪里，就算上前线，都得换衣服，都要有地方放衣服。她往鞋盒里放炸鸡和饼，还把《圣经》也放了进去，这就到了该走的时候了。我们这时候才知道妈不去公共汽车站。她只是把彼得的帽子和外套拿了过来，她还是没哭，只是站在那里两手扶着彼得的肩膀，她站着不动，就那样扶着彼得的肩膀，可她看上去又厉害又凶狠的样子，跟头天夜里彼得翻身对着我说我总而言之还算不错的神情一模一样。

"他们可以把这个国家拿走留着它，只是不要给我和我家的人添麻烦。"她说。接着她又说："永远别忘了你是谁。你不是有钱人，出了法国人湾，天下没人知道你是谁。但你身体里的血跟任何地方任何人的血一样好，这一点你千万别忘了。"

然后她亲了亲他，接着我们走出大门，爸拎着彼得的旅行袋，不管他要不要。天根本还没有亮，我们上了公路走到信箱边上站了下来，过了一会儿天才蒙蒙亮。后来我们看见公共汽车亮着车灯开过来，我一直看着那辆公共汽车等它开过来，等彼得招手让它停下来，果然，这时候天就亮了——我没注意的时候天已经亮了。现在我跟彼得都等着爸说话，说几句傻话，就像马许舅舅在法国受伤，爸在一九一八年去过得克萨斯就足以在一九四二年拯救美国之类的傻话,可他一直没有说。他表现得也不错。他只说:"再见,儿子。永远记住你妈说的话,有空就给她写写信。"接着他跟彼得握握手,然后彼得看了我一阵子,把手放在我头上,使劲揉我的脑袋,都快把我的脖子给拧断了,接着他跳上公共汽车,那家伙把车门关上,公共汽车嗡嗡地响起来,接着就开动起来,嗡嗡声、嘎嘎声、嚓嚓声越来越响;它开得越来越快,车身后面的两个小红灯好像并不变得越来越小,只是好像跑到一起去了,好像过不了多久它们就会碰在一起变成一盏灯。可它们并没有变成一盏灯,后来公共汽车就看不见了,即便如此,我几乎快要放声大哭了,尽管我都快九岁了。

我跟爸回到家。整整一天我们都到柴林里干活,一直到后半晌我才有了个好机会。我拿了我的弹弓,我还很想拿上我所有的鸟蛋,因为彼得把他收集的鸟蛋送给了我,他还帮我收集,他跟我一样也喜欢把放鸟蛋的盒子拿出来看一看,尽管他已经快二十岁了。可那盒子太大了,拿着走长路不方便,而且还让人提心吊胆,所以我只拿了那只绿鹭鸟的蛋,因为这是最好的一个,把它好好地包起来放到战争火柴盒里,把它和弹弓藏在谷仓的一个角落下面。后来我们吃了晚饭,上了床,我然后想,要是我还得待在那间屋子,躺在那张床上,就算再来一个晚上我都会受不了的。后来我听见爸打呼噜,可我一直没听见妈出什么声响,不管她睡着了没有,但我想她没睡着。于是我拿起我的鞋,把它们扔出窗外,然后我爬了出去,就像我从前看彼得爬窗户,那时他才十七岁,爸说他还太年轻,不能在夜里像公猫似的去找女朋友,因而不放他出去,我穿上鞋,走到谷仓,拿了弹弓和那只绿鹭鸟的蛋朝公路走去。

天不冷,只是他妈的黑得厉害,那条公路在我面前伸展得远远的,好像因为没有人走过它就长出一半,就像人躺着要比站着长一样,所以,有一段时间里,好像我还没走完去杰弗生的二十二英里的路大太阳就会追上我。但它没有。我上山走进城的时候天刚刚亮起来。我能闻到小木屋里煮早饭的香味,很希望我想到带一块冷饼,不过现在已经来不及了。彼得告诉过我出了杰弗生才能到孟菲斯,可我根本不知道那是八十英里。于是我站在那空荡荡的广场上,天一点点地亮起来,街灯还点着,那警察低头看着我,而我离孟菲斯还有八十英里,我走了整整一夜才走了二十二英里,照这个速度走下去,等我到了孟菲斯彼得早就出发去珍珠港了。

"你从哪里来的?"警察说。

我又跟他说一遍:"我得去孟菲斯。我哥哥在那儿。"

"你是说你在这里没有亲人?"警察说,"除了那个哥哥没有别人了?要是你哥哥在孟菲斯你大老远地上这儿来干什么?"

我又跟他说一遍:"我得去孟菲斯。我没有时间跟你详细说,我也没有时间走过去。反正,我得在今天到那里。"

"跟我来。"警察说。

我们又走了一条街。然后看到了公共汽车,就跟昨天早上彼得乘的那一辆一样,只是现在里面不点灯也没有人。这儿有一个跟火车站一样的正规的公共汽车站,有个售票处,柜台后面有个人,警察说:"坐那儿。"我就在长凳上坐下,他拿起电话说了一会儿,放下电话对售票处柜台后面的人说,"看着他。等哈伯山姆太太起床穿好衣服我就马上回来。"他走了出去。我站起来走到售票处。

"我得去孟菲斯。"我说。

"当然,"那人说,"你上长凳那儿去坐下。福特先生一会儿就回来。"

"我不认识什么福特先生,"我说,"我要乘那辆公共汽车去孟菲斯。"

"你有钱吗?"他说,"这要七毛二分钱呢。"

我拿出那火柴盒,把那只绿鹭鸟的蛋拿出来。"我拿这个跟你换一张去孟菲斯的车票。"我说。

"那是什么?"他说。

"是一只绿鹭鸟的蛋,"我说,"你以前从来没有见过吧。这值一块钱哪。我只要七毛二分钱就卖给你。"

"不行,"他说,"那些公共汽车的主人一定要现钱交易。要是我用鸟蛋、牲口之类的东西换车票,他们会开除我的。你现在上长凳那儿去坐下,像福特先生——"

我朝门口走去,但他抓住了我,他一手摁柜台,跳了过来,追上我,伸手来拽我的衬衣。我一把掏出我的小刀,嗖地打开刀子。

"你要是碰我一下,我就拿刀砍掉你的手。"我说。

我努力想绕过他朝门口跑去,可他的动作比我认识的哪一个大人都要快得多,几乎跟彼得差不多。他挡在我前面,背朝门站着,一只脚稍稍抬起来一点,因此我没有什么办法可以走出去。"回去上长凳那儿坐下,待在那儿。"他说。

我没有什么办法走出门去。他站在那里,背靠着门。所以我就走回到长凳那儿。后来我觉得车站里好像到处都是人。那警察又来了,还有两个穿皮大衣的太太,她们的脸都化妆过。可她们还是看上去像是匆匆忙忙起的床而且不大高兴这么匆忙起床,一个年纪大一点,一个年纪轻一点,低着头看着我。

"他没有穿外套!"年纪大的说,"他到底是怎么一个人上这儿来的?"

"我也想搞明白,"警察说,"从他嘴里我什么都打听不出来,只知道他哥哥在孟菲斯,他要回那里去。"

"对，"我说，"我今天得去孟菲斯。"

"当然你得去，"年纪大的说，"你肯定你到孟菲斯能找到你哥哥？"

"我想能找到，"我说，"我只有一个哥哥，认识他有一辈子了。我想我看见他会认出来的。"

年纪大的那一个看看我说："他看起来好像不像是住在孟菲斯的人。"

"他可能是不住在那里，"警察说，"不过这也没法说。他可能住在随便什么地方，不管他穿没穿外套。现在这种时候和日子里，他们说不定哪天就从鬼——地方冒出来，男孩还有女孩，路还走不好就想吃早饭了。他昨天也许在密苏里，也许在得克萨斯，谁知道呢。可他好像很肯定他哥哥在孟菲斯。我只知道我得把他送那里去，让他自己去找。"

"对。"年纪大的那一个说。

年轻的那一个在长凳上坐下，坐在我身边，打开一个手提包，拿出一支书写笔和几张纸。

"好吧，宝贝儿，"年纪大的说，"我们要帮你找到你哥哥，但首先我们得要为我们的卷宗立一个个人档案。我们得知道你的名字和你哥哥的名字，你在哪里出生，你父母什么时候去世的。"

"我并不需要什么个人档案，"我说，"我只需要去孟菲斯。我得在今天赶到那里。"

"你明白了吧？"警察说。他说得好像他挺得意似的。"我跟你说过的吧。"

"你挺运气的，哈伯山姆太太，他这么跟你说，"公共汽车站里的那个人说，"我认为他身上没有枪，可他打开那把刀时真他——我是说，快极了，跟任何男人一样快。"

可那年纪大一点的太太只是站在那里看着我。

"唉,"她说,"唉,我实在不知道该怎么办。"

"我知道该怎么办,"公共汽车站里的那个人说,"我要掏自己的腰包给他买一张票,作为保护公司不出现闹事或流血事件。福特先生向市董事会报告的时候,这就成了一件市政大事,他们不但会还我钱还会发我一个奖章哩。怎么样,福特先生?"

但没有人理会他。年纪大一点的太太只是站在那里低头看着我。她又说了一声"唉",然后从钱包里拿出一块钱,交给公共汽车站里的那个人。"我想他该买儿童票吧。"

"呃哼,"公共汽车站里的那个人说,"我真不知道规章制度该是什么。我很可能因为没有把他装箱并且在箱子上注明是毒品而被开除。但我愿意冒这个险。"

之后他们都走了。后来警察又回来,带了份夹肉面包,把它给了我。

"你肯定你能找到你哥哥?"他说。

"我想不出来为什么找不到?"我说,"要是我没有先看见彼得他也会看见我的。他也认识我的。"

尔后警察也走了,没有再回来。我吃起夹肉面包。随后又来了好多人,他们买了票,后来公共汽车站里的那个人说到时候了,该走了,我就跟彼得一样上了车,我们就走掉了。

我看到了所有的城镇。我都看见了。公共汽车开得飞快时,我发现我已经累得直想睡觉。可我从来没看见过的东西实在太多了。我们开出了杰弗生,经过了田野和树林,接着又进一个镇又出了那个镇又经过田野和树林,接着又进一个有商店、有轧棉厂、有水塔的镇,我们沿着铁路开了一阵子,我看见铁路标志杆在移动,后来我看见火车了,后来又过了几个城镇,我简直累垮了直想睡,可我不敢错过什么。后来孟菲斯快要到了。在我看来,这开始就是好几英里。我们经过一大片商店,我想这肯定是孟菲斯了,公共汽车就要停了。可这还不是孟菲斯,我们又往前走,经过一批水塔和工厂上空的烟囱,要是它们是轧棉厂和锯木厂的话,我从来不知道有那么多轧棉厂和锯木厂,也从来没看见过这么大的轧棉厂和锯木厂,我不知道它们上哪儿去找足够的棉花和木材来开工。

之后我看见孟菲斯了。我知道这一次我一定猜对了。它高高地站在那里,快到天上了。它看上去像是十几个比杰弗生还要大的镇子加在一起矗在一块田的一边,高耸入天,比约克纳帕塔法所有的山还要高得多。随后我们就进了孟菲斯,在我看来,公共汽车隔几英尺就停一下。汽车在它两边呼呼地开来开去,街上挤满了从全城各地来的人,多得我都不明白怎么全密西西比州居然还会有人有空卖我一张公共汽车票,更别说要写什么个人档案了。后来公共汽车停了下来。这儿又是一个公共汽车站,比杰弗生那个要大得多。我说,"好吧。大家都到哪儿去参军的?"

"什么?"开公共汽车的人说。

我又说了一遍:"大家都到哪儿去参军的?"

"噢。"他说。接着他告诉我怎么走法。开始我担心在孟菲斯这么大的一个地方也许不知道该怎么走。可我还是成功了。我只不过又打听了两次。后来我就到了,我实在是非常想躲开那些横冲直撞的汽车和推推搡搡的人,还有那乱哄哄的场面,我想,现在用不了多久了,我想,要是其中有一群是已经参了军的人,那彼得可能在我看见他以前先看见我。于是我就走进屋子。可彼得不在里面。

他居然不在那里。里面有个袖子上有个很大的箭头的兵在写字,他前面站着两个人,我想里面好像还有些人。我觉得我记得里面还有些人。

我走到那个在写字的兵的桌子跟前，我说："彼得在哪儿?"他抬起头，我说，"我哥哥。彼得·格里埃。他在哪里?"

"什么?"那个兵说，"谁?"

我又跟他说一遍："他昨天参的军。他要去珍珠港。我也是。我要追上他。你们把他放哪儿了?"现在他们大家都看着我，可我根本没把他们放在心上。"说啊，"我说，"他在哪儿?"

那兵不再写字了。他伸开两只手放在桌上。"哦，"他说，"你也要去，啊?"

"是啊，"我说，"他们总得要柴和水的。我可以劈柴担水。快说啊，彼得在哪儿?"

那兵站了起来。"谁让你进这儿来的?"他说，"别胡说八道了。出去。"

"甭管那个，"我说，"告诉我彼得在哪——"

他要不是动得比那公共汽车站里的人还要快，我就是狗。他根本不是从桌子上跳过来的，他是绕着桌子冲过来的，我还不觉得他已经到了我的身边，我刚来得及往后一蹦，抽出我的小刀，打开刀子就扎了一下，他大喊一声，往后一跳，用另一只手捏住这只手，又喊又骂。

另外一个家伙从后面把我一把抱住，我用小刀去扎他，可是够不着。

后来两个家伙从后面把我抱住，接着从后边一扇门里又走出一个兵。他扎着一根皮带，一个肩膀上斜挂着一根吊裤子的皮带。

"老天爷这是干什么?"他说。

"那小家伙拿刀扎我!"头一个兵嚷嚷着说。他这么说的时候我又想扑上去，可那些家伙抱着我，两个人对付一个，那个戴背带的兵说:"好了,好了。伙计,把你的刀收起来。我们这儿的人都没有武器。男子汉大丈夫是不跟赤手空拳的人动刀子打架的。"我开始听他说话了。他的口气和彼得跟我说话时一样。"放开他。"他说。他们放开了我。"好吧,这打打闹闹都是为了什么?"我告诉了他。"我明白了,"他说,"你来这儿是要在他离开以前看看他好不好?"

"不,"我说,"我来是为了——"

可他已经转身去找第一个兵,那人正在用手绢包他的手。

"你有他的名字吗?"他说。第一个兵回到桌子前面查看一些文件。

"他在这儿,"他说,"他昨天入伍的。他正在一支今天早晨出发去小石城的队伍里。"他手腕上戴着块表。他看了一眼。"火车还有五十分钟才开。如果我了解乡下青年的话,他们可能现在都已经到火车站了。"

"把他叫到这儿来,"戴背带的那一个说,"给车站打个电话。叫脚夫给他找一辆出租汽车。你呢,跟我来。"他说。

这屋子在那个办公室后面,只有一张桌子和几把椅子。我们坐着,那个兵抽着烟,时间不长;我一听见脚步声就知道彼得来了。头一个兵打开门,彼得走了进来。他根本没有穿军服。他看上去跟他昨天早上上公共汽车时一模一样,只是在我看来那起码是在一个星期以前;许多事情发生了,我也已经旅行了很久了。他走了进来,站在那里看着我,好像他从来没有离开过家,只不过我们是在孟菲斯这里了,在去珍珠港的路上。

"老天爷,你在这里干什么?"他说。

我告诉他:"你得用柴用水来做饭。我可以给你们大家劈柴担水。"

"不行，"彼得说，"你回家去。"

"不，彼得，"我说，"我也得去。我得去。我也心痛的呀。"

"不行。"彼得说。他看看那个兵。"我实在不知道他怎么了，中尉，"他说，"他这辈子从来没有用刀子扎过人。"他看看我，"你干吗要在这儿这么做？"

"我不知道，"我说，"我就是得这样。我就是要这么做。我就是得上这儿来。我就是得找到你。"

"好了，以后绝对不许再这么做，听见没有？"彼得说，"把刀子放你的口袋里，放里面，不许掏出来。要是我再听说你对人动刀子了，不管我在哪儿我都会赶回来把你揍个半死。你听见了吗？"

"要是能让你回家住下来，我会去割人脖子的，"我说，"彼得，"我说，"彼得。"

"不行。"彼得说。他现在的口气不那么理会，说话也不那么快了，声调几乎很低很平静，我知道我现在没法改变他的主意了。"你一定得回家。你一定得照顾妈，而且我还得靠你照料我那十英亩地。我要你回家。今天就回。听见了吗？"

"听见了。"我说。

"他能自己回去吗？"那个兵说。

"他自己一个人来的这儿。"彼得说。

"我想我回得去，"我说，"我就住在一个地方。我想那地方还不至于跑掉了。"

彼得从口袋里掏出一块钱，给了我。"这可以买一张公共汽车票一直到我们家的信箱那里，"他说，"我要你听这位中尉的话。他会把你送到公共汽车站。你回家，照顾好妈，管好我的十英亩地，把刀子放口袋里别掏出来。听见了吗？"

"听见了，彼得。"我说。

"好吧，"彼得说，"现在我得走了。"他又把手放在我头上。不过这一次他没有拧我的脖子。他只是把手放在我头上。接着，他弯下身子亲了我一下，他要是没这么做我就是狗，后来我听见他的脚步声和关门声，我一直没有抬起头，就是这么回事，我坐在那里摸彼得亲过的地方，那兵仰躺在椅子里，望着窗户外面咳嗽起来。他把手伸进口袋，摸出样东西，没有转身看我就递给了我。那是一片口香糖。

"谢谢，"我说，"哦，我想我不如现在就起身往回走。有挺长一段路得走呢。"

"等一下。"那个兵说。他又打了个电话，我又说我最好动身回去了，他又说："等一下。记得彼得跟你说的话吗？"

于是在外面等着，后来又来了一位太太，也是个年纪大的，也穿了件皮大衣，但她身上的香味闻着还不错，她没有什么书写笔也没有什么个人档案。她走了进来，那兵站了起来，她马上东张西望，一直到她看见我，她走过来，把手轻轻地、很快地、很自然地放在我的肩膀上，就像妈那样。

"来，"她说，"我们回家吃饭去。"

"不了，"我说，"我得赶公共汽车回杰弗生呢。"

"我知道。还有的是时间。我们先回家吃饭。"

她有辆汽车。现在我们就夹在所有的车子的中间。我们几乎是在公共汽车的下面，所有街上的人都离我们近得很，要是我知道他们是谁，我都可以跟他们讲话了。过了一会儿，她刹住汽车。"到了。"她说。我看了看那栋房子，要是那是她家的话，那她一定有个大家庭。不过，不是那么回事。我们走过一个种着树的门厅，走进一个小屋子，里面什么都没有，只有一个黑鬼，他穿的制服可要比那些大兵气派得多，黑鬼关上门，我大喊一声："小心！"还伸手去抓。可什么事都没有;那小屋子只是往上,然后停了下来,门打开了,我们进了另外一个门厅,那太太打开一扇门,我们走进去,里面也有一个兵,年纪挺大,也有系裤子的背带,两边肩膀上各有一只银色的鸟。

"我们到了,"那位太太说,"这是麦克凯洛格中校。好了,你想吃什么饭?"

"我想,就要点火腿、鸡蛋和咖啡吧。"我说。

她已经拿起电话。她停了下来。"咖啡?"她说,"你什么时候开始喝咖啡的?"

"我不知道,"我说,"我想在我记事以前吧。"

"你快八岁了,是吗?"她说。

"不对,"我说,"我八岁十个月了。快要十一个月了。"

她打了电话。我们就坐着,我告诉他们彼得当天早上刚出发去珍珠港了,我本来打算跟他一起去的,但我现在得回家照顾好妈,管好彼得的十英亩地,她说他们也有一个个子跟我差不多的小男孩,在东部上学。后来一个黑鬼,是另外一个,穿一件好像下摆短一点的衬衣似的外套,推了一辆像独轮手推车的东西进屋来。上面有我的火腿、鸡蛋、一杯牛奶,还有一块馅饼,我以为我饿了。可我咬了一口以后发现我咽不下去,我马上站了起来。

"我得走了。"我说。

"等一下。"她说。

"我得走了。"我说。

"就一会儿,"她说,"我已经打了电话要了车。车马上就到。你难道连牛奶都喝不了?要不来点你要的咖啡?"

"不了,"我说,"我不饿。我到家再吃。"这时候电话铃响了。她根本不接。

"来了，"她说，"汽车来了。"我们又进了那个有一个穿戴讲究的黑鬼的、小小的会活动的屋子。这次是一辆大汽车，开车的是个兵。我跟他一起坐在前座。她给了那兵一块钱。"他也许会饿，"她说，"给他找个像样一点的地方。"

"好的，麦克凯洛格太太。"那兵说。

我们就又出发了。我们在孟菲斯城里转来转去，现在我可以看得很清楚，它在阳光下亮晶晶的。不知不觉，我们又回到今天早上公共汽车走过的公路——那一爿爿商店和那些大轧棉厂和锯木厂，在我看来，孟菲斯好像要过好几英里才会出城。后来我们又在田野和树林之间奔跑，车开得快了，除了身边那个兵，我好像根本从来没有去过孟菲斯。照这个速度，我们很快就会回到家，我想到我坐着一辆大汽车，由个兵开着进法国人湾，忽然我哭了起来。我根本不知道我打算哭，可我停不下来。我就这么坐在那兵边上，大声哭着。我们开得很快。

（陶　洁　译）

干旱的九月

一

　　九月的傍晚,残阳如血。整整六十二天没有下过一场雨。久旱后的傍晚,有一件事像燎原烈火迅速传播开来——这是一桩谣言、一个故事,你怎么称呼都可以,反正是一件有关米妮·库珀小姐和一个黑人的事儿。这天正是星期六。傍晚,人们聚集在理发店里。吊在天花板下的电扇不断转动着,既没有送来阵阵清风,也没有驱散浑浊不堪的空气,反而掺杂着污浊的头发油和洗发剂的阵阵气味,把人们自己身上散发的和嘴里吐出的种种臭味一股脑儿又吹了回来。没有人知道究竟发生了什么事情;然而,人人似乎遭到袭击,受到侮辱,甚至有些担惊害怕。

　　"反正不是威尔·梅耶斯。"一个理发师说。他是个中年人,瘦瘦的个子,黄头发略微带红色,面目温和可亲。他正在为一位顾客修面。"我了解威尔·梅耶斯。他是个规规矩矩的黑鬼。我也了解米妮·库珀小姐。"

　　"你了解她什么?"又一个理发师问道。

　　"她是谁,"修面的顾客打听起来,"是个年轻的姑娘?"

　　"不是,"理发师说,"我猜她快四十岁了。她没结过婚。所以我不相信……"

"相信？见鬼去吧!"有一个穿汗渍斑斑绸衬衫的大个子青年说,"难道你不相信白人女子说的话,反倒相信黑崽子?"

"我不相信威尔·梅耶斯会干这样的事儿,"理发师说,"我了解威尔·梅耶斯。"

"那你也许知道谁干了这件事？也许你已经把干事的人送出城外,你这个喜欢黑崽子的人。"

"我根本不相信有谁干过什么事儿。我不相信出过事儿。请你们大伙儿想一想:那些年纪不小的老小姐有时候是不是会胡思乱想,以为男人……"

"你真是个混蛋白人。"顾客说,他在围布下翻动起来。那个年轻人从座位上蹦了起来。

"你不相信?"他说,"难道你指责一个白人妇女撒谎?"

理发师拿着剃刀,举在半站起身的顾客上空。他目不斜视,不去看周围的人。

"全都得怪这该死的天气,"另一个人开口了,"天气热得让人什么事都干得出来。连对她都干得出来。"

没有人发笑。理发师慢声细气却又颇为固执地说:"我并没有指责任何人干了什么事儿。我只知道,你们大伙儿也知道,一个女人,老不结婚……"

"你这个热爱黑鬼的混蛋东西!"年轻人说。

"别说了,帕契,"另一个人说,"我们有的是时间,可以了解真相,采取行动。"

"谁来了解？谁来调查事实真相?"年轻人说,"事实！去他的! 我……"

"你是个好样的白人,"那位顾客说,"不是吗?"他胡须上涂满肥皂,很像电影里看到的沙漠里的耗子。"杰克,你告诉他们,"他对年轻人说,"要是这个镇上白人死绝了,你可以把我算上一个。尽管我只是个旅行推销员,而且还不是本地人,可我总还是个白人。"

"说得对,伙计们,"理发师说,"先打听一下真相如何。我了解威尔·梅耶斯。"

"啊呀,上帝啊!"年轻人大喊大叫,"真想不到,这个镇上居然会有个白人……"

"住口,帕契,"第二个开口说话的人喝斥他,"我们有的是时间。"

顾客坐了起来。他瞪大眼睛望着说话的人。"你这话什么意思?你是说,屁大的事儿都可以是宽恕黑鬼冒犯侮辱白人妇女的理由?难道你想告诉我,你是个白人,可又赞成这种事情?你还是回老家去吧,回你的北方去吧。南方不要你这样的人。"

"什么北方北方的!"第二个开口说话的人反驳道,"我可是在这里生、在这里长大的,是在这个镇上土生土长的。"

"唉,上帝哪。"年轻人说。他愣在那儿,茫然不解地四下张望。他仿佛在努力回忆要说的话和想干的事。他用袖子抹抹满是汗水的脸颊。"他妈的,要是我让一个白人妇女……"

"杰克,你跟他们好好说说,"旅行推销员说,"上帝啊,要是他们……"

砰的一声纱门撞开了。一个人走进屋里,分开双腿站在屋子中央。他身材矮胖,但从容自如,身上的白衬衫敞着领口,头上戴一顶毡帽。他气势汹汹地扫视屋内的人们,目光灼灼逼人。他叫麦克莱顿,曾在法国前线指挥过部队作战,因为勇敢过人而获嘉奖。

"怎么,"他说,"你们打算就这么坐着,听凭黑兔崽子在杰弗生的大街上强奸白人妇女?"

帕契又蹦了起来。他的绸衬衣紧紧地黏在宽厚的肩膀上,两腋下面是半月形黑色的汗渍。"我一直在对他们这么说!我就是这么……"

"真的出事了?"第三个人问道,"正像霍克肖说的,她可不是第一回说男人对她不怀好心了。约摸一年以前,不是有过那么一回事,她说什么有个男的趴在厨房屋顶上看她脱衣服?"

"什么?"顾客问,"这是怎么回事?"理发师正把他慢慢地往下按,让他坐回到椅子上。他不肯往后躺,使劲抬起头来;理发师还在用力让他躺下。

麦克莱顿猛地转身面对第三个说话的人。"出事了?有没有出事,这又有什么关系?难道你打算让这些黑崽子们就此溜掉,让他们有朝一日真这么干起来?"

"我就是这么对他们说的。"帕契大声嚷道。他骂骂咧咧,没完没了,既不清楚在骂谁,也不明白骂些什么。

"得了,得了,"第四个人开口了,"别这么大嗓门。别这么大声说话。"

"对,"麦克莱顿说,"根本没有必要说什么话。我的话都说完了。谁跟我来?"他踮起脚尖站着四下巡视。

理发师把旅行推销员的脸按下去,举起剃刀。"先打听打听,伙计们,把事实真相弄弄清楚。我了解威尔·梅耶斯。不是他干的。咱们把警长找来吧,正正当当地办事。"

麦克莱顿嗖地转过身子,怒气冲冲地逼视他。理发师并不躲避麦克莱顿逼人的眼光。他们俩好像是两个完全不同的民族。其他的理发师都停下手中的活,让顾客仰面躺着。"你是对我说,"

麦克莱顿一字一句地说道,"你相信黑崽的话,不相信白人妇女的话?哼,你这个喜欢黑崽的混账东西……"

第三个开口讲话的人站起身来,拽住麦克莱顿的胳臂;他也曾当过兵。"算了,算了。咱们一起来琢磨琢磨。有谁知道到底出了什么事儿吗?"

"琢磨个屁!"麦克莱顿使劲挣脱他的手,"跟我干的人都站起来。那些不……"他瞪起眼珠,四下看看,用袖子抹了把脸。

三个人站起来了。躺在椅子里的旅行推销员坐起身子。"得了,"他说,使劲地拽脖子上的白围布,"把这块破布给我扯掉。我拥护他。我不住在这里。不过,老天在上,要是我们的母亲、妻子和女儿……"他用白围布胡乱擦了擦脸,把布朝地上一扔。麦克莱顿站在屋子中央,大声咒骂剩下的人。又一个人站起来朝他们走去。其余的人很不自在地坐着,彼此互不相望。渐渐地,他们一个接一个站起身,走到麦克莱顿身边。

理发师弯腰从地上捡起白围布,叠得整整齐齐的。"伙计们,别这么干。威尔·梅耶斯绝不是那样的人。这我知道。"

"来吧。"麦克莱顿说。他转过身子,裤子后兜露出一把沉重的自动手枪的枪把。他们走出屋去。纱门在他们身后猛地碰上又弹开,死寂的空气里回荡着纱门的撞击声。理发师迅速而又仔细地擦净剃刀,收拾起来,然后向屋后方跑去,从墙上取下帽子。"我尽早回来,"他对别的理发师说,"我不能让……"他跑步出门。其他两个理发师随他走到门口,正赶上纱门撞上又弹开。他们向门外探身,目送他在大街上渐渐远去。空气凝固而死寂。舌头根发麻,好像含了块铁似的。

"他能干什么?"第一个人说。第二个人反复轻声念叨:"耶稣基督,耶稣基督。""要是霍克肖把麦克莱顿惹翻了,那还不如威尔·梅耶斯干过这件事。"

"耶稣基督,耶稣基督。"第二个人悄声喃喃自语。

"你看他真对她干出了这种事?"第一个理发师问道。

二

如果她不是三十八岁,那便是三十九岁了。她和久病不起的母亲以及身材瘦削、面带菜色却又精力充沛的姑妈住在一座小木板房子里。每天上午十点到十一点之间,她戴着饰有花边的睡帽来到阳台,坐在秋千上荡到中午时分。午饭后,她总躺下休息一会儿。等到下午,天气凉快一些,她便穿上一件新的巴厘纱裙——她每年夏天总做三四件新的薄纱裙服——进城和小姐、太太一起逛商店,消磨时光。她们在商店里对各种货物指指点点,品头评足,虽无意购买,仍冷静而快嘴快舌地讨价还价。

她家境宽裕,但在杰弗生算不上是最高贵阔绰的人家,只能说家道不错。她的长相平平常常,但身材至今还很苗条。她爱穿颜色鲜亮的衣服,举止谈吐总是高高兴兴的;然而,她的服装言行总又隐隐约约给人一种枯槁憔悴的感觉。年轻时,她修长苗条,亭亭玉立,好动感情;她那时总是兴致勃勃,甚至有些活泼得过分。她曾一度雄踞杰弗生镇社交生活的王座。那时候,她和她的同龄人还都是孩子,没有门第等级观念。因而,她在中学舞会和教会组织的活动中是个数一数二的活跃人物。

她一直没有发现她在失去追逐者,开始失势落伍。她一向比同伴们聪明活跃,是朵更为欢蹦乱跳的火焰。但她一直没有认识到,她的朋友中间,男的开始变得自负势利,目中无人;而女的学会打击报复,以此作乐。等她醒悟过来,已经为时太晚。从此,她开始显得喜气洋洋而又憔悴失意。她继续出席在昏暗的回廊或夏天草坪上举行的舞会，带着这种既像面具又似旗号的神色。她的眼光流露出拒不承认现实而又茫然不知所措的神情。一天晚上，在舞会上，她听见一个男孩和两个女孩——都是她的同学——的谈话。从此，她不再接受任何邀请。

她眼睁睁地看着和她一起长大的女孩子结婚嫁人，生儿育女，建起小家庭。可是，男人们不再始终如一倾心于她。渐渐地，朋友的孩子大了，称她为"阿姨"。她当了好些年的"阿姨"；孩子的母亲们常常津津有味地谈论米妮阿姨年轻时是个多么讨人喜欢的姑娘。后来，镇上的人开始看见她和银行出纳员星期天下午一起坐车兜风。他是个四十来岁的鳏夫——面色红润，身上常常散发淡淡的发油或威士忌的气味。他拥有全镇第一辆汽车，一辆红色的轻便小汽车。米妮是全镇第一个戴上坐车兜风用的帽子和面纱的人。镇上的人开始窃窃私语："可怜的米妮。"还有人说："她年纪够大了，可以照料自己。"她开始要求老同学让她们的女儿叫她"表亲"，不要叫"阿姨"。

公众舆论指责她犯私通罪是十二年前的事情。出纳员调到孟菲斯的银行去工作也有八年了。他每年圣诞节回镇来过节，参加在河边打猎俱乐部举行的一年一度的单身汉晚会。她的邻居们偷偷地撩起窗帘，目送他和朋友们朝河边走去。然后，那些朋友们在圣诞节专程登门拜访她时，便会絮絮不断地议论他，讲他气色好极了，听说他在孟菲斯的日子越过越宽裕。她们唠叨着，目光炯炯而又诡秘，不时瞥眼偷看她强颜欢笑而又憔悴失意的面容。往往，在这个时刻，她嘴里有威士忌酒味。一位年轻人，在出售饮料的商店工作的职员，供给她威士忌："对；是我为老姑娘买的酒。我认为她该稍稍快活一番。"

她的母亲卧床不起,足不出户;干瘦的姑姑主管家务。相形之下,米妮花色鲜艳的裙服,悠闲而无所事事的日子便显得十分不真实,一片空虚。她现在晚上只和女人、邻居们出外看电影。每天后半晌,她便穿上一件新衣服,独自去闹市。她的"表亲"们早就在闹市散步游逛。她们秀发如丝,头和面庞娇小优美,胳臂细长而笨拙,她们已经懂得故意扭动臀部。她们互相偎依,站在汽水柜台前面和同伴男友高声尖叫或咯咯嬉笑。她走过她们身边,走过一排排密集的商店铺面,她向前走着。懒洋洋地倚靠在门框上或坐在商店门口的男人不再抬起眼睛凝望她;他们的目光不再追随她的身影。

三

理发师在街上快步疾走。稀稀落落的路灯在死气沉沉的半空放出冷酷而又灼目的光芒。遮天蔽日的风沙吞噬了白昼。精疲力竭的尘土笼罩着昏暗的广场。广场上空,黄灿灿的穹窿像口铜钟。东方天际,一轮比平时大两倍的月亮时隐时现。

他赶上他们时,麦克莱顿和另外三个人正要坐上一辆停在小巷里的汽车。麦克莱顿低下浓发蓬松的脑袋,从车顶篷下向外张望。"你改变主意了,是吗?"他说,"好极了;上帝啊,要是明天全镇人听说你今天晚上讲些什么……"

"好了,好了,"另外一个退伍士兵说,"霍克肖是个好人。进来吧,霍克肖,快坐上来。"

"伙计们,威尔·梅耶斯没干过这种事,"理发师说,"就算有人真干了的话,也绝不是他。唉,你们大伙儿跟我一样,都知道我们镇上的黑鬼比哪儿的都要好。你们也知道,女人有时候会无缘无故对男人疑神疑鬼。不管怎么说,米妮小姐……"

"对,对,"退伍士兵说,"我们只是去跟他谈谈;没别的打算。"

"谈个屁!"帕契说,"我们跟他打完交道的时候……"

"住嘴! 老天爷,"士兵说,"你难道要让全镇人人都……"

"上帝啊,让他们都知道!"麦克莱顿说,"告诉那些混蛋们,告诉每一个能让白人妇女受……"

"走吧,咱们走吧。这儿还有一辆车。"第二辆车从小巷口一片尘土中滑行出来,发出尖厉的轰响声。麦克莱顿发动汽车,走在头里。风沙尘土像浓雾一样弥漫整个街道。悬挂在半空的路灯像是水中的阴影。汽车驶出镇外。

一条车辙杂乱的小路向右拐去。路面尘土飞扬,整个大地飘浮着风沙。夜空下耸立着黑乎乎的庞大的制冰厂厂房。黑人梅耶斯在厂里当守夜人。"我们最好停在这儿,对吗?"退伍士兵说。麦克莱顿并不作答。他猛地把车冲上来,一使劲煞住汽车,车前灯光直射白墙。

"听我说一句,伙计们,"理发师说,"他要是人在这儿,不就证明他没干过那件事? 不对吗? 如果是他干的,他会逃跑的。你们都明白他会逃跑的。"第二辆车开上来,停下。麦克莱顿走下车;帕契跳下车站在他身边。"听我说,伙计们。"理发师又说。

"把车灯关了!"麦克莱顿说。顿时,无声无息的黑暗向他们猛烈压来。四周一片寂静,他们只听见自己的呼吸,在两个多月干旱无雨枯焦的尘土中寻找空气的喘息声。接着是麦克莱顿和帕契渐渐消逝的脚步声。过了一会儿,黑暗中响起麦克莱顿的嗓音:

"威尔……威尔!"

东方天际,一轮朦胧疲惫的月亮冉冉升起,月晕越来越大。月亮爬上山脊,给空气、给风沙尘土涂上一层银灰色,仿佛它们在一锅炽烈的铅水中呼吸生存。四周悄然无声,既无鸟鸣,亦无虫声,一片寂静;只有人的喘息和汽车散热、金属冷却时的轻微声响。他们坐在汽车里,相挨着的身体火热火烫,似乎只出干汗。"耶稣基督!"有个人开口了,"咱们下车吧。"

可是他们没有挪窝。渐渐地,前面黑暗中隐约传来嘈杂的声音;他们走出车外,在杳无生气的黑暗里紧张地等待着。又传来皮肉挨打的声响、嘶嘶的吐气声和麦克莱顿压低嗓门的咒骂声。他们又站了一会儿,便一齐向前奔去。他们笨拙地、跌跌冲冲地奔跑着,似乎在为了躲避而逃跑。"杀了他,杀了他这个狗娘养的。"一个人低声嘟囔着。麦克莱顿猛地把他们都推了回去。

"别在这儿,"他说,"把他弄进车去。""杀了他,杀了这个黑畜生。"那个声音还在喃喃自语。他们把黑人朝汽车跟前拖过来。理发师一直站在汽车边上。他觉得浑身直冒冷汗,知道自己马上就要反胃呕吐。

"什么事,长官们?"黑人说,"我没干过什么坏事。上帝作证,约翰先生。"有人拿出一副手铐。他们围着黑人忙碌起来,默默无声,聚精会神而又彼此妨碍,仿佛黑人只是一根柱子。黑人顺从地听任他们给他戴上手铐,同时不断迅速地打量黑暗中看不清楚的面孔。"你们大家都是谁,长官们?"他说着,探过身子使劲辨认一张张面孔。他凑得很近,他们感觉到他吐出的气息,闻到他身上的汗臭味。他说出一两个人的名字。"你们说我干了什么事,约翰先生?"

麦克莱顿一使劲,打开车门。"滚进去!"他说。

黑人站着不动。"你们要干什么,约翰先生?我什么也没干。白人先生们,长官们,我什么也没干。我指天发誓。"他又叫出一个人的名字。

"上车!"麦克莱顿说。他打了黑人一巴掌。其他的人嘶嘶地嘘出一口长气,跟着动手朝黑人身上乱打。黑人猛地转过身来大声咒骂;他举起上了手铐的双手朝他们劈头盖脸地打去。手铐划破了理发师的嘴巴,理发师还手揍他。"把他推上车。"麦克莱顿说。他们使劲又推又拽;黑人不再挣扎,他上车安静地坐着。其余的人纷纷上车就座。黑人坐在理发师和退伍士兵的中间,两腿并拢,胳臂紧紧地靠着身子,极力避免和他们相碰。他的眼睛不断飞快地从一张张脸上转过去。帕契拽着车窗站在踏脚板上。汽车开动了。理发师用手绢捂着嘴。

"怎么了,霍克肖?"士兵问。

"没什么。"理发师说。汽车又上了公路,离开城镇。第二辆车稍稍落后,落在飞扬的风沙尘土后面。汽车向前奔驰,速度越来越快;最后一排房屋向车后掠去,消失了。

"他妈的,他真臭!"士兵说。

"我们会治好他这穷毛病的。"推销员说。他坐在前座,麦克莱顿身边。车外踏脚板上,帕契对着迎面扑来的热风大声咒骂着。理发师突然探过身子碰碰麦克莱顿的胳臂。

"约翰,让我下车。"他说。

"跳下去,你这个喜欢黑鬼的人。"麦克莱顿头也不回地说。车开得飞快。第二辆车在漫天的风沙尘土中追了上来,车灯十分晃眼。麦克莱顿驱车转入一条狭窄的小路。这条偏僻失修坑坑洼洼的小路通向一座常年废弃不用的砖窑——一座座红色的土堆和一个个杂草藤蔓丛生、深不见底的洞穴。这里一度曾是牧场,但是有一天,主人丢失一头骡,他用长长的竹竿小心翼翼地在洞里打捞,可是始终够不到洞底。

"约翰。"理发师又叫了一声。

"要下车,你就跳下去。"麦克莱顿边说边顺着错乱的车辙把汽车开得飞快。理发师旁边的黑人开口了:

"亨利先生。"

理发师向前坐起身子。狭长的路面朝着汽车疾驰而来,迅速消失,好像是从熄灭的火炉里飘出来的空气,虽不炽热却全无生气。汽车在坑坑洼洼的路面上颠簸着,跳跃着前进。

"亨利先生。"黑人说。

理发师拼命推门。"小心! 别……"士兵说。可是理发师已经踢开车门,转身站在踏脚板上。士兵把身子扑过黑人,想要抓住理发师,但他已经纵身跳下汽车。车子并未减速,依然向前疾驰。

汽车的惯性把他摔了出去,越过积满沙土的杂草丛,摔进了沟里,拍打起一片尘土。没有汁液的干草纷纷断落,发出一阵轻微的似有恶意的断裂声。他躺在地上,喘不过气而又一个劲儿地干呕。第二辆汽车开过来又消失了。他站起身,一拐一拐地走上公路,反身向城里走去,边走边用手掸掉身上的尘土。月亮升得高高的,终于超越风沙尘土,高高地悬挂在天空。他慢慢走着,渐渐地,杰弗生镇在风沙尘土中隐约可见,放射出晦暗的光芒。他一瘸一拐地走着。过一会儿,他听见后面传来汽车声,身后尘土中汽车的灯光越来越明亮耀眼。他走下大路,匍匐在杂草丛里等汽车过去。现在,麦克莱顿的汽车走在后边。车里坐着四个人,帕契不再站在踏脚板上。

汽车向前疾驰;风沙尘土吞没了汽车的踪影;灰暗的灯光和隆隆的车声远远地消失了。汽车扬起的灰沙在空中飘浮,马上又和永恒的尘土会合在一起。理发师爬上大路,跛着脚朝镇上走去。

四

那个星期六晚上,她梳妆打扮准备吃晚餐时,觉得浑身上下烧得烫手。她两手哆嗦,摸索着系上扣儿。她的眼光烧得灼人。她梳头时,头发不断翻卷,发出沙沙的噼啪声。她衣服还没穿戴整齐,朋友们就来了。她们坐着看她穿上最轻最薄的内衣、长袜、套上一件新的巴厘纱裙服。"你身体行吗?上街去受得了吗?"她们问道。她们的眼睛闪烁着暗黑色的光泽,灼灼逼人。"再过一阵子,等你的惊慌劲儿过去了,定下心来,你一定要把出事经过告诉我们。他说些什么,干些什么;详详细细地给大家讲一讲。"

她们顺着树木的阴影朝广场走去。她好像是准备跳水的游泳家,开始作深呼吸;她终于不再浑身哆嗦。她们四个人走得极慢,因为天气闷热,还因为要关心照顾她。快近广场时,她又发抖战栗。她高昂着头,两手紧握拳头垂在身边;朋友们说话的声音在她耳边嗡嗡作响,和她们闪烁发烧的眼光一样,恍恍惚惚而又激动急迫。

她们走进广场;她走在中间,穿着新衣服,弱不禁风。她哆嗦得越发厉害,越来越迈不开脚步。她昂着头,木然憔悴的脸庞上闪烁着滚烫发烧的眼睛;街上,孩子们吃着冰激凌。她走过旅馆,坐在路边椅子上没穿外套的旅行推销员们转过头远远地望着她:"就是那一个,看见了吗?中间穿粉红衣服的那一个。""那就是她?他们把黑鬼怎么处置的?他们……""当然。他现在挺不错了。""不错,是吗?""当然。他外出旅行了。"她们走近药品杂货店,连懒洋洋地靠在门口的年轻人都向她抬起帽子表示敬意。她走过药店,他们的目光追逐着她大腿和臀部的摆动。

她们向前走着,走过抬帽致敬的绅士;她们走过来了,人们的谈话声倏然中断,人人态度恭顺,小心翼翼。"看见了吗?"朋友们问。她们说话嘶嘶发响,仿佛喜不自禁,却又似摇曳不定拖长的叹息声。"广场上一个黑人都没有。一个也没有。"

她们走进电影院。灯火辉煌的休息室,描绘可怕而又美丽的生活变迁的彩色图画,使剧院像个小型的仙境乐园。她的嘴唇牵动抽搐。等到电影开演,一切就好了;她可以克制自己,不至于匆匆忙忙很快便把笑声浪费掉。于是她迎着转向她的一张张面孔,迎着低低的表示惊讶的窃窃私语快步向前。她们在老座位上坐定下来。银幕上的白光映照着座位间的通道。她看见年轻人男男女女成双作对地走进场内。

灯光逐渐暗淡,幕布泛出银光。于是,生活在眼前展现:美好、热情又忧伤。这时候,男女青年络绎不断地走进来;在半明不暗的光线下,闻得见他们身上的香水味,听得见他们沙沙的脚步声。他们双双对对的侧影轻盈匀称、柔滑光亮;他们细长的身体灵敏而又笨拙,充满青春的神圣活力。在他们身后,银色的美梦连绵不断地编织着,奔泻向前,永无尽头。她失声大笑。她想克制自己,反而发出更多的声响。人们纷纷回头。朋友们把她搀起来,领出戏院,她边走边哈哈大笑。她站在马路边上尖声狂笑,笑个没完。终于,来了一辆出租汽车。朋友们把她扶上汽车。

她们帮她脱掉巴厘纱裙,薄内衣和长袜,让她躺在床上,为她砸冰块敷脑门,同时派人请大夫。大夫一时难以找到;她们便主动照料她,不时压低嗓门尖叫一声,为她换冰块,给她打扇子。冰块刚换上还没有融化时,她会停止狂笑,安静地躺着,偶尔发出低低的呻吟声。然而,笑声马上涌上喉头,她便尖声狂笑。

"嘘——嘘——"她们哄着她,一边换冰袋,一边抚摸她的头发,仔细寻找白头发。"可怜的人儿！"她们互相询问，"你觉得真出事了吗？"她们的眼睛闪烁着黑黝黝的亮光，诡秘而又兴奋。"嘘——可怜的人儿！可怜的米妮！"

五

半夜时分，麦克莱顿驱车回到家。他的房屋还挺新的，干干净净，整整齐齐，像个鸟笼子，白绿相间的油漆明亮悦目，但面积跟鸟笼一样窄小。他锁上汽车，走上门廊，进入屋内。他的妻子从台灯下椅子里站起身来。麦克莱顿站在屋中央，瞪起眼珠，目不转睛地盯着她看，直盯得她垂下眼睛。

"看看几点钟了。"他说，抬起胳臂远远地指指座钟。她站在他跟前，低垂着头，手里拿本杂志。她脸色苍白，神色很不自在，而且疲惫不堪。"我不是对你说过，不许你这么坐着等我，看我几点钟回家。"

"约翰。"她叫了一声，放下杂志。他脚掌着地稳稳地站着，满脸大汗，愤怒的眼睛使劲地瞪着她。

"我对你说过没有？"他朝她走过去。她抬起眼睛。他抓住她的肩膀；她望着他，呆呆地站着。

"别这样，约翰。我睡不着觉……天太热了，不知怎么回事。请别这样，约翰。你把我弄得好痛。"

"我对你说过没有？"他放开她，半推半搡地把她摔倒在椅子里。她躺在那儿，静静地望着他走出房间。

他穿过屋子，边走边扯下身上的衬衣。他站在黑乎乎的带纱窗的后阳台上，用衬衫擦擦脑袋和肩膀，把衣服使劲扔到一边。他从裤子后兜掏出手枪，放在床边小桌上。他坐在床边脱鞋子，又站

45

起身脱掉长裤。他又出了一身汗,湿漉漉的。他弯下身子四处乱找那件衬衣。他总算找到了,又把身子擦一遍。他光着身子紧靠着落满灰沙尘土的纱窗;他站着直喘粗气。四下一无动静,没有一丝声音,连虫声都听不见。冷月昏星,黑暗的世界像患了重病昏沉沉地睡死了。

(陶　洁 译)

夕　阳

一

　　如今在杰弗生星期一跟其他工作日已经没啥区别了。街道铺上了柏油,电话公司和电力公司不断地砍伐两旁的树木——水橡、杨树、刺槐和榆树,腾出地方栽上了那些铁杆子,杆顶上还挂着一串串臃臃肿肿、阴森森、没有生气的葡萄。我们有了一家洗衣房,它每星期一早晨派出一辆辆颜色鲜艳的特制汽车挨家挨户地收集成包成包的衣服:整整一星期攒下的脏衣服就这样来到机警、烦躁的电动喇叭后边,像鬼影般地消失了,只听见车轮与沥青路面摩擦产生的裂帛般的声音,逐渐减弱,久久不息。甚至那些依旧按老方式给白人洗衣服的黑人妇女,如今也都用汽车取活儿送活儿了。

　　然而十五年前,逢到星期一早上,那灰土遍地、浓阴蔽天的宁静街道上便到处都是黑人洗衣妇。她们头上缠着头巾,安安稳稳地顶着用单子扎起的一捆一捆的衣裳,几乎有棉花包那么大,从白人家的厨房一直顶到"黑人坑"里小棚屋旁的发黑的洗衣盆边,手连扶都不扶一下。

　　南希总是先把衣包放到头上,再把她那顶冬夏不离身的黑色水手草帽搁到包上头。她个子挺高,颧骨突出,一副悲哀的面孔,缺牙的地方嘴有点瘪。有时我们陪她走上一段,穿过胡同,走过草场,跟着她瞧那稳稳当当的大包裹,还有那顶草帽,甚至当她在水渠那儿爬上爬下,或是弯腰从栅栏下面穿过去时,她的帽子都从不摇晃。她四肢着地爬过渠沟,头直挺挺地朝上抬着,然后站起身来接着走,衣服包像块岩石或像只气球似的四平八稳。

有时洗衣妇的男人会帮她们取送活儿,可是耶稣却从来没帮过南希,即使在爸爸还没禁止他来我家的时候,即使在迪尔西生了病、南希来我家做饭的那些日子里,他也从来没帮过她。

而且,逢到南希做饭,十有五成我们得穿过胡同,上她家去催她快来做早饭。爸爸叫我们别跟耶稣打交道——耶稣是个矮个儿黑人,脸上有一条刀疤。于是我们在水渠边停下,朝南希家小屋扔石头,直到南希在门口露了面,头倚在门边,身上一丝不挂。

"你们干吗砸我家房子?"南希说,"你们这些小鬼头要做啥?"

"爸爸说叫你快去做早饭。"凯蒂说,"爸爸说你这会儿就得去,已经晚了半个钟头了。"

"我可没想做早饭的事,"南希说,"我得先睡醒觉再说。"

"我敢说你醉了,"杰生说,"爸爸说你醉了。是吗,南希?"

"谁说我醉了?"南希说,"我得先睡够觉,我顾不上想早饭的事儿。"

于是,过了一阵子以后我们就不再扔石头,掉头回家去了。等南希最后来了,时间已经太晚,连我上学都耽误了。因此我们一直认为她在喝酒,直到那天她又被抓起来,带往监狱,半路从斯托瓦尔先生身边走过。他是银行出纳,浸礼派教会的执事。这时南希开口说:

"你多会儿付给我钱,白人?你多会儿付钱呀,白人,你可有三次一分钱也没给了……"斯托瓦尔先生把她打倒在地,可她仍不停地说，"白人，你多会儿给钱呀？你可有三次……"斯托瓦尔先生用鞋跟朝她嘴上踹了一脚，随后警官拉住了他，南希躺在街上，笑着。她转过头，啐出嘴里的血沫和断牙什么的，说道："他已经整整有三次一分钱没给我了。"

这就是她被打掉牙的经过。那天人们整天都在谈论南希和斯托瓦尔先生，而且当天晚上路过监狱的人整夜都能听见南希唱歌和号叫。人们能瞅见她的手扒着窗上的铁栏杆，不少人在栅栏前停了下来，听她叫喊，听看守怎样想法子制止她。南希一直嚎到天快亮时方才停下来，这时看守听见楼上有撞击声和摩擦声。他上了楼，发现南希在窗口的铁栏杆上上吊了。他说那是可卡因，不是威士忌，因为，一个黑人要不是满肚子可卡因，是绝不会上吊的，而黑人要是肚里满是可卡因，就不再是个黑人了。

看守割断带子将南希放下，把她救活过来，然后他就打她，用鞭子抽她。她是用自己的衣裳上吊的。她安排得挺妥帖，不过他们逮她的时候，她身上没穿别的，只有一件衣裳，因此她找不到东西绑自己的手，结果那双手死不肯撒开窗台。于是看守就听到了动静，跑了上来，瞧见南希吊在窗户上，赤条条的，肚子已经微微隆起，像只小气球似的。

那回迪尔西生了病，在家歇着，于是南希来给我们做饭，我们可以看出她的围裙那儿鼓了起来；那时爸爸还没吩咐耶稣不许来我家。耶稣在厨房里，坐在炉灶背后，黑脸上有一道刀疤，像一截肮脏的线。他说南希在衣服下边塞了个西瓜。

"不过，反正不是你那条藤上结的。"南希说。

"什么叫藤上结的？"凯蒂说。

"我能砍断结它的那条藤。"耶稣说。

"你干吗要在孩子们面前这么说话？你干吗不去干活儿？你

光吃。你成心想让杰生先生撞见你在他家厨房闲荡、跟他的孩子说那种话吗?"

"说哪种话呀?"凯蒂问,"藤是什么呀?"

"我不能在白人家厨房闲荡,"耶苏说,"可白人却能待在我家的厨房里。白人能进我的家,可我不能拦他。白人想进我家的时候,我就根本没有家了,我不能阻挡他,可他也不能把我踢出去。他不能。"

迪尔西依旧在家病着。爸爸叫耶苏别再进我们家的门。迪尔西还病着,好久好久了。晚饭后在我们书房里。

"南希在厨房还没收拾完吗?"妈问,"我觉得她早该洗完碗碟了。"

"让昆丁去看看吧。"爸爸说,"昆丁,去瞧瞧南希完事没有,告诉她说可以回家了。"

我到了厨房。南希拾掇完了。碟子已经收了起来,火也熄了。南希坐在一把椅子上,紧挨着冷炉子。她瞅着我。

"妈想知道你弄完了没有。"我说。

"完了。"南希说。她瞧着我,"我弄完了。"她瞅着我。

"怎么啦?"我说,"什么事呀?"

"我不过是个黑鬼,"南希说,"那不是我的错儿。"

她瞅着我,坐在冷灶前的椅子上,头上戴着水手草帽。我回到书房。你以为厨房里又暖和又忙乎又叫人快乐,可是那儿只有冷炉子什么的。只有冷炉子,碟子也都收起来了,而且在那个钟点里谁也不想吃东西。

"她完事了?"妈说。

"嗯。"我说。

"她干什么呢?"妈说。

“她啥也没干。她干完了。”

“我去看看吧。”爸爸说。

“没准儿她在等耶稣接她回家呢。”凯蒂说。

“耶稣走了。”我说。南希告诉过我们，有一天早上她睡醒来，发现耶稣不见了。

“他离开我走了，”南希说，“我琢磨是上孟菲斯去了。我猜是躲躲镇上的警察。”

“这倒清静点，”爸爸说，“我希望他就留在那儿。”

“南希怕黑。”杰生说。

“你也怕。”凯蒂说。

“我不。”杰生说。

“小胆儿猫。”凯蒂说。

“我不是。”杰生说。

“住嘴，凯丹斯①!”妈说。爸爸回来了。

“我去送送南希，”他说，“她说耶稣回来了。”

“她见到他了?”

“没有。有个黑人给她捎口信说他回到镇上来了。我一会儿就回来。”

“你把我撇下去送南希?”妈说，“对你来说，她的安全就比我的更要紧?”

“我一会儿就来。”爸爸说。

“那黑鬼就在附近，你难道当真把孩子们无依无靠地扔下?”

“我也去，”凯蒂说，“让我去吧，爸爸。”

“一个人要是不幸雇用了黑人，你又拿他们怎么办呢?”

---

① 凯丹斯是凯蒂的大名。

"我也想去。"杰生说。

"杰生!"妈说。实际上她是冲着爸爸说话。从她叫这名字的口气就能听出来。她像是认定了爸爸成天在盘算如何做最使她不快的一件事,而且她始终认为父亲马上就会想出那件事是什么了。我一声不吭,爸爸和我都明白,只要妈妈及时地想到了,她就会让爸爸叫我留下来陪她的。因此爸爸不往我这边看。我最大。我九岁,凯蒂七岁,杰生五岁。

"别胡说了,"爸爸说,"我们一会儿就回来。"

南希戴着帽子。我们走到胡同里。"耶苏一向对我不赖,"南希说,"只要他有两块钱,就有一块是我的。"我们在巷子里走着。"只要走出这条胡同,"南希说,"就没事了。"

胡同里总是黑洞洞的。"万圣节前夕杰生就是在这儿给吓坏了。"凯蒂说。

"我没有。"杰生说。

"雷切尔大婶不能劝劝他吗?"爸爸说,雷切尔大婶很老。她住在南希家旁边的小屋里,独自一人。她一头白发,整天坐在房里抽烟斗,她不再干活了。人们说她是耶苏的妈。有时她承认这点,可有时她又说她跟耶苏根本不沾亲。

"你就是害怕了,"凯蒂说,"你吓得比弗洛尼还厉害。你吓得比 T. P. 还厉害。吓得比黑鬼们还厉害呢。"

"谁都劝不住他。"南希说,"他说我把他身上的恶魔搅醒了,只有一个办法能使它安静下来。"

"不过现在他走了,"爸爸说,"你现在没什么可怕的了。只要你别再招惹那些白人。"

"别招惹什么白人?"凯蒂说,"怎么不招惹法?"

"他哪儿都没去,"南希说,"我觉得出来,我这会儿就能觉出他在,在这胡同里。他在听我们说话,一字一句的,他藏在什么地方等着。我看不见他,往后也不会见到,直到最后他衔着剃刀出现在我面前,就是他背后那根带子上系着的那一把,在他衬衣里头。到那会儿我甚至一点儿不会吃惊。"

"那天我根本没害怕。"杰生说。

"你要是检点一些,就不会有这些事了。"爸爸说,"不过现在还算好。他这会儿也许在圣路易斯,也许已经另娶了个老婆,早把你忘得一干二净了。"

"要是他那么干了,最好别叫我知道。"南希说,"我要紧紧盯住他们,他一搂她,我就砍断他的胳膊。我要把他的脑袋砍掉,我要把那女人剖肚开膛,我要推……"

"嘘!"爸爸说。

"给谁开膛呀,南希?"凯蒂问。

"我没吓坏,"杰生说,"我敢一个人走这条胡同。"

"哼,"凯蒂说,"要不是我们都在这儿,你根本不敢在这儿跨一步路。"

二

迪尔西仍旧病着,于是我们每天送南希回家,直到妈发了话:"这得到什么时候才了啊?把我一个人撇在这所大房子里,而你们却去送那个吓破胆的黑鬼回家?"

于是我们就在厨房给南希打了个地铺。有一天夜里我们被什么声音吵醒了。那声音从阴暗的楼梯传上来,既不是唱,也不是哭。妈屋里亮着灯,我们听见爸爸穿过过堂,从后楼梯走下去,凯蒂和我走到过堂里。地板冰冷冰冷的。我们倾听着,脚指头蜷着不去碰地板。那声音似唱非唱，是黑人常发出来的那种怪调。

后来叫声停了，我们听见爸爸沿后楼梯往下走着，我们走到楼梯口，接着那声音又在楼梯上响了起来，声音不算太大。我们可以看见南希的眼睛，在楼梯半中腰，紧挨着墙。就像是猫眼，就像有只大猫倚着墙，盯着我们。我们走下楼梯来到她身边，她不再出声了。我们站在那儿，最后爸爸出了厨房，提着手枪走上来。然后他又和南希一道走下去去取南希的铺盖。

我们把南希的地铺在我们屋里打开。等妈屋里的灯一熄，我们就又能看见南希的眼睛了。"南希，"凯蒂悄悄说，"你睡了吗，南希？"

南希小声嘟囔了句什么，或是"噢"，或是"没"，我没听真。仿佛根本没有人讲话，那话声像是从虚无缥缈中发出，又在虚无缥缈中消逝，甚至于连南希都好像并不存在似的；好像只不过由于我在楼梯上使劲瞧南希的眼睛，于是它们就印到了我的眼珠上，就如当你闭上眼、看不见太阳时，太阳仍映在你眼睛里一样。"耶稣啊，"南希低声说，"耶稣。"

"是耶稣吗？"凯蒂问，"是耶稣想进厨房？"

"耶稣啊。"南希说。她是这样说的：耶—埃—埃—埃—苏，直到声音渐渐消失，如火柴或蜡烛的熄灭。

"她指的是另一个耶稣。"我说。

"你看得见我们吗？"凯蒂小声说，"你也能瞧见我们的眼睛吗？"

"我不过是个黑鬼，"南希说，"上帝知道，上帝知道。"

"你在楼下厨房里看见什么啦？"凯蒂悄声道，"什么想进来？"

"上帝知道，"南希说，我们能看见她的眼睛，"上帝知道。"

迪尔西病好了。她来做午饭了。"你最好在家里再躺一两天。"爸爸说。

"为啥？"迪尔西说，"我再迟来一天的话，这地方就该毁完了。快都出去，我好把我的厨房拾掇整齐。"

晚饭也是迪尔西做的。那天晚上，天刚刚擦黑，南希走进了厨房。

"你怎么知道他回来了？"迪尔西说，"你又没见着他。"

"耶稣是个黑鬼。"杰生说。

"我能觉出来，"南希说，"我能觉出他正躲在那边的沟渠里。"

"今儿晚上？"迪尔西说，"今儿晚上他就在那儿？"

"迪尔西也是黑鬼。"杰生说。

"吃点东西吧。"迪尔西说。

"我啥也不想吃。"南希说。

"我不是黑鬼。"杰生说。

"喝点咖啡。"迪尔西说。她给南希倒了一杯咖啡。"你当真知道他今儿晚上在外头？你怎么知道是今晚上在呢？"

"我知道，"南希说，"他在那儿等着呢。我知道。我跟他过得太久了。我知道他打算干什么。他自个儿还不知道呢，我就知道了。"

"喝点咖啡。"迪尔西说。南希把杯子举到嘴边，吹着。她的嘴噘起，像伸延的蜷蛇的嘴，像橡皮做的嘴。仿佛她在吹咖啡时把唇上的血色全吹掉了。

"我不、不是黑鬼，"杰生说，"南希，你是黑鬼吗？"

"我是地狱里养的，孩子。"南希说，"要不了多久，我就什么都不是了。不久我就该回老家了。"

三

她开始喝咖啡。她喝着，两手捧着杯子，又叫唤开了。她朝杯子里叫唤,咖啡溢了出来,洒在她的手上和衣服上。她坐着,瞧着我们,两肘支在膝盖上,手捧着杯子,隔着湿漉漉的水杯望着我们,一边发出那种声音。"瞧南希,"杰生说,"现在南希不能给我们做饭了。现在迪尔西病好了。"

"你快别吱声了。"迪尔西说。南希双手捧着杯子,瞅着我们,还发出那种声音,仿佛她身上有两个人:一个在瞧我们,另一个在号叫。"你为啥不请杰生先生打电话叫警官?"迪尔西说。南希不叫了,修长的棕色的手捧着杯子。她又试着想喝点咖啡,但咖啡从杯子里溅了出来,洒在她的手上和衣服上。她放下杯子。杰生望着她。

"我咽不下,"南希说,"我咽了,可它不肯下去。"

"你到我家去吧,"迪尔西说,"弗洛尼会给你打个铺的,我一会儿就回去。"

"黑人谁也拦不住他。"南希说。

"我不是黑鬼,"杰生说,"对吗,迪尔西?"

"我想你不是。"迪尔西说。她望着南希。"我看不见得吧。那么,你打算怎么办?"

南希看着我们。她两眼死盯着我们,几乎一动不动,好像是怕再没机会看了。她看着我们,我们三人。"记得那天晚上我在你们房里吗?"她说起第二天清晨我们怎样一大早就醒了,怎样玩等等。我们只能在她铺上悄没声儿地玩,直到爸爸醒了,到了做早饭的时候。"去求求你妈,让我在这儿过夜吧,"南希说,"我可以不用地铺。咱们还能玩。"

凯蒂去问妈妈。杰生也去了。"我可不能让黑人在我家卧室睡觉。"妈说。杰生哭了。他哭个不休,最后妈说,他要是再哭就三天不给他吃甜点心。于是杰生说,要是迪尔西给他做巧克力蛋糕他就不哭了,爸爸也在那儿。

"你为什么不采取点措施?"妈说,"那些警察是干什么的?"

"南希为啥怕耶稣呢?"凯蒂说,"你怕爸爸吗,妈妈?"

"他们又能做什么呢?"爸爸说,"连南希都没看见他,警官又怎么能找到他呢?"

"那她为什么要怕?"妈说。

"她说他在那儿。她说她知道他今晚在那儿。"

"我们纳了税,"妈说,"可我却得一个人待在这大房子里,等你们去送一个黑女人回家。"

"可你知道我没拿着剃刀埋伏在外头呀。"爸爸说。

"要是迪尔西给做巧克力蛋糕我就不哭。"杰生说。妈叫我们都出去,爸爸,他不知道杰生吃不吃得上蛋糕,可他知道杰生若再不听话马上就该吃苦头了。我们返回厨房,把经过告诉南希。

"爸爸说,你回家锁上门,就没事儿了,"凯蒂说,"你怕出什么事儿呀,南希?耶稣生你的气了吗?"南希又端起了咖啡,胳膊肘架在膝上,手在双膝之间,捧着杯子。她朝杯子里凝视着。"你干什么了,让耶稣生那么大气?"凯蒂说。杯子从南希手里跌落。杯子没有摔碎,可是咖啡洒了一地。南希坐着,手仍保持着捧水杯的姿势。她又叫开了,声音不太响,似唱非唱的。我们盯着她。

"听我说,"迪尔西说,"别叫了。你在自己吓自己。你在这儿等等,我去叫威尔许送你回家。"迪尔西出去了。

我们望着南希。她的肩一直抖着,但不再发怪声了。我们看着她。"耶稣打算把你怎么着?"凯蒂说,"他走了呀。"

南希瞧着我们。"那天夜里我在你们屋里,咱们玩得真高兴,是吧?"

"没有,"杰生说,"我不高兴。"

"你在妈屋里睡着呢，"凯蒂说，"你压根儿就不在。"

"咱们再一块上我家玩去吧。"南希说。

"妈不会答应的，"我说，"天太晚了。"

"别惊动她，"南希说，"明儿早上再告诉她。她不会在意的。"

"她不会让我们去。"我说。

"这会儿别问她，"南希说，"这会儿别惊动她。"

"她没说我们不能去。"凯蒂说。

"我们没问。"我说。

"你们要去的话，我就告诉妈。"杰生说。

"我那儿有好玩的，"南希说，"他们不会在意，不过是上我家嘛。我给你们家干了这么久了。他们不会在意。"

"我不怕上你家去，"凯蒂说，"是杰生害怕。他会告密的。"

"我不会。"杰生说。

"你会，"凯蒂说，"你会告密的。"

"我不会告密，"杰生说，"我不怕。"

"跟我走杰生不会害怕的，"南希说，"杰生，你怕吗？"

"杰生准会告密。"凯蒂说。胡同里黑咕隆咚的。我们穿过草场的门。"我打赌，要是有什么东西打门背后蹿出来，杰生准要大嚎。"

"我不。"杰生说。我们在胡同里走着。南希高声地说话。

"南希，你干吗大叫大嚷的？"凯蒂说。

"谁？我吗？"南希说，"听，昆丁、凯蒂和杰生说我讲话声儿大呢。"

"你说话的口气就像我们有五个人，"凯蒂说，"你说话的口气就像爸爸也在这儿似的。"

"谁？我说话声大吗，杰生先生？"南希说。

"南希管杰生叫'先生'呢。"凯蒂说。

"听凯蒂、昆丁和杰生怎么说话。"南希说。

"我们说话声不大,"凯蒂说,"你才声大呢,口气就像是爸爸……"

"嘘,别吱声,"南希说,"杰生先生,别吱声。"

"南希又管杰生叫'先生'了……"

"别吱声。"南希说。我们走过了渠沟,在她常常顶着衣服包过往的地方穿过栅栏,她大声地说着话。随后我们来到了她家。我们走得很快。她打开了房门。房子的气味闻起来像油灯,而南希的味儿就像是灯芯,仿佛是她和房子都在等待对方,合在一起就发出了气味。南希点着灯,关了门,把门闩好。她不再大声说话了。她看着我们。

"咱们要干吗呀?"凯蒂说。

"你们想干啥呢?"南希说。

"你说有好玩的。"凯蒂说。

南希屋里还有别的什么,你能闻出来,除去南希和房子,还有别的东西。连杰生都闻出来了。"我不想待在这儿,"他说,"我要回家。"

"那你走吧。"凯蒂说。

"我不想一个人走。"杰生说。

"我们要玩好玩的了。"南希说。

"怎么玩?"凯蒂说。

南希站在门口。她望着我们,不过,她的眼睛似乎空荡荡的,仿佛她不再使唤它们了。"你们想玩啥呢?"她说。

"讲个故事吧,"凯蒂说,"你会讲故事吗?"

"会。"南希说。

"讲吧。"凯蒂说。我们望望南希。"你根本没有故事。"

"有,"南希说,"我有故事。"

她走过来,在炉前的一把椅子上坐下。炉里有一点点火星。等里头烧红了,南希把柴火拢好。火熊熊地烧了起来。她讲了个故事。她讲话的神情跟她看人一样,仿佛瞅着我们的那对眼睛、讲故事的那张嘴都不是她的。仿佛她正在别的什么地方,等待着。她在屋子外边。她的声音在屋里,还有她的影子,那个能像顶气球般若无其事地顶着一大包衣服稳稳当当钻过带刺铁丝网的南希的影子。但仅此而已。"于是,王后走到渠边,坏人就藏在沟里。她走到渠边,说:'但愿我能平安过去'她这么说……"

"哪条渠?"凯蒂说,"跟外头那条一样吗?王后干吗要到水渠里去呀?"

"为了回家。"南希说。她看着我们。"要想赶快回家、闩上房门,她就非得过渠沟不行。"

"她干吗要回家闩门呢?"凯蒂问。

四

南希看着我们。她不说话了。她看着我们。杰生坐在南希膝盖上,腿直挺挺地从短裤里伸出来。"我觉得这故事不好,"他说,"我要回家。"

"没准儿我们真该回家了。"凯蒂说。她从地板上站了起来。"我敢说这会儿他们正在找我们呢。"她朝门口走去。

"别,"南希说,"别开门。"她匆忙起身抢到凯蒂前头。她没碰门,没碰木门闩。

"为啥?"凯蒂问。

"还到灯跟前去吧，"南希说，"咱们玩个痛快。你们用不着走呢。"

"我们得走，"凯蒂说，"除非有好多好多好玩的。"她和南希回到火炉和油灯旁。

"我要回家，"杰生说，"我要告诉妈。"

"我还有一个故事。"南希说。她紧挨着灯站立。她看着凯蒂，像是在瞄着鼻子上平放的一根小棍。她本当眼朝下看凯蒂，但她的两眼却那么对着，就像是想让一根小棍在鼻子上维持平衡似的。

"我不想听，"杰生说，"我要跺地了。"

"这回是个好故事，"南希说，"比刚才的那个强。"

"讲什么的？"凯蒂说。南希站在灯前。她的手放在灯上，灯光映衬着修长的、棕色的手。

"你把手放在热灯罩上，"凯蒂说，"不觉得烫吗？"

南希看看放在灯罩上的手。她缓缓地把手转开。她站着，看着凯蒂，修长的手拧来拧去，好像它是用绳子系在腕上似的。

"咱们干点别的吧。"凯蒂说。

"我要回家。"

"我有玉米。"南希说。她看看凯蒂，看看杰生，又看看我，最后又看着凯蒂。"我有玉米。"

"我不喜欢爆玉米花，"杰生说，"我要吃糖。"

南希望着杰生。"你可以拿爆玉米的锅。"她仍在拧自己的手，那棕色的修长疲软的手。

"好吧，"杰生说，"要让我拿锅我就在这儿待一会儿。不能让凯蒂拿。要是让凯蒂拿我就要回家。"

南希把火弄旺。"瞧，南希把手伸进火里去了，"凯蒂说，"南希,你怎么了?"

"我有玉米,"南希说,"我有。"她把爆玉米的锅从床底下拿出来。锅是破的。杰生哭开了。

"我们没法爆玉米了。"他说。

"反正我们得回家,"凯蒂说,"走吧,昆丁。"

"等一等,"南希说,"等等。我能修好它。你们不想帮我修爆玉米的锅吗?"

"我不想吃玉米花,"凯蒂说,"现在太晚了。"

"杰生,你来帮我,"南希说,"你不想帮我吗?"

"不,"杰生说,"我想回家。"

"嘘,"南希说,"别做声。瞧,瞧我。我能修好锅,然后杰生就能爆玉米了。"她拿起一根铁丝,把锅绑好。

"绑不结实的。"凯蒂说。

"不,能绑结实,"南希说,"你们瞧吧。来帮我剥点玉米吧。"

玉米也在床下边。我们把玉米豆剥进锅里,南希帮着杰生把锅放到火上。

"它不爆,"杰生说,"我想回家了。"

"你等等,"南希说,"它这就要爆了。爆开了多好玩呀。"她在火旁坐着。油灯捻儿拧得那么高,它都开始冒烟了。

"你干吗不把灯往小里拧拧呢?"我说。

"没事儿,"南希说,"我会把它擦净的。等一等,现在玉米快要爆裂了。"

"我不觉得快要爆裂了,"凯蒂说,"不管怎么说,我们得回家了。他们该着急了。"

"别价,"南希说,"玉米这就该爆了。迪尔西会告诉他们你们在我这儿呢。我给你们家干活干了这么久了。你们在我家他们不会生气的。等等吧。玉米现在马上就要爆了。"

这时烟呛了杰生的眼,他哭了起来。他把锅扔进火里。南希拿起块湿布,擦了擦杰生的脸。但杰生仍哭个不停。

"别哭,"她说,"别哭。"杰生依旧哭着。凯蒂把锅从火里弄了出来。

"全烧焦了,"她说,"南希,你得另外再找点玉米。"

"你们把玉米全放进去了?"南希说。

"嗯。"凯蒂说。南希看着凯蒂。随后她拿起爆玉米的锅,打开它,把糊渣子倒进围裙里,在里头挑来拣去,她的手长长的,棕色的,我们瞅着她。

"你没有玉米啦?"凯蒂问。

"有,"南希说,"有。瞧,这些玉米豆没烧焦。我们只要……"

"我要回家,"杰生说,"我要告诉妈。"

"嘘。"凯蒂说。我们都倾听着。南希已经把头转向闩住的房门。红色的灯光映着她的眼。"有人来了。"凯蒂说。

于是南希又开始出怪声了,声音不大,她坐在炉火跟前,手垂在双膝间;猛地,大颗大颗的汗珠从她脸上渗了出来,每滴汗都映着一个旋转的火球,都像一颗火星,直到汗珠从她的下巴上滴落。"她不是在哭。"我说。

"我没哭。"南希说。她两眼闭着。"我没哭。是谁来了?"

"不知道。"凯蒂说。她走到门口,朝外望去。"现在我们得走了,"她说,"爸爸来了。"

"我要告诉爸爸,"杰生说,"是你们让我来的。"

南希脸上仍旧淌着汗水。她在椅子上转过身子。"听着,告诉他,跟他说我们会玩得很快活。跟他说我能好好照料你们到天亮。叫他答应让我跟你们回家睡在地上。告诉他我不要床铺。我们能玩个痛快。记得上回咱们玩得多高兴吗？"

"我没高兴，"杰生说，"你把我弄疼了。你用烟呛了我的眼。我要告诉爸爸。"

五

爸爸走进来。他看着我们。南希没起身。

"跟他说呀。"她说。

"凯蒂让我们来的，"杰生说，"我本来不想来。"

爸爸走到炉火跟前。南希抬头望望他。"你不能去雷切尔大婶那儿待待吗？"他说。南希抬头望着他，手放在两膝间。"他不在这儿，"爸爸说，"要不我就会看见他的。连个人影都没有。"

"他在沟里，"南希说，"他在那边的渠沟里等着呢。"

"胡说，"爸爸说，"你怎么知道他在那儿？"

"我看见迹象了。"南希说。

"什么迹象？"

"我看见了。我进屋时它在桌上。一根猪骨头，上边还有带血的肉，在灯旁边。他就在外头，你们一走，我也该上西天了。"

"上哪儿了，南希？"凯蒂说。

"我不是告密的。"杰生说。

"胡说八道。"爸爸说。

"他就在外头，"南希说，"这一刻他正从窗口朝里望呢，等着你们离开。那时我就该上西天了。"

"胡说，"爸爸说，"锁上房门，我们送你上雷切尔大婶家去。"

"那没用。"南希说。她不再看爸爸了，爸爸却低头望着她，望着她那修长的、无力的、不停扭动的手。"拖延一点用处都没有。"

"那你想怎么办呢?"爸爸说。

"我不知道。"南希说,"我没有办法,只能拖延;但拖延没有好处。我想我命该如此。我想,我要碰上的事都是命里注定的。"

"碰到什么?"凯蒂说,"什么是你注定的?"

"没什么,"爸爸说,"你们都该睡觉了。"

"是凯蒂让我来的。"杰生说。

"去雷切尔大婶家吧。"爸爸说。

"那没用。"南希说。她坐在炉火前,手臂放在腿上,两只修长的手垂在膝盖之间。"连你们家的厨房都不管用。哪怕我睡在你孩子屋里的地板上,第二天早上我也会挺在那儿,血……"

"别说了,"爸爸说,"锁上门,吹熄灯,上床睡吧。"

"我怕黑,"南希说,"我怕事情发生在黑暗中。"

"你是说你打算这么一直点灯坐着?"爸爸说。南希又开始出怪声了,她坐在炉火旁,修长的手放在两膝间。"唉,真见鬼,"爸爸说,"来吧,孩子们,上床睡觉的时间早过了。"

"你们一回家,我就完了。"南希说。她说得比较平静,面孔和手似乎也安静了下来。"不过,反正我已经在洛夫雷迪先生那儿攒下棺材钱了。"洛夫雷迪是个肮里肮脏的矮个子,他敛收黑人的保险费,每星期六早晨他在黑人的小棚屋和各家厨房之间转来转去,每人收十五美分。他和他老婆住在旅馆里。有一天早上他老婆自杀了。他们有个孩子,一个小姑娘。于是他领上那孩子走了。过了一两个星期他独自回来了。逢到星期六早上,我们可以在一些小巷里和僻静的街上见到他。

"别胡说,"爸爸说,"明天早晨我在厨房头一个见到的准是你。"

"你会见到你将见到的东西,我想,"南希说,"可是,只有上帝才能说将要发生什么。"

<h1 style="text-align:center">六</h1>

我们离开了,她仍坐在炉火旁。

"过来闩上门吧。"爸爸说。可她没动。她不再看我们,静静地坐在油灯和炉火之间。我们沿着胡同走了一段,回过头来,仍能通过敞开的房门看见她。

"什么事,爸爸?"凯蒂说,"要出什么事呀?"

"没什么。"爸爸说。爸爸背着杰生,因此杰生成了我们当中最高的了。我们走到渠沟里。我朝沟里瞧了瞧,一声不吭。在月光和阴影交错的地方我没看出多少名堂。

"要是耶苏藏在这儿,他能看见我们,不是吗?"凯蒂说。

"他不在这里,"爸爸说,"他好久以前就离开了。"

"是你们把我弄来的。"杰生说,他高高在上,衬着夜空,看上去像是爸爸有两个脑袋似的,一个小,一个大,"我本来不想来的。"

我们从沟里走上来。我们还能看见南希的房子和敞开的房门,不过现在已经看不见她本人了,她坐在炉火旁,任门大敞着,因为她累了。"我实在累了,"她说,"我不过是个黑人。那不是我的过错。"

但是我们能听见她的声音。因为,正当我们走出渠沟时,她又开始发出那似唱非唱的声音。"爸爸,以后谁来给咱们洗衣服呢?"我说。

"我不是黑鬼。"杰生说,他高高地趴在爸爸头顶上。

"你比黑人还坏,"凯蒂说,"你是个告密的。要是有什么东西蹿出来,你比黑鬼还吓得厉害。"

"我不会。"杰生说。

"你会大哭大号。"凯蒂说。

"凯蒂。"爸爸说。

"我才不会呢!"杰生说。

"小胆儿猫。"凯蒂说。

"凯丹斯!"爸爸说。

（黄　梅　译）

殉　葬

一

两个印第安人穿过庄园,直奔黑奴居住区而去。部落里的奴隶就都住在那面对面的两排屋里,粗砖砌的房子,粉刷得干干净净,中间夹着一条小巷,倒还阴凉,地下尽是深深浅浅的光脚印子,还有三五个自制的玩偶默默地躺在尘埃里。就是没有半个人影儿。

"我就料到会有这一手。"一个印第安人说。

"有个屁。"另一个说。这时虽是晌午时分,巷子里却是空荡荡的,小屋门洞里也都阒无一人,起了裂缝、涂了灰泥的烟囱没有一个冒出炊烟来。

"是啊。咱们当今头人①他的老爷子当年去世的时候也出现过这样的情况。"

"还当今呢,该叫已故头人了。"

"对。"

先开口的那个印第安人名叫三筐,年纪兴许已有六十了。两个人都是矮墩墩的,还算结实,俨然一副"自由民"的架势,大肚

---

① 头人是对酋长的称呼。

子,大脑袋,泥土色宽宽的大脸膛,安详的脸色看上去迷迷糊糊,仿佛暹罗或苏门答腊一堵残壁上雕着的两个头像,隐隐出现在薄雾中。那是阳光造成的感觉——阳光奇猛,阴影也就奇浓。他们的头发活像烧得光光的土地上长出的芦苇。三筐还有一只彩色的鼻烟壶,当个耳坠戴在耳朵上。

"我一直说的,这一套做法不好。想当年,一没有这些房子,二没有黑人。那时候自己的光阴自己受用,真是从容自在哪。哪儿像现在,还得给他们找活儿干,把大半的工夫都花费在他们的身上——这帮人哪,干起活来就不怕出臭汗。"

"他们简直像马,像狗。"

"他们跟这人间世界的什么东西都不像。他们什么都不在乎,只有出了臭汗才算满意。真比白人还讨厌。"

"头人总不见得会亲自去找活儿来给他们干吧。"

"就是这话。养奴隶我不赞成。这种做法不好。当年的世道,那才好呢。现在这一套不行。"

"当年的世道你也没有见过吧。"

"有人见过,我听他们说的。反正现在这一套我算是尝过滋味儿了。出臭汗,那不合人的天性。"

"可不。瞧他们的皮肉,老出汗都成了那个样子。"

"是啊,都发黑了。连味道也发苦了。"

"你吃过?"

"从前吃过。那时候年纪还轻,胃口也比现在强多了。我眼下可比不得从前咯。"

"是啊。他们现在也值钱了,吃掉不上算了。"

"那种肉有一股子苦味,我受不了。"

"既然白人愿意拿马来换,那吃掉就不上算了。"

他们进了小巷。门前长了青苔的石阶下,跟肉骨头、破葫芦瓢盘子一起默默躺在尘土里的,就是那种木削布缠、上插羽毛、做成神像样子的软瘪瘪的玩偶。可是小屋里全都没有一点声息,门洞里也不见半个人影儿;自从昨天伊塞梯贝哈去世以后,就是这样的情况了。其实他们俩也早就料到了。

正中那所小屋比别的屋子都要稍微大一些,每到月亮盈亏到一定形状时,黑人就都聚在这所屋里,祭礼先在这里进行,到黄昏以后再移到小溪边的洼地上,他们的鼓就藏在那边。一些小东西则都放在这间屋里,有各种神秘的祭器,还用红泥涂了种种标记、作为祭祀记录的一根根树枝。地中央是一只炉子,当头屋顶上有一洞,炉子里有一些木柴的冷灰,上面吊着个铁锅。百叶窗都关上了。那两个印第安人在逼人的阳光里待久了,乍一进屋,眼睛一时什么也辨不出来,只觉得刷的一下,眼前一片黑暗,黑暗里依稀有许多眼珠子在滴溜溜打转,因而恍若满屋都是黑人。两个印第安人在门口站住。

"是嘛,"三筐说,"我就说过这种做法不好。"

"这个地方我简直待不下去。"那另一个说。

"那是因为你闻到有股味儿,黑人一害怕就有这么股味儿。我们害怕时不发出这种味儿。"

"这个地方我简直待不下去。"

"你也害怕得有股臭味儿了。"

"咱们嗅到的味儿只怕是伊塞梯贝哈身上来的。"

"对咯。其实他心里有数。他知道咱们会扑空。他临死的时候早就料到咱们今天跑来非扑空不可。"一派幽暗浑浊之中,黑人的眼睛在四下里打转,黑人的气味在周围荡漾。三筐冲着屋里说:"我是三筐,你们都认识我的。我们是奉头人的命令来的。我们要找的那一位他逃走了吗?"黑人没有言语。他们那股味儿,他们

70

身上那股臭气,似乎在热烘烘静止的空气里时起时伏。他们似乎是在那里一齐苦苦思索一件年代久远的事,一件不可思议的事。他们就像是一条章鱼,他们就像一棵大树见了老根,就在泥土刨开的一瞬间,露出了底下那长久不见阳光,郁愤难舒的一大堆,纠结盘曲,粗而奇臭。"说吧,"三筐又接下去说,"我们的差使你们都清楚。我们要找的那一位他逃走了吗?"

"他们在琢磨什么呢,"那另一个说,"这个地方我是待不下去了。"

"他们肯定知道点情况。"三筐说。

"你是说他们把他藏起来了?"

"不,他是逃走的。昨儿晚上就逃走了。这事从前有过先例,当今的头人他爷爷去世的时候就发生过这样的事。为了抓那个人我们花了三天工夫。杜姆也就拖了三天没咽气,一个劲儿地念叨:'我的马,我的狗,我都见到了,就是见不到我的奴隶呀。你们把他怎么啦,弄得我不能安安心心闭上眼?'"

"他们可不想送命。"

"就是。他们都是牛脾气。这就老是给我们添麻烦。这帮子人呀,不懂得荣誉,不晓得体面,尽捣乱。"

"这个地方我待不下去了。"

"我也是。不过话说回来,他们到底是野蛮人,当然不懂得尊重风俗习惯。所以我说眼前这一套做法不行。"

"就是。他们都是牛脾气。他们宁肯在毒日头底下干活,也不肯陪着酋长入土为安。现在这个人又逃走了,真是!"

黑人没有说一句话,也没有出一点声。白白的眼珠子直打转,目光愤激地克制着。一股子臭气浓极了。那另一个印第安人说:"是的,他们害怕了。咱们这该怎么办呢?"

"去回禀头人。"

"莫克土贝肯听?"

"他不听又怎么样呢?他心里是不大想管,可他到底是当今的头人啊。"

"对,他是头人了。他现在可以把那双红跟鞋一直穿在脚上了。"两个人就转身出了门。门框里其实并没有门。这里哪一间屋子都没有门。

"他以前早穿过了。"三筐说。

"那是背着伊塞梯贝哈偷偷穿的。如今那可是他的鞋了,他是头人了。"

"就是。为了这事伊塞梯贝哈还不高兴呢。我听人说的。据我所知,他曾经对莫克土贝说过:'等你做了头人,这鞋就归你。没到时候,鞋还是我的。'可现在莫克土贝当上头人了,他就可以穿个痛快了。"

"对,"那另一个说,"他现在是头人了。以前他老是背着伊塞梯贝哈偷偷儿穿,不知道伊塞梯贝哈晓得不晓得。伊塞梯贝哈人还没老,就一命呜呼了,莫克土贝接位当了头人,红跟鞋也就归了他了。对这事儿你有什么感想?"

"我根本就不去想,"三筐说,"你想了?"

"我也不想。"另一个说。

"好,"三筐说,"算你聪明。"

二

酋长府坐落在一个土墩上,四周都是栎树。正面就是一层,是一艘轮船的舱面船室原封不动搁在那儿。说起来那还是伊塞梯贝哈的父亲杜姆手里的事了。有一次碰到一艘轮船在岸上搁了浅，杜姆就带了奴隶把舱面船室拆下来，用柏树干当活动轮子，从陆上拉回到家里，行程十二英里，历时五个月。他当时的所谓酋长府，其实总共就是一堵砖墙，轮船拉来，便横靠在墙上。如今那百叶门门楣高处标明船室名称的金字上方虽还伸出了洛可可式的檐口，却早已边损漆落、光彩黯淡了。

　　杜姆生下来的时候，身份不过是个小酋长，他是个"明哥"①，酋长家有三个外甥，他便是其中之一。年轻的时候他从密西西比河北段坐上一艘龙骨船，作了一次新奥尔良之行。当时新奥尔良还是一座欧洲人的城市，在那里他结识了一位"舍尔·布朗迪"②骑士德·维特雷，此人的社会身份从表面上看也跟杜姆相当。杜姆得了这个保驾将军的护卫，就冒充舅家土地的世袭继承人，以酋长、头人的身份出现在新奥尔良河滨一带的强徒赌棍之中。正是这个德·维特雷骑士，管他叫作杜姆，杜姆的名字就是由此而来的。③

　　这两个人到处形影不离——一个是印第安人，矮胖身材，一脸犷悍粗野的神气，叫人摸不清底细；一个是巴黎人，一直流落在海外，据说是卡隆特莱④的相识，威尔金森将军⑤的密友。后来两个

---

①　"明哥"系易洛魁人的别称。易洛魁是印第安人中的一个部落集团，本居于密西西比河中下游一带。

②　"舍尔·布朗迪"在法文中原意是"金发修女"，可见这本来是一个外号，而并不是一个头衔。

③　杜姆原文为法文 du homme，是这位骑士创造的 the Man（头人）一字的法译（显系由 de l'Homme 而来）。du homme（杜姆）与英语中的 Doom（杜姆，有"厄运"之意）读音相近，这个印第安人就这样得了个很难听的名字。

④　卡隆特莱（1748—1807），西班牙男爵，驻在美洲的殖民官员。十八世纪末曾任西属路易斯安那–西佛罗里达总督。

⑤　威尔金森将军（1757—1825），美国将军。路易斯安那为美国购得后，于建州前曾由威尔金森做过一任长官（1805—1806）。

人忽然又双双销声匿迹,原来常去的那些暧昧的去处从此再也见不到他们的踪影,只留下了一些传奇般的风闻,说是杜姆赢得钱的数目大到如此这般,另外还提到了一个大姑娘,是西印度一家相当有钱的大人家的小姐,说杜姆失踪以后,那姑娘的兄长、一家的嗣子,还带了把手枪,到杜姆以前常到的地方去找过他,找了好一阵子才作罢。

六个月以后,那个大姑娘搭上了去圣路易斯的班船,从此也不见了。班船一天深夜在密西西比河北段的一个木码头上靠了岸,姑娘由一个黑人侍女伴着下了船。有四个印第安人赶了一辆马车来迎接她。她那时早已有了身孕,所以马车不敢走快,走了三天才到,到庄园一看,杜姆已是这里的酋长了。杜姆对她绝口不谈自己这酋长是怎么当上的,只说舅父和表兄都突然亡故了。当时的酋长府无非就是一堵砖墙,是叫无所事事的奴隶砌起来的。靠墙支起了一个单坡的茅草屋顶,下面隔成几个房间,肉骨头和垃圾满地乱丢,这就是府第了。四外上万英亩一大片,是稀世少有的林野,宛如皇家的猎苑,鹿群到处自在吃草,好像家养的一样。就在伊塞梯贝哈坠地前不久,杜姆和姑娘匆匆结了婚,主持婚礼的是一位巡回牧师兼奴隶贩子,他骑了一头骡子,鞍子上绑着一把布伞,还有足足三加仑的一坛威士忌。其后杜姆又不断地弄奴隶来,并且学了白人的样,种上了一部分土地。不过他始终没有那么多活儿给奴隶干。大部分奴隶根本无事可做,还是把非洲丛林中的那套生活全部照搬过来过,只有逢到杜姆请客的日子那才遭殃:杜姆会放出狗来把他们当猎物追逐,以娱宾客。

杜姆去世那年,儿子伊塞梯贝哈年方十九。他不但继承了那一大片土地,还继承了五倍于当年的黑奴,这么多奴隶,他可实在没有一点用处。虽然头人的头衔是归了他,管理部族却另有一个掌权的集团，都是他的堂表兄弟、叔伯舅舅之类；就为了这个黑人问题，后来他们终于坐下来举行了一次机密会议，在轮船房门门楣高处的金字映照下，一个个坐在那里，神情严肃，莫测高深。

"吃他们不是个办法。"一个人说。

"怎么？"

"他们人太多了。"

"这倒是真的，"又有人说，"咱们要是一开这个例，那就势必把他们全吃了。那么多肉食，人吃了不好。"

"他们的肉恐怕跟鹿肉也差不多吧，我看碍不了事。"

"咱们可以杀掉一些，杀了别吃。"伊塞梯贝哈说。

他们对他瞅了好一会儿。有个人说："那为什么呢？"

"是啊，"又有一个人说，"这事可使不得。杀掉他们太可惜了。你想想，咱们为了找事给他们干，为他们费的心还少吗？咱们应该学白人的做法。"

"怎么个做法？"伊塞梯贝哈问。

"多开地，多种庄稼，让黑人吃饱，多多繁殖，繁殖出来就卖掉。咱们也可以开垦土地，种上庄稼，繁殖出黑人来，卖给白人，好换钱。"

"可换了这些钱来又怎么办呢？"又有个人问。

他们想了半晌。

"这就将来再说吧。"前一个人说。他们还是坐在那里，神情肃然，莫测高深。

"这么说就要干活咯。"那后一个人说。

"让黑人干去。"前一个人说。

"对，让黑人干。出臭汗可不好受，身上湿淋淋的，弄得毛孔都张开了。"

"到晚上就受凉了。"

"对,让黑人干去。他们好像挺喜欢出汗似的。"

于是他们就叫黑人开垦了土地,种上了庄稼。本来奴隶全都住在一个大围栏里,围栏一角架上一个单坡屋顶,真跟猪圈差不多。现在可也造起奴舍来了,弄了好些小屋,把年轻的男女黑奴配了对,派在小屋里住;过了五年,伊塞梯贝哈便向孟菲斯的一个奴隶贩子卖出了四十名奴隶,拿了这笔钱,在他新奥尔良那位舅舅的指引下,出了一趟洋。那时"舍尔·布朗迪"骑士德·维特雷已是巴黎的一个龙钟老翁了,头戴假发,身穿紧身背心①,一张牙齿尽落的皱皮老脸总是留着几分心眼儿,做出一副怪里怪气的苦相,似有无限的悲痛。他向伊塞梯贝哈借了三百块钱;作为答谢,就介绍伊塞梯贝哈踏进了某些"圈子"。一年后伊塞梯贝哈渡洋而归,带回了三样东西:一张描金大床,一对多枝大烛台(据说蓬巴杜②当年就常在这烛台的光映照下对镜梳妆,路易王则总是隔着她的粉肩对自己镜中的脸儿嘻嘻傻笑),还有就是一双红跟轻便鞋。鞋子太小,他穿不下,因为他向来是光脚板惯了的,这次为出洋到新奥尔良,才第一次穿上了鞋。

他特意用棉纸把鞋包得好好的带回家来,平时鞍囊里塞满了防虫蛀的香柏皮,他总留下一个口袋,一直把鞋藏在那儿,只是偶尔才取出来给儿子莫克土贝玩玩。莫克土贝那时三岁,扁扁的大脸盘儿很像黄种人,老是罩着一副打不破、摸不透的木然的神气,可是一见鞋子就立刻判若两人了。

莫克土贝的生母是个娟秀的姑娘,是有一次在瓜田里当班干

---

① 原文是 corset,男人年老体弱,或伤病畸残,才穿这种紧身背心。

② 蓬巴杜(1721—1764),法国侯爵夫人,国王路易十五的情妇。

活的时候让伊塞梯贝哈看见的。伊塞梯贝哈收住了脚步，盯住她瞧了好一阵——壮实的大腿，挺拔的腰背，恬静的神态。那天他本来打算要到小溪边上去钓鱼，这一下就再也不走了。很可能他一边呆呆地瞧着那个浑然不觉的姑娘，一边就在心里想起了自己的母亲，自己那位扇子摇摇、缎带飘飘的母亲，就有黑人的血统，是个城里来的私奔女，为了那件丢人的事闹得沸沸扬扬，叫人笑话。结果，那个姑娘不过年就生下了莫克土贝。莫克土贝才三岁就已经穿不下那双鞋了。在静静的炎热的下午，看他发了狠劲，死不认输，硬是要跟鞋子拼命，伊塞梯贝哈就在心里暗暗好笑。这莫克土贝斗鞋的场面，他看了好多年，也笑了好多年，因为莫克土贝始终不肯死心，总想穿上，一直到十六岁上才罢手不干。应该说，那是伊塞梯贝哈以为他罢手不干了。其实他只是没在伊塞梯贝哈的面前干罢了。后来还是伊塞梯贝哈新娶的那位夫人告诉了丈夫，说是鞋子早已给莫克土贝偷去藏起来了。伊塞梯贝哈这一下可笑不起来了。他把那位夫人打发开，独自一人想了想，喃喃自语道："唉，我倒也还想多活几年呢。"他派人把莫克土贝叫来，对他说："我把鞋子给你吧。"

莫克土贝那时二十五岁，还没娶亲。伊塞梯贝哈个儿不高，不过比儿子还是高出了六英寸，体重也轻了近一百磅。莫克土贝早已害上了肥胖病，大大的脸盘儿痴呆苍白，手脚浮肿。"鞋子现在就归你了。"伊塞梯贝哈说完，便冷眼瞧着他。莫克土贝可只是进门时瞧过他一眼，那是匆匆的、谨慎的一眼，遮遮掩掩。

他说了声"谢谢"。

伊塞梯贝哈对他直瞅了。他真不知道莫克土贝这双眼睛到底算是见到了什么没有，到底算是看着什么没有，"怎么，鞋子给了你，总不见得还是无动于衷吧？"

莫克土贝仍然只是一声"谢谢"。伊塞梯贝哈当时正在用鼻烟,有个白人教了他一种用法,就是撮点烟末在嘴唇里边,用一根橡胶树或锦葵的嫩枝儿,挑着烟末往牙上搽。

"唉,"他说,"人哪有长生不老的呢。"他望了望儿子,这回可是轮到他自己的目光茫然,什么也看不见了,他沉思了片刻。谁也猜不透他到底在想些什么,只听见一句,像是低声自语:"是啊。可杜姆的舅父并没有红跟鞋。"他又望了望儿子,儿子是又胖又呆。"归根结底一句话,人心隔肚皮,谁保得定人家不是在暗暗打什么主意呢,等到明白过来可就来不及了。"他坐在一把绷着鹿皮条的藤条椅里寻思,"那双鞋他根本就穿不下。他那一身肥肉,不但弄得他泄气,连我也觉得灰心。那双鞋他根本就穿不下。可是这能怪我吗?"

他又活了五年,就去世了。他是一天晚上突然得病的,虽然医生穿上了鼬皮背心来了,还烧了树枝条,可没挨到第二天中午他就咽了气。

那也就是昨天。如今墓坑早已挖好,高亲贵戚也都已纷至沓来,十二个小时没有断过,有坐大车的,有骑马的,也有徒步的,一是来吃烤狗肉、玉米豆、煨白薯,二才是来参加葬礼。

三

三筐他们回酋长府来了。路上三筐说:"总得要三天! 总得要三天! 弄得吃喝都招待不上来! 这种事我可见识过。"

另一个印第安人名叫路易斯·伯雷。"天这么热,三天他都发臭啦。"

"是嘛。这帮子黑人,就是给人添麻烦,叫人操心。"

"也许用不到三天吧。"

"他们逃得可远哩。是啊,只怕头人等不到入土,就要叫我们闻闻他那股臭味了。你瞧着吧,我说的不会错。"

快近酋长府了。

"他现在就可以穿那双鞋了,"伯雷说,"可以当众穿了。"

"暂时还不能穿。"三筐说。伯雷对他瞧瞧。三筐便又说:"先得带队去抓人。"

"莫克土贝去抓人?"伯雷说,"你看他会去?连说话都还觉得吃力呢,他会去?"

"不去又怎么办呢?快要发臭的可是他的亲爸爸。"

"这倒是真的,"伯雷说,"他要穿这双鞋倒还得付出点代价哩。是呀,其实他这双鞋也并不是白拿的。你说呢?"

"你说呢?"

"你说呢?"

"我什么也说不上。"

"我也说不上。反正这双鞋伊塞梯贝哈现在也不用了。莫克土贝要拿着就拿着吧,伊塞梯贝哈也不会计较了。"

"就是。人总是要死的。"

"就是。他要拿着就拿着吧,死了一个头人照样还有一个头人。"

门廊是树皮盖的顶,下面用剥了皮的柏树干做支柱,比那轮船舱面上最高的一间屋还高出许多,底下的廊道没铺石子,仅仅是一长条踩硬了的泥土地,逢到刮风下雨的日子,骡马就都拴在那儿。在轮船甲板的船头那边,坐着个老头和两个女人。一个女人在煺鸡毛,一个女人在剥玉米。老头在说话。他光着脚,穿一件长长的亚麻布礼服大衣,戴一顶海狸皮帽。

"这世道真是一天不如一天了,"他说,"都叫白人给败坏了。我们的日子多少年来一直过得蛮好,可后来白人偏要把他们的黑人硬塞给我们。以前,上了年纪了,就在阴头里一坐,吃吃玉米煨鹿肉,抽抽烟,讲讲人生的荣耀,谈谈正经的大事,可现在呢?为了照应那帮子爱出臭汗的家伙,连老头子都累得命也没啦。"一见三筐和伯雷穿过甲板走来,他就收住了话头,抬头对他们瞧瞧。昏花的老眼透着一股怨气,脸上小皱纹多得数不清。他问了声:"他也逃走了吧?"

"对,"伯雷说,"逃走了。"

"我就知道会逃走。我早对他们说了。这一来就得等三个星期,当年杜姆去世的时候就等了三个星期。不信你们瞧。"

"是三天,不是三个星期。"伯雷说。

"那时候你在啦?"

"没在,"伯雷说,"不过我听人家说的。"

"嘻,那时候我可在哪,"老头儿说,"整整三个星期,沼泽地里,荆棘丛中,哪儿没有跑到……"那两个可只管往里走,由他一个人去絮叨。

早先的轮船大厅如今只剩了慢慢朽烂的一副空架。亮铮铮的红木雕花只发过短短一阵子光彩,而今几经发霉变色,早已成了一团团玄之又玄的图案,只剩下框子的窗子像是眼珠子上长了白内障。大厅里放着几袋东西,不是种子便是粮食,还有四轮大车的一副前轮轴,车轴上两个 C 型弹簧因为没有压上分量,都松开了婀娜的身子,发锈了。一个角落里有只柳条笼子,里边一只小狐狸在无声无息地不停来回奔跑;三只精瘦的斗鸡在尘土里乱踩,满地是斑斑的粪干。

他们穿过那堵砖墙,走进一间圆木垒壁、裂缝累累的大房间。

那四轮大车的后轮轴就放在这间屋里，卸下的车身也横倒了搁在一边，窗洞上钉满了柳条，柳条缝里又伸进了好几个鸡头，都鸡冠凌乱，默默地瞪出了愤愤的溜圆小眼，那都是还小的斗鸡。脚下是压得很坚实的泥地。一个角落里靠墙搁着一把简陋的耕犁和两把手工削成的船桨。顶棚上挂下四根鹿皮条，伊塞梯贝哈从巴黎带来的那张描金大床就吊在那里。床上一无垫子，二无弹簧，如今床架上一竖一横，齐齐整整绷着许多皮条，做成个网子似的。

这床本来是伊塞梯贝哈让他新娶的那位年轻夫人睡的。伊塞梯贝哈自己有个娘胎里带来的气喘病，只能半坐半躺地在藤条椅里过夜。他每天总要等那位夫人先在床上睡下，这才一个人坐在黑暗里，他经常睡不着觉，事实上他一个晚上总共只能睡上三四个钟点，他就坐在那里装睡，夫人轻得几乎毫无声息地偷偷溜下那描金皮条床，在地上铺条床单当地铺睡下，他都听在耳里。一直到快要天亮时，夫人才又悄悄摸上床去，这回可是她装睡了，其实一旁黑暗里的伊塞梯贝哈却一直在那里暗暗好笑。

那对烛台则用皮条扎在两根木棒上，插在一个角落里，旁边还有一只十加仑的酒桶。屋里有一只泥炉子，炉子对面的藤条椅里就坐着莫克土贝。他身高大约只有五英尺多一英寸，体重足有两百五十磅。身上就穿一件细布外衣，没穿衬衫，本来是一套的汗衫裤也只穿了条汗裤，裤腰上边像个铜色的气球似的，鼓起了那又光又圆的肚子。脚上蹬着那双红跟鞋。椅子背后站着个小伙子，手里拿着把形如大葵扇的蓬边纸扇。莫克土贝靠在那里纹丝不动，大大的脸膛蜡黄蜡黄的，鼻子眼儿里气息微微，鳍足一般的手臂直直地耷拉着。脸上的表情痛苦而又麻木，莫测高深。三筐和伯雷进来的时候，他连眼皮也没抬一下。

三筐问小伙子："鞋一早就穿上了？"

"一早就穿上了。"小伙子说，手里的扇子可并没有停下，"你还看不出来？"

"对，"三筐说，"看得出来。"莫克土贝还是毫无动静。他看去仿佛是个木头人，就像一尊马来人的神像，给塑成穿上礼服大衣，下套汗裤，袒胸露肚，脚下还弄了这么双不值钱的红跟鞋。

"我要是你的话，我就不会去打搅他。"小伙子说。

"我要是你的话，我也不会去打搅他。"三筐说。他和伯雷就在地上一坐。小伙子还是不紧不慢地管自打扇。三筐说："头人啊，你听我说吧。"莫克土贝还是一动不动。三筐就又接着说："他逃走啦。"

"我跟你们说的没错吧，"小伙子说，"我就知道他要逃走。我跟你们说的没错吧。"

"对，"三筐说，"事后叽叽呱呱派我们这也不是、那也不是的，你也不是第一个了。可你们这些聪明人，为什么昨天就没人出来想个法儿防止呢？"

"死，他总是不愿意的。"伯雷说。

"他有什么理由不愿意呢？"三筐说。

"总不见得因为他反正有一天会死，所以就要他现在去死吧？"小伙子说，"老实说换了我我也不服气的，老兄。"

"别多嘴。"伯雷说。

三筐说道："二十年来他的同族谁不在地里出臭汗干活，唯独他一直凉凉快快地侍候大人。他既然不愿意出臭汗干活，那还有什么理由不愿意去死呢？"

"反正眼睛一合就完事了，"伯雷说，"要不了多大工夫的。"

"那你快抓住他，找他去说吧。"小伙子说。

伯雷嘘了一声。两个人就坐在那儿，细细打量莫克土贝的脸色。莫克土贝那模样儿真像自己也死了一般。大概他身上包着的这堆肥肉实在太厚了,连呼吸的动作都看不出来。

"头人啊,你听我说吧,"三筐说,"伊塞梯贝哈去世了。他还入不了土哪。他的狗,他的马,都牵来了。可他的奴隶逃走了。给他端尿壶、吃他残羹剩饭的那个奴隶逃走了。伊塞梯贝哈还入不了土哪。"

"是啊。"伯雷说。

"这样的事也不是第一遭了,"三筐说,"头人的爷爷杜姆当年就为了这样的事,一直咽不了气,入不了土。他等了整整三天哪,嘴里不住念叨:'我的黑人在哪儿啦?'头人的老爷子伊塞梯贝哈当时就回复说:'我一定去把他找来。你安息吧,我一定去把他给你找来,让你好安安心心地去。'"

"是啊。"伯雷说。

莫克土贝还是没动,连眼皮也没抬。

"伊塞梯贝哈在溪边一带搜了三天,"三筐又接着说,"他连回家吃饭都顾不上,后来终于把那黑人找到了,于是便对他的老爷子杜姆说:'狗,马,黑人,都在了,你安息吧。'这话是昨天去世的伊塞梯贝哈说的。现在伊塞梯贝哈的黑人又逃走了。他的马,他的狗,都在他身边了,就是他的黑人逃走了。"

"是啊。"伯雷说。

莫克土贝还是一点都不动。他两眼紧闭,那似倚似卧的庞然的身形叫一股无比巨大的怠惰的势力给压住了,这股凝然不动的力量,是人力无法加以推倒,也无法撼动分毫的。他们还是坐在那儿,望着他的脸。

"这事就发生在你的老爷子刚接位的时候,"三筐又说,"伊塞梯贝哈亲自出马,追回了奴隶,带来送他的老爷子入土为安。"莫克土贝的脸上还是毫无动静,眼皮也没有抬一下。过了半晌,三筐说道:"把鞋脱了。"

小伙子把鞋脱了。莫克土贝这才喘过气来,袒露的胸膛顿时大起大伏,他仿佛从一堆肉山下钻了出来,重新又活了,他仿佛从海底里浮了起来,出了水面。不过他的眼睛还是没有睁开。

伯雷说:"请他带队去搜吧。"

"是啊,"三筐说道,"他是头人。应该由他带队去搜。"

四

伊塞梯贝哈临死那天,给伊塞梯贝哈当贴身奴仆的那个黑人一直躲在马棚里观望动静。他今年四十岁,是个几内亚人。扁鼻子,短头发,小脑袋,靠里边的两个眼角带着点红丝,方方的阔板牙上牙床突出,淡红中微微有些发青。他是十四岁那年被一个奴隶贩子从喀麦隆掳来的,那时牙齿都还没有锉过。他给伊塞梯贝哈当贴身奴仆,算来已有二十三年了。

上一天,也就是伊塞梯贝哈得病的那天,他在薄暮时分回到了奴舍。黄昏是个悠闲的时刻,家家户户的炊烟缓缓飘过小巷,串到对门,带来的都是同样的肉味儿,一色的面包香。做饭自有女人,男人都聚在小巷门,远远地瞅着他从酋长府顺着土坡一路走来,在今天这个异样的黄昏,他光着的脚板丫子每一步踩下去都很小心。守候在巷口的男人觉得他眼珠子有些发亮。

"伊塞梯贝哈还没死。"那领头的说。

"还没死,"贴身奴仆说,"可人哪有不死的呢?"

暮色苍茫中,这些不同年龄的人看去都是跟他一样的脸色,像是从人猿脸上套取的面型,脑子里的想法都给封得严严的,谁也猜不透。从小巷里,从赤条条踩在尘土里的黑小孩头顶上,徐徐飘来了柴火味、饭菜香,在这个异样的黄昏嗅来觉得分外扑鼻,真像是从另一个世界里飘来的。

"挨得过太阳下山,就挨得到天亮。"有个人说。

"谁说的?"

"都这么说的。"

"对,是有这么个说法。可咱们只晓得有条规矩。"他们都瞧着站在人群里的那个贴身奴仆。他眼珠子有些发亮,呼吸缓慢而深长,光着胸脯,沁出了微汗。"他清楚。他应当一清二楚。"

"咱们让鼓来说话吧。"

"对,咱们让鼓来说吧。"

天色黑沉沉,鼓声就响起来了。他们把鼓藏在小溪边的洼地上。鼓都是将柏树根上长的树瘤子中间挖空了做成的,一向偷偷地藏着——为什么要藏起来,那就谁也不知道了。沼泽地里有条小溪,鼓就埋在溪岸上的烂泥里,还有个十四岁的小伙看守。小伙子个儿矮,又是哑巴,整天坐在那儿的烂泥里,蚊子黑压压地围着他打转,他就光着身子,遍体涂上泥巴,来对付蚊子的进攻。他脖子里总是吊着一只线袋,袋子里装有一根猪肋骨,骨头上还带着些肉,都发黑了,另外还有一根铁丝,串着两张鳞状树皮。小伙子一迷糊就流口水,口水滴落在蜷起的膝盖上。背后的矮树丛里不时有印第安人悄悄出来,站在那儿对他默默地瞅上好一阵才走,他却从来也不知道。

那贴身奴仆就躲在马棚顶上的草料棚里,天都黑尽了,他还躲在那儿。他也听见了鼓声。擂鼓的地方离这儿虽有三英里远,可是那咚咚咚的声音却直送进他的耳朵,仿佛鼓就在下面马棚里擂。他恍惚连火堆都瞅见了,恍惚还看见乌黑的四肢发着铜色的光泽,在腾起的火焰里穿进穿出。不过他知道事实上那儿是肯定不会有火堆的。那儿也是黑沉沉的一片,就跟这满是灰尘的草料棚里一样——岂止满是灰尘,头顶上那年深月久的、削得方方的暖和的椽子上还有一阵阵耗子跑动的声音呢,窸窸窣窣的,好似急速弹奏的和音。要说有火堆的话,也只有抱着小娃娃喂奶的妇女们身边才会有堆熏蚊火,她们一定是俯着身子,把沉甸甸奔拉下来的奶子塞在儿子嘴里,让小娃娃满满地含着奶头,咂个畅快,她们一定在默默想她们自己的心事,对鼓声不会在意,因为有火也就意味着有生命。

那轮船里也有个火——在支起的烛台和吊起的大床下,在众夫人的围视下,奄奄一息的伊塞梯贝哈就躺在那儿。他连那儿飘出的烟都看得见。就在太阳落山前不久,他看见医生穿着件鼬皮背心从里边出来,在轮船甲板的头上点着了两根涂着泥的树枝。"这么说他还没有死。"草料棚里的黑人冲着那窸窣有声的一片昏黑自问自答。他可以听见耳边有两个话音,一个是自己的,另一个也是自己的:

"人哪有不死的呢?"

"你已经死了。"

"对,我已经死了。"他轻声说道。他真想到擂鼓的地方去。他想啊,想啊,只当自己从矮树丛中一跃而出,舒展开自己那看不见的、瘦瘦的、油油的光膀子光腿,跳跃在鼓群里。可是这都办不到了,因为跃过了生限,那就必然是死亡。他已经入了死地,只是尚未死去罢了。大凡一个人给死神揪住,那总是在他活命的日子将尽未尽之时。此刻正就是死神已经追上了他,而他还一息尚存的当儿。椽子上耗子窸窸窣窣细小的跑动声一阵轻似一阵,渐渐消失了。他以前还吃过耗子呢。那时他还是个小伙子,才来美洲

86

不久。他们是给装在高仅三英尺的中舱里,在热带海洋上度过了九十天以后才到的——在船舱里只听见那个醉醺醺的新英格兰船长老是在甲板上拉着调子念一本书,一直过了十年他才明白那原来就是《圣经》。来到了这儿,有一次也就这样坐在马棚里,他冷眼见到一只耗子出来活动,这耗子跟人混惯了,学得斯文了,脚不灵了,眼也不尖了;他没有费什么事,手到擒来,慢慢地把耗子肉吃了,使他奇怪的倒是这样的耗子居然也能逍遥无事,活到这一天。当时他身上还穿着奴隶贩子(是唯一神教会的一个会吏)给他的仅有的一件白衣服,还只会讲家乡的本族话。

如今他赤条条的,身上就是一条粗布短裤,那是印第安人向白人买来的,另外腰里还有一根皮条吊着他的护身宝。他的护身宝有两样,一是伊塞梯贝哈从巴黎带回来的珠母贝长柄眼镜,残剩半截,二是一颗水蝮蛇脑袋。这条水蝮蛇是他自己打死的,肉吃了,有毒的蛇头就留了下来。他躲在草料棚里,一边观察酋长府中轮船里的动静,一边听着鼓声,仿佛身在群鼓之中。

他在那里躲了整整一夜。第二天早上,瞅见穿鼬皮背心的医生走了出来,跨上骡子扬鞭而去。他一时之间连气都出不来了,眼看那细腿骡子扬起的尘雾都消散了,他才发觉原来自己还有气息。他觉得奇怪:怎么自己还在呼吸?怎么自己还得呼吸?他趴在那里悄悄瞭望,准备随时逃跑。他的眼珠子有些发亮,不过那是一种暗淡的亮光。他的呼吸急速而匀称。他看见路易斯·伯雷出来望了望天色。这时天已经很亮了,轮船甲板上早已有五个印第安人盛装坐在那儿;到中午时分,那里的人便已增加到了二十五个。下午还掘了一条沟,准备烤肉、煨白薯;到那时宾客已经近百,都拘谨地穿戴上了欧洲式的华丽服饰,威仪堂堂,沉着耐心。他看着伯雷把伊塞梯贝哈的那匹牝马从马棚里拉了出来,拴在一棵树上,接着瞥见他从府里牵出了伏在伊塞梯贝哈椅子旁的那条老猎狗,也在树上拴好。那畜生一到树下,就往地上一蹲,虎起了脸,对周围那么多面孔看了起来,不一会儿就汪汪地叫开了,一直到太阳下山还吠个不停。也就在太阳落山的时分,那贴身奴仆爬下了马棚的后墙,一头钻到泉水溪边。那儿四处早已是一派苍茫,走不多久,他索性拔腿跑了起来。他听得见那条猎狗还在背后直叫。奔到出水的泉眼附近,碰到了一个黑人。两个人,一个端然不动,一个快步飞奔,双方匆匆对看了一眼,仿佛这是越过两个世界的实际分界线。他迎着黑透的夜色只管奔去,闭上了嘴唇,紧握着拳头,大大的鼻子眼儿不断呼哧呼哧喷气。

他只管摸黑往前跑。他熟悉这一带的地形,他以前经常跟随伊塞梯贝哈在这一带打猎,伊塞梯贝哈骑马,他骑头骡子随从在侧,一同跟在猎狗后面,去追狐狸或臭鼬。对这一带熟悉的程度,他绝不下于派来的追兵。他第一次看到追兵在第二天太阳下山前不久。那时他已经顺着小溪边的洼地跑了三十英里又原路折回,正在巴婆树丛里躺着,他第一次发现有人追踪。来人是两个,都身穿衬衫,头戴草帽,裤子卷得整整齐齐夹在腋下,手里并没有武器。两个都是中年人,都挺着大肚子,看那样子反正是走不快的;等他们回去报了信再赶到这里,总得要十二个钟点。他心里盘算:"这么说我就可以休息到半夜。"这里离庄园并不远,连生火烧饭的气味都闻得到,他已经三十个小时没吃东西了,肚子恐怕也真是饿透了。"不过现在更要紧的是得歇歇。"他对自己说。他躺在巴婆树丛里再三对自己这么说,因为他很需要歇歇,也急着想歇歇,就为了拼命要歇下来,倒弄得心儿怦怦直跳,跟刚才奔跑时一样了。他似乎已经连歇口气都不会了,这区区六个小时似乎也不够歇一口气,甚至还不够好好回想一下这气到底是怎么歇的。

天一黑,他又起来走了。他本来打算,既然无处可去,那就放松了步子,不停地跑上一夜吧,可是他一跑起来就又快得像拼命了,挺出了气喘吁吁的胸膛,翘起了张开的鼻翼,顶着沉闷的、刺人的黑暗跑去。他跑了个把钟头,早已跑得晕头转向,辨不出东西南北,于是就匆匆停住,过了一阵,隐隐听到了鼓声,他那颗狂跳的心才算踏实。根据声音来判断,离这儿不到两英里地,他就循声寻去,走着走着,终于嗅到了烟火堆的气息,尝到了那辣乎乎的浓烟味儿。他走到了鼓群里,鼓声也不停,只有那个头头来到了他的跟前。他站在滚滚的烟雾中,张大的鼻翼在翕动,泥污的脸上两颗眼珠滴溜溜转个不停,那逼人的目光虽然极力自敛,还是随着喘息喷散出来,仿佛他的眼珠子通着肺似的。

　　“我们早料到你会来的,”那头头说,“好了,快走吧。”

　　“走?”

　　“吃了就走吧。死人跟活人混在一起可不行啊,这你是知道的啦。”

　　“对,我知道。”他们谁也没有看着谁。鼓声也没有停止。

　　“你要不要吃点东西?”那头头又问。

　　“我现在不饿。我今儿下午逮住了一只野兔子,就躲起来吃了。”

　　“那就带点儿熟肉去吧。”

　　他收下了包在树叶里的熟肉,重又钻到小溪边的洼地里;过一会儿,鼓声就歇了。他就不停地走,直走到天色透亮。“我还有十二个钟点,”他心里一直在想,“可能还不止这些,因为夜里来追我可不是那么容易的。”他坐下来吃了肉,把手在大腿上擦了擦。然后就站起身来,脱下粗布裤子,到沼泽地边上重又坐下,两臂两腿,脸上身上,都涂上一层烂泥,这才抱住了膝头,低下了脑袋,坐在那里。一等天色大亮,东西都能见了,他就到沼泽地里去坐,坐着坐着就睡着了。他可连个梦都没有做。他也幸亏到了沼泽地里,因为猛然一觉醒来,已是日高三丈,一片明亮,跃入他眼底的赫然就是那两个印第安人。他们就在他的藏身处对面站着,腋下还夹着卷得整整齐齐的裤子,一副大腹便便、臃肿笨重的样子,脸色倒还和善,戴着草帽,衬衫下摆露在外面,显得有些滑稽。

"这差使真累人哪。"其中一个说。

"我是巴不得待在家里凉快凉快,"那另一个说,"可头人还等着要入土为安哪。"

"是啊。"他们不慌不忙地四下里看了看,其中有一个弯下腰去掸了掸衬衫下摆,拂掉黏附在上面的一团苍耳子,一边说,"这个黑人简直可恶。"

"是啊。那帮家伙除了给我们添烦恼,叫我们伤脑筋,还会干什么好事?"

中午过后不久,那黑人爬到一棵大树顶上,向庄园里眺望。远远看见两棵树上分别拴着伊塞梯贝哈的爱马和猎狗,中间一张吊床上安放着伊塞梯贝哈的遗体,轮船外的场地上停满了骡马大车,轻车鞍马,一群群服饰鲜明的女人跟老人小孩一起坐在烤肉的长沟旁,沟里烤肉的烟雾浓重,飘得很慢。男人和大小伙子则全部出动,要到小溪边的洼地里去跟踪追赶他,他们的盛装都已小心卷好,嵌在树杈里。不过酋长府的门口附近,也就是轮船大厅的门口附近,却还簇拥着一堆男人,他就盯着那里,不一会儿,便看见莫克土贝坐着一顶柿树杆的鹿皮轿,由他们抬了出来。他们所要追捕的那个黑人高高地隐蔽在密叶丛中,以平静的目光瞅着这一切;他见到了自己这无可挽回的命运,脸上的表情也跟莫克土贝的面色一样莫测高深。"好哇,"他暗自喃喃道,"这么说他要来了。这个做了十五年活死人的家伙,他也要来了。"

下午过了一半时,他面对面地撞上了一个印第安人。他们是在一条小溪的独木桥上相遇的——黑人憔悴,消瘦,却身板结实,不知疲倦,不顾一切,那印第安人体格健壮,样子和气,然而人世间最强烈的厌烦、第一等的怠惰,却都活生生地体现在他的身上。他一动不动,也不吭一声,就站在那独木桥上,眼看着黑人跳进水里,游到岸边,嚓的一声钻进灌木丛中不见了。

太阳下山前不久,那黑人瞧见有根横倒的圆木,就在圆木后边躺着。木头上有一行蚂蚁,列着队慢慢地向一头爬去。他就慢慢地捉蚂蚁吃,那种满不在乎的样子,就像筵席上的客人在吃一道菜里的盐花生一样。那蚂蚁也有一股盐味儿,引得他的涎水禁不住大流特流。他慢条斯理地捉着吃,看蚂蚁的队伍还是不乱不散,顺着木头爬,不偏不离,坚定不移,只顾爬向自己还漠然无知的厄运。这整整一天来他还没有吃过别的东西;泥巴结了块的脸上,一双滴溜溜的眼睛眼眶都熬红了。到太阳下山时分,他居然发现了一只青蛙,于是就顺着小溪边偷偷爬过去,冷不防前臂上像着了一刀似的,叫一条水蝮蛇不爽不快、拖泥带水地咬了一口。那条蛇咬得也真不高明,竟然在他手臂上拉出了两道长长的口子,像剃刀划的一样。由于蹿来时冲力太大、劲头太猛,那蛇一时就软瘫瘫地伏在那儿,仿佛因为自己无能,气得发昏,动弹不得似的。那黑人叫了声:"好哇,我的老祖宗!"手刚按上蛇头,不想那蛇又蹿起来在他臂上咬了第二口、第三口,咬得都很不得法,不爽不快的,像抓一样。"我可不想死啊。我可不想死啊。"那黑人连说了两遍。说到第二遍时,口气就平静了,可是轻声慢气之中却含着惊异,仿佛他在话儿自然而然出口之前,原来还不知道自己有这么个心愿,至少并不知道自己这心愿是如此深切,如此强烈。

五

　　莫克土贝把那双鞋子也带上了。他尽管有轿子坐，可以一直
躺在那儿，不过在行路时这鞋终究还是不能多穿的，所以他就在腿
上铺了一方小鹿皮，把鞋子搁在小鹿皮上——那漆皮鳞面、有舌无
扣的红跟鞋，如今已经起了裂，发了脆，有点走样了，鞋子下面那个
仰面高卧的痴肥人形，不过比死人多了一口气，浩浩荡荡，一大帮
人轮班替换抬着他，穿荆棘，过沼泽，就这样整天不停地肩负着一
个罪恶的化身，一个罪恶的目的，准备去收拾一个已经没命的人。
莫克土贝大概总觉得自己好比是个天神，此刻正由苦命的精灵抬
着从地狱里匆匆穿过，这些精灵生时为他的不幸而操心，死后也就
该糊里糊涂地伴着他受罪。

　　每次休息总是随从围坐一圈，轿子停在当中，莫克土贝一点不
动地躺在轿里，闭着眼睛，一到此刻他脸色马上就平静了，显出一
副早就有数的神情。歇上一会儿以后，他就可以穿会儿鞋了。身
边的小伙子把他那双娇气的浮肿的大脚硬是往鞋里塞，好歹替他
穿上了；于是他脸上顿时又出现了那种痛苦欲绝而又无可奈何的
凝神屏息的表情，活像消化不良症患者。穿上以后，就又继续上
路。他不动也不响，一直那样懒懒地躺在一步一晃、很有节奏地颠
动的轿子里——那多半是无穷的惰性发挥了作用，可也说不定是
英勇、刚强之类王者气概的表现。过了一段时间，他们再把轿子放
下，上来看看他，他蜡黄的脸像个神像，满面都是汗珠。于是三筐
或者双父儿就会说："脱了吧。风头已经出过了。"这就把鞋子脱
了下来。莫克土贝的脸色往往也并没有什么变化，只是到这时才
可以看出他呼吸的动作，气儿在他两片苍白的嘴唇间穿进穿出，带

着一丝"嗳—嗳—嗳"的微弱声息。大家就再坐下,这时报信的,打探的,便走上前来。

"还没逮住吗?"

"还没哪。他投东边去了。估计到太阳下山他可以到达铁巴口。他到了那儿就得退回来。明天我们就可以把他逮住了。"

"但愿如此吧。越早了结越好。"

"是啊。都已经三天了。"

"杜姆去世那会儿,只花了三天工夫。"

"不过那次是个老头子,这一个年轻。"

"对,这一个是上等品种。明天要是能把他逮住,我就可以赏到一匹马。"

"但愿你得到赏赐。"

"好,这趟差使可实在不愉快。"

到这一天庄园里备下的吃喝也都吃尽喝完了。客人们各自回家,次日又都携粮而来,带来的东西可足够吃上一个星期的。那天伊塞梯贝哈却开始发臭。将近中午,天气炎热,风一吹,溪边一带好远的地方都闻得到臭味。可是接连两天还是没有逮住那个黑人。一直到第六天薄暮时分,报信的才匆匆赶到轿前,报告说发现了血迹。"是他自己受伤的。"

"伤得大概不厉害吧,"三筐说,"咱们可不能打发个没用的人跟着伊塞梯贝哈去啊。"

"反而要伊塞梯贝哈去照料他,当心他,那怎么行呢。"伯雷说。

"情况还不清楚,"报信的说,"他躲起来了,又溜到沼泽地里去了。我们留了人在那儿看着。"

这一下,抬着轿子也走得飞快了。到这黑人藏身的那一带沼泽地不过是一小时的路程。人一忙,心一慌,忘了莫克土贝脚上还穿着鞋呢;等赶到那里,莫克土贝早已昏了过去。于是赶快脱下鞋子,把他救醒回来。

到天黑时,他们终于把沼泽地包围了起来。坐在那里,蚊蚋成群地围着他们打转。黄昏星已经不亮,低垂在西方的天际。天上渐渐参横斗转。大家纷纷说道:"就宽放他一夜吧。明天跟今天还不是一码事。"

"好,就宽放他一夜吧。"于是大家就不再说话,一齐盯着那黑沉沉看不见的沼泽地。一会儿嘈杂的声音平息了。过不多久,报信的从黑暗里钻了出来。

"他想往外逃呢。"

"把他堵回去啦?"

"回去啦。我们三个人倒担心了好一阵呢。我们鼻子一闻就知道他想在黑暗里偷偷溜过去,另外我们还闻到了点什么,总觉得好像有些情况,就是说不上来。我们觉得担心,原因也就在这里,后来还是他对我们说了我们才明白。他要我们当场立即把他杀了,说是反正天黑,一家伙来了,他连人面也看不见。不过我们疑心的情况可并不是这个,还是他把这闷葫芦给我们解开了。原来他叫蛇给咬了。那是两天前的事了。他胳臂肿了起来,发出了臭味儿。不过我们刚才闻到的可不是那股臭味儿,因为他的肿早已退了,胳臂只有小孩胳臂那么细了。他给我们看的。我们把胳臂还都摸了摸,三个人全摸过,果然只有小孩胳臂那么细了。他要我们给他一把斧头,让他把胳臂砍掉。可我们想反正明天也是一样嘛。"

"对,明天也是一样。"

"我们倒担心了好一阵呢。后来他又回到沼泽地里去了。"

“那就好。”

“是啊。刚才我们真担心哪。要不要我去禀告头人？”

三筐说：“我来回禀吧。”说着就去了。那报信的就坐下来，再给大家讲黑人的事。不一会儿三筐回来说：“头人说很好。回去照旧干你的差事吧。”

报信人悄悄退了下去。大家就在轿子周围坐着，时不时地打上个瞌睡。过了半夜，那黑人的声音把大家都吵醒了。他大声嚷嚷，自言自语，尖利突兀的一声声不绝地从黑暗里传来，闹了好一阵才沉寂下去。天亮了，一只白鹤拍拍翅膀，在淡黄色的天空里缓缓飞过。三筐醒过来了。他说：“咱们动手吧。今天该下手了。”

两个印第安人叽里呱啦地闯进了沼泽地。他们还没到黑人那儿就站住了——啊，那黑人唱起歌来了。人影儿已经可以看见了：光着身子，遍体都是干结的泥巴，坐在一根木头上，在那里唱歌。两个印第安人就在离他不太远的地方默默坐下，等他唱完。他仰面向着朝阳，用本族的语言唱一支什么歌。声音清朗、洪亮，带着一种激昂、悲哀的情调。那两个印第安人说：“让他唱完吧。”于是就坐在那儿，耐心等待。等他歌声停后，这才走上前去。他回过身来，抬头望着他们，那戴着个面罩般的一脸泥巴已经开裂，眼睛里布满了血丝，两片干裂的嘴唇贴着短短方方的牙齿。他这个泥巴面罩看去好像松松的，贴不住脸，仿佛自从他戴上以后，他一下子就瘦了很多。他的左臂一直紧靠着胸口，胳膊肘以下满是乌黑的泥，都结了块，哪还像个胳臂的样子。他们闻得出他有股味儿，难闻极了。他不声不响的，一个劲儿瞅着他们，最后还是印第安人碰了碰他的胳臂，对他说：“来吧。你跑得不错哪。这也就不算丢脸了。”

六

晴朗的早晨沾染了一股臭气，大队人马快到庄园时，那黑人的眼睛才微微转了转，像两颗马眼似的。烤肉沟里散出的烟紧挨着地面，都飘到了坐等在场地上和轮船甲板上的宾客们身上——这班穿戴得漂漂亮亮、显得不大自然、看着也有点别扭的客人，都是老幼妇孺。他们派了几个报信人沿着小溪来回传信，还派了一个跟着先头部队跑在前边，所以伊塞梯贝哈的遗体早已连同他的爱马、猎狗，一起移到了掘好的墓坑前，不过他生前起居的府第左右似乎总还闻得到他那股死人味儿。等到莫克土贝的轿子登上土坡时，客人都已经纷纷朝墓坑那儿跑了。

一眼看去，那黑人是最高的一个了，那昂得高高的脑袋，短短的头发，满脸泥巴，突起在大队人马的头顶上。他呼吸都很困难，仿佛推迟了六天，死命挣扎了六天，六天死命挣扎的劳累如今一齐压到了他的身上。队伍虽然走得不快，可是他左臂蜷紧在胸前，那带着伤痕的裸露的胸膛却不住地起伏。他一直这边望望，那边瞧瞧，却似乎根本什么也没看见，好像眼光和视觉总有些脱节似的。嘴巴张开了一条缝，露出阔阔白白的牙齿来：他直喘大气了。已经朝墓坑那边走去的客人都停了脚步，回过头来，有人手里还捧着肉，那黑人一刻不歇的眼睛带着两道迫切而又克制的目光，在他们脸上扫过。

三筐问他："你要不要先吃点东西？"一遍不行，又问了第二遍。

"噢，对了，"那黑人说，"我是要吃点东西。"

人群反倒往回挤了，大家都想挤到中间去。消息马上传了开来:"他要先吃点东西。"

到了轮船跟前,三筐说:"坐下吧。"那黑人就在甲板边上坐下。他还在喘息,胸脯不住地起伏,头也左一转右一转的,跟着白白的眼珠子转个不停。他之所以视而不见,问题似乎出在心里,是因为心里断绝了希望,而不是因为眼睛丧失了视力。吃的拿来了,他们就一声不吭地看他吃。他把东西往嘴里一塞,就嚼了起来,可是嚼着嚼着,那嚼得才只半烂的东西却从嘴角边上退了出来,顺着下巴往下滴,都落到了胸口上。过了一会儿他索性不嚼了,这个赤条条浑身泥巴的汉子,就坐在那儿,膝盖上搁着个盘子,张开了嘴巴,烂糊糊的东西塞满了一嘴,双目圆睁,不停转悠,一口一口地直喘气。他们还是看着他,耐心等待,毫不动容。

过了好一会儿,三筐才说:"来吧。"

"不,我要喝水,"那黑人说,"我要喝水。"

水井在土坡下不远处,靠奴舍那一边。土坡上斑驳一片,铺满了晌午的浓阴,往日在这个恬静的时刻,伊塞梯贝哈总是坐在他的椅子里打盹,只等吃过了午饭就美美地睡上一个下午,贴身服侍他的这个黑人这时也就得了空闲。他可以在厨房门口一坐,跟做饭的女人闲聊天。从厨房后面望去,奴舍中间的小巷静悄悄的,一片安谧,远远可以看见两边人家的妇女在隔巷答话,像乌木娃娃一样踩在尘土里的黑小孩身上飘过一阵阵炊烟。

"来吧。"三筐说。

那黑人夹在人群里走,看去比谁都高。客人们又都朝墓坑那边去了,伊塞梯贝哈和他的爱马、猎狗都在那儿等着呢。那黑人一路走,高高昂起的头一路转个不停,胸口也一路起起伏伏。三筐叫他:"来吧。你不是要喝水吗?"

那黑人说:"对,对。"他回头对酋长俯瞰了一眼,就朝土坡下的奴舍望去。今天没有人家举火做饭，门洞里也人影全无，尘土里更见不到一个黑小孩。他气喘吁吁，心里在说："我这条胳臂叫蛇给咬了，一口，两口，一连咬了三口，咬一口就抓出两道口子。咬得我直叫：'好哇，我的老祖宗。'"

三筐又叫他了："快来吧。"那黑人还是走得一丝不苟，高高地抬起了腿，高高地昂起了头，像在踩踏车似的。眼珠子射出两道迫切而又克制的目光，活像一对马眼。三筐说："你不是要喝水吗。喏，到了。"

井里有一只葫芦瓢。他们满满地舀了一瓢水，递给黑人，看着他喝。瓢儿凑到了泥巴干结的脸前，慢慢翘起来了，可是眼睛却还在那儿不停地转。他们看见他的喉咙在骨碌碌地动，可是晶莹的水却都从瓢的两头哗哗地泻下，顺着下巴、胸脯，往下直流。一会儿就流完了。三筐说道："好了，来吧。"

那黑人说声"等等"，又舀了一瓢，凑到脸前，瓢儿慢慢翘起，一双眼睛还是照样不停地转。他们又看见他的喉咙骨碌碌地动，水还是没有灌下嗓子眼儿，却如无数利刃在下巴上挑开了一层皮，又在结满泥巴的胸脯上冲出了许多沟沟。他们还是耐心地等着，头人的族人也罢，宾客也罢，亲戚也罢，一律都是威仪堂堂，神态端肃，不动声色。过不多久，尽管那空瓢越举越高，尽管那黑黑的喉咙还在一再枉自空咽，水却没了。胸口一块被水冲松的泥巴掉落下来，跌碎在他泥污的脚下。从翘起的空瓢里还可以听见他"嗳—嗳—嗳"的声息。

"来吧。"三筐说着，就从黑人手里接过了葫芦瓢，重新在水井里挂好。

（蔡　慧　译）

调 换 位 置

一

美国人——年纪大点的那个——没穿粉红灯芯绒。他裤子是普通马裤呢的,跟上装一样。上装没有伦敦裁剪的长下摆,因此后尾在军用皮带下面露出一截,跟那种挎手枪皮套的宪兵穿的上衣一式一样。他护腿很普通,脚上是一双一般中年男子穿的休闲鞋,并非什么萨维尔街名牌货,鞋子和护腿色调不相称,武装带又跟这两样东西都不协调,他胸前的飞行员标志也仅仅是枚双翼章。章下拖的勋带倒是蛮抢眼的;他肩头的军阶识别是上尉的两条杠。他个子不高。脸瘦瘦的,有点儿鹰钩;眼睛很聪明,也显得有点儿疲倦。他不止二十五岁了;瞧着他,你会想,此人并不真是什么名牌大学的高材生,倒有点儿像骷髅旗麾下的一员猛将,也没准是个吃罗德斯奖学金的。

他面前那伙人里的一个也许根本没看到他。此人由一个美国宪兵拉扯着才勉强站住。他醉得一塌糊涂,跟把他扯直的大下巴宪兵相比,他双腿细长,柔若无骨,看上去简直像个参加假面舞会的姑娘。他也许有十八岁,个子高高的,有一张白里透红的脸和一双蓝眼睛,那张嘴也像是姑娘的。他穿了件水手短夹克,纽扣全扣

99

错了，上面有新沾上的湿泥，在他长了一头金发的脑袋上，以别人永远学不来连有几分像都学不到的那种明目张胆、招摇过市的倾斜角度，扣着顶皇家海军军官帽。

"怎么回事，班长？"那美国上尉说，"出了什么事儿？他是英国人。你最好让他们的宪兵来管他。"

"我知道他是英国人。"宪兵说。他喘着大气响亮地说，那是正干着重活的人的说话声；英国小伙子尽管四肢像姑娘般纤巧，却比他看上去要重得多——或者说更难摆布。"站直啰！"宪兵说，"他们是军官！"

于是英国小伙子作了番努力。他使劲立直，想法子凝聚目光。他摇来晃去，胳膊在宪兵脖颈四周乱摆，举起另一只手打敬礼，他把手往右耳朵上举，指头有点儿弯，此时身子已经又在乱晃了，他挣扎着想站直。"干一杯，长官，"他说，"名儿不叫贝蒂吧，我希望。"

"不这么叫。"上尉说。

"啊，"英国小伙子说，"我原本也没这么指望，我弄错了。不在乎吧，啊？"

"不在乎。"上尉轻轻地说。不过他眼睛却在看那宪兵。第二个美国人说话了。这是个中尉，也是飞行员。不过他年纪没到二十五，他穿的是粉红色的裤子，伦敦靴子，他的外套很像英军外套，只不过不是那种领子。

"是那班海军浑小子里的一员，"他说，"人们通宵都从此地排水沟里把他们拖出来。你不常进城。"

"哦，"上尉说，"倒是听说过他们。我此刻记起来了。"他现在也注意到，虽然这条街满热闹的——它就处在一家生意兴隆的咖啡馆外面——这里人来人往，当兵的、老百姓、女人家都有，可是他们谁都连停都不停一下，仿佛已经见惯不怪，他眼睛直看着宪兵，说:"你能不能把他弄回他船上去呢?"

"上尉想到之前,我就这么考虑了,"宪兵说,"他说天黑后他回不了船,因为太阳下山时他把船藏起来了。"

"藏起来了?"

"站直啰,水兵!"那宪兵粗暴地说,一边拽拉他那摊泥似的负担。"没准上尉能听出个头绪来。我可一点儿也听不懂。他说他们把小船藏在码头底下。晚上开到码头下面,要到第二天潮水动了才能把它再开出来。"

"码头底下?一只小船?那是什么呢?"他此刻是在跟中尉说话,"他们是不是在使用某种水上摩托艇?"

"就是那类东西,"中尉说,"你见到过的——那种小艇。是汽艇,加上伪装等等。在港口里横冲直撞。你见到过这种东西的。他们一整天玩这个,到晚上就在此地排水沟里一倒,一直睡到天亮。"

"哦,"上尉说,"我还以为这些小艇是指挥官的专用艇呢。你是说他们让军官来干这样的小——"

"我说不上来,"中尉说,"没准是让小艇把热水从一条船送到另一条上去。或者是送面包。要不就是忘了带餐巾或是别的东西时可以快些来回。"

"胡说八道。"上尉说。他又在看那个英国小伙子了。

"他们就是这么干的,"中尉说,"城里整个夜晚哪儿都是他们。排水沟里都满了,他们的宪兵一车车把他们装走,就跟公园里的保姆那样。说不定法国人让他们用汽艇,为的是不使他们白天睡地沟。"

"哦,"上尉说,"我懂了。"可是很明显他压根儿没懂,也没好好听,听了也根本不信。他瞧瞧那个英国小伙子。"哎,你可不能让他就这样待在这里呀。"他说。

英国小伙子再次努力振作起来。"没事儿，放心好了。"他模糊不清地说，他的声音挺悦耳，几乎讨人喜欢，也很文雅，"习惯了。虽然石子①地硬得有点难受。应该命令法国人修一修的。客场球员应该有好点儿的场地玩球，你说什么？"

"他可是在独霸整片场地，"宪兵毫不客气地说，"他准以为这支球队就他一个人呢。"

这时候第五个人出现了，他是个英国宪兵。"啊，又出事了。"他说，"是怎么回事？ 怎么回事？"这时他看到了美国人的肩章。他打了个敬礼，听到他说话声那英国小伙子转过身来，摇晃着，朝这边盯着。

"哦，你好，艾伯特。"他说。

"这又怎么了，霍普先生。"英国宪兵说。他扭过头来问那个美国宪兵："这一回又是什么事儿？"

"好像也没什么事儿，"那美国宪兵说，"你们就是这样带兵打仗的。不过在这儿我是个外国人。哪，交给你了。"

"到底怎么回事，班长？"那个上尉说，"他方才干什么来着？"

"他不会当它是一回事的，"美国宪兵说，头一斜朝英国宪兵指指，"他只会说那不过是只画眉或是只知更鸟或是只别的什么小雀儿。方才我在三个街区远的地方拐进这条街，我发现路堵塞了，从码头开来的卡车排成了长行，司机们都吵吵嚷嚷问前面到底出了啥事。于是我往前走，发现卡车排满三个街区，把十字路口也堵了，于是我来到队伍最前面，事情就出在这里，我看见有十来个司机围在前面，在街心开会或是讨论什么问题，于是我来到那里，

----

① 原文为法语。

我说，'这儿有什么事？'于是他们闪开让我插进去，我发现这个浑球躺在——"

"你是在说国王陛下的一位军官呢，我的老弟。"那个英国宪兵说。

"说话留点神，班长，"上尉说，"于是你发现了这个军官——"

"他把街心当成他的眠床，拿只空篮子作枕头，躺在那儿，双手搁在脑袋后面，膝头交叉，跟大伙儿辩论，他到底应该起床走开去呢还是用不着。他说卡车可以调头绕开走另一条路，他可没法用别的马路，因为这条街属于他。"

"属于他？"

那个英国小伙子倾听着，很感兴趣，情绪很高。"膳宿提供令嘛，你们懂吧，"他说，"必须要有秩序，即使是在战争紧急状况下也要有膳宿提供令。这条街是我的；不许别人偷猎，懂吗？下一条是杰米·沃塞斯庞的。不过卡车可以走那条街因为杰米眼下还不需要用。还没上床呢。失眠了。早就知道的。也告诉他们了。卡车走那条街去。这下明白了吧？"

"是这样吗？班长？"上尉说。

"他不跟你们说了吗。他不肯起来，就躺在那儿，跟他们辩论。还叫他们派个人到什么地方去领一份他们的作战条例来——"

"国王饬令；没错儿。"上尉说。

"——看看本子上是怎么写的，他有权用马路呢，还是卡车有权。于是我把他拖起来，这时候上尉来了。事情就是这样。如果上尉允许我此刻就把这小子交给他国王陛下的奶妈——"

"行了，班长，"上尉说，"你可以走了。我来处理这事。"宪兵行了个礼走开去了。现在是英国宪兵在支撑着那个英国小伙子。"你能带他走吗？"上尉说，"他们总部在哪儿？"

"长官,他们到底有没有总部我也不太清楚。我们——我总是看到他们待在酒店里直到天亮。他们好像不用什么总部的。"

"你是说,他们并不是真的从船上下来的?"

"嗯,长官,那些也许可以算是船,要看怎么说了。不过得比他更能睡的人才能在那样的船上睡着。"

"我懂了。"上尉说,他看着那个宪兵:"那是哪一类的船艇?"

这回宪兵的声音是一下迸出来、断然与完全不留余地的。就像是一扇关死的门。"我可不清楚,长官。"

"哦,"上尉说,"不错。好吧,他此刻的状况可不宜于在小酒馆里待到天明。"

"也许我能给他找到家有黑角落的小酒馆,在那儿他可以趴着睡。"宪兵说,可是上尉并没有在听。他在朝街对面看过去,那里另外一家咖啡馆的灯光洒落在人行道上。英国小伙子大大地打了个哈欠,像个小孩子似的,他的嘴显示出粉红色,毫无顾忌地大张着,跟小孩一模一样。

上尉转过身子对宪兵说:

"你能不能上对面去把鲍加特上尉的司机叫出来?霍普先生由我来照顾。"

宪兵走开了。此刻扶着英国小伙子的是上尉,他的手撑在小伙子腋下。这小伙子又像个疲倦的孩子打起哈欠来。"站稳了,"上尉说,"车子一分钟就能来。"

"好吧。"英国小伙子的声音透过哈欠发了出来。

二

一进汽车,他挤在两个美国人中间马上就睡着了,很快很平静,就跟婴儿似的。不过,虽然去军用机场只有三十分钟路程,他们抵达时他也醒了,显然精力很充沛,还跟他们要威士忌呢。等他们走进食堂时,他已经显得相当清醒,仅仅是在灯光明亮的房间里眨了眨眼,他戴着他那顶歪斜的军便帽,穿着那件扣子扣错的短夹克,围着条脏兮兮的丝巾,上面还绣有某个俱乐部的徽记,鲍加特认出那是家名牌寄宿学校的。这丝巾扭七扭八地缠在他脖子上。

"啊,"他说,此刻他的声音很清醒,很清楚,一点儿都不含糊,很悦耳,也很洪亮,因此房间里别的人都扭过头来看他,"绝了。有威士忌,什么?"他像条猎狗似的径直朝角上的酒吧走去,中尉跟在后面。鲍加特已经转过身子朝房间另一头走去,那里有五个人坐在一张牌桌旁。

"他是统领哪支舰队的海军上将?"有个人问。

"整个苏格兰海军的吧,反正我找到他的时候他是的。"鲍加特说。

另一个人抬眼看了看。"哦,我想我在镇上见到过他。"他对那位来客打量了几眼,"也许是因为他站直了所以走进来的时候我没认出。寻常都是见到这班哥儿们躺在地沟里的。"

"哦。"那第一个人说。他也朝四周看了看,"他就是那伙人里的一个?"

"当然。你见到过他们的。坐在马路牙子上,你知道的,总是一边一个英国佬宪兵拽拉着他们的胳膊。"

"是的,我见到过他们。"那另一个说,他们全都瞅着那英国小伙子。他站在酒吧前,在说话,他的声音很响,也显得很愉快。"他们全跟他一个样儿,"说话的人接着说,"十七八岁吧。他们开起那种小艇,总是横冲直撞。"

"他们就干这种活儿?"第三个人说,"你是说,英国陆军妇女辅助队还附属有一支男兵海军辅助队？老天爷,我参军时真是投错了门。这都怪招兵广告写得不清楚。"

"我说不上来,"鲍加特说,"我猜他们把小艇开来开去不光是为了玩儿吧。"

可是谁也没有听他的话。他们都在注视那个客人。"他们是小时工,"那第一个人说,"你在天黑后看到他们中的一个成了什么模样,你几乎可以肯定此时是几点几分。可是我不明白的是,每天半夜一点钟醉成那样的人第二天居然还能看清一艘舰船。"

"没准在英军有信息要传给舰船时,"另一个人说,"他们仅仅是做出一个个副本,把小艇排成行,让它们对着大船,每条小艇带一个副本,把它们放出去。找不到大船就折回来沿着港口走,哪儿有码头就在哪儿登岸。"

"只怕没那么简单吧。"鲍加特说。

他还想往下说什么,可是此时那客人已从酒吧那边转过身子,朝这边走来,手里举着一只玻璃杯。他步子走得还算稳,可是脸红红的,眼睛很亮,他走近时开始说话,嗓门很大,也显得很愉快。

"我说,这几位朋友愿不愿一起——"他打住了。他像是注意到了什么,他是在盯着他们的胸前。"哦,我说,你们是天上飞的。你们全都是。哦,好上帝! 觉得好玩吗,啊?"

"是的,"有个人回答说,"好玩。"

"可是危险,对吧?"

"速度比打网球是要快一些。"另一个说。客人看着他,表情很开朗,很和蔼,注意力也很集中。

第三个人进出来一句:"鲍加特说你指挥一艘舰船。"

"算不得是舰船。不过,谢谢你抬举。也不是指挥。指挥的是龙尼。军阶比我高一点。年纪也大些。"

"龙尼?"

"是的。人不错。好样儿的。年龄嘛,大了点。人也太倔。"

"太倔?"

"倔得厉害。你简直没法相信。每当我们见到烟柱时只要是轮到我在用望远镜,他扭开船头就走。总把船身藏得低低的。那就不会有海狸了。到昨天为止两星期里让我输了两局。"

美国人互相对看。"没有海狸?"

"我们玩游戏。拿篮状桅杆作数,懂了吧。看见一根篮状桅杆,那就是海狸①!赢一局。不过,艾尔根街②不再算数了。"

牌桌边上的人你看我我看你。鲍加特说:"我明白。每当你或是龙尼看见一艘船上有篮状桅杆,你就赢对方一个海狸。我明白了。那么艾尔根街是什么呢?"

"那是德国船。受管制的。乱跑的轮船。前桅上装有索具,看上去有点像一根篮状桅杆。栏木、缆绳之类的东西,我敢说是。我自己并不觉得特别像篮状桅杆。可是龙尼说像。有一天就那么叫开了。接着有一天他们开着它驶过内湾,我认为赢了龙尼一局。后来我们决定不再把它算在里面。这下懂了吧,啊?"

"哦,"提到网球的那个人说,"我明白了。你和龙尼开着船蹓来蹓去,玩玩海狸。嗯。这不错嘛。你们还玩过——"

"杰里。"鲍加特说。那客人一动不动。他低下头去看说话的人,仍然保持着微笑,他的眼睛睁得大大的。

那个说话的仍然盯着客人。"你和龙尼的船屁股涂上黄颜色③

---

① "篮子""海狸"在美国俚语中分别隐指男女生殖器。但从文中看,英国小伙子不知此意。

② "艾尔根街"是个德语词。

③ 在英语,"黄"有胆小之意。

没有？"

"黄颜色船屁股？"英国小伙子问。他不再微笑，但是他仍然是和颜悦色的。

"我寻思既然有两位船长，他们没准会想到给船屁股涂上黄漆或是什么的。"

"哦，"客人说，"伯特和里夫斯不是军官。"

"伯特和里夫斯，"另外那个人说，用的是在沉思掂量的口气，"那么说他们也出海。他们也玩海狸啰？"

"杰里。"鲍加特说。另外那人看着他。鲍加特把头稍稍斜侧了一下。"过来一下。"另外那个站起身来。他们走到一边去了。"别捉弄他了，"鲍加特说，"我是认真的，听见没有。他还是个孩子呢。你跟他那么大的时候，你懂什么？只知道准时上教堂做礼拜吧。"

"不过，我的国家可没有打了四年仗，"杰里说，"我们来到这儿，花自己国家的钱，每小时都可能给打中，从事的甚至还不是我们的战争，而这些英国小鬼可能已经被德国人的鹅步踩了整整一年，倘若不是——"

"闭嘴，"鲍加特说，"你这腔调跟自由贷款分子的没什么两样。"

"——还以为是什么公平交易呢。'好玩'。"他的声音此刻变成很尖，很刺耳，"'可是危险，对吧？'"

"嘘……"鲍加特说。

"我真想在外面港口咬住他和他的龙尼，一次就成。任何一个港口。伦敦也行。而且我别的什么都不要，只要一架詹尼①。

① 大概是当时一种小飞机的外号。

詹尼?不,用辆自行车和一对水上翅翼就行!我要让他们看看仗是怎么打的。"

"好了,你就放过他吧。他马上就要走的。"

"你打算把他怎么办?"

"我想今天上午把他带去。让他在前面坐哈珀的位置。他说他会使刘易斯机枪。说他们船上也有。他跟我说过的——说有一回在七百码外打瞎了一台水道信号灯。"

"好吧,反正这是你的事。说不定他比你还行呢。"

"比我行?"

"玩儿海狸呀。接下去你就能跟龙尼较量了。"

"反正我要让他见识见识有些仗是怎么打的。"鲍加特说。他看着那位客人:"他们参战到现在已经三年了,可他的态度还像个进城来寻找刺激的二年级大学生。"他再次盯看着杰里,"不过,你先放他一马。"

当他们走近桌子时,只听见那位客人的声音又响亮又兴高采烈:"……要是他先拿到望远镜,他就会凑到近处去看个明白,不过倘若是我先拿到望远镜,他就会把船绕开让我除了烟柱之外什么也看不见。这人脾气很倔,倔极了。可是我们再也不把艾尔根街计算在内。如果你一不小心叫了她的牌,你就在自己的积分上丢了两个海狸。不过只要龙尼没记住也叫了她的牌,那我们就扯平。"

三

深夜两点钟了,那个英国小伙子仍然说个没完,他的声音里充满生气,很天真也很悦耳。他在告诉他们,瑞士在一九一四年给宠得不像样,他父亲原来答应他十六岁生日时让他去那儿旅游,可是生日来到时他和家庭教师只好将就上威尔士去。不过他和家庭教师登山爬得相当高,因此他敢说——当然,对于在座任何一位有缘结识瑞士的先生他并无不敬之意——在威尔士大概也能跟在瑞士一样登高望远。"汗出得一样多,气也喘得一样凶,至少是。"他又加上一句。在他身边那几个美国人围坐着,比他风霜经历得多些,头脑清醒些,年纪也稍稍大些,他们以带点儿漫不经心的惊讶在听着。他们此刻已经站起来出去过,回来时换上了飞行服,带来了头盔与风镜。一个勤务兵走进来,端着个放有一些咖啡杯的托盘,客人理会到他听到外面黑暗中响起引擎声已经有一段时间了。

鲍加特终于站起身。"来吧,"他说,"我们也给你弄套服装。"他们走出食堂时,引擎声变得相当吵——是一种空转的雷鸣声。沿着那条看不清的柏油路,是整整齐齐的一溜在半空吐着蓝绿火花的黑影。他们穿过机场来到鲍加特的宿舍,那位中尉,麦金尼斯,正坐在行军床上系飞行靴的鞋带。鲍加特弯下身去扯出一套锡德科服,往行军床上一扔。"把它穿上。"他说。

"全套都得换吗?"客人说,"咱们得出去那么久吗?"

"说不定的,"鲍加特说,"穿上的好。在高空可冷了。"

客人把制服拿起来。"我说,"他开口说,"我说,龙尼和我还有自己的任务呢,明儿——我是说今天。你觉得要是我晚回来一点龙尼会不在乎吗?没准就不等我了。"

"喝下午茶之前能赶回来。"麦金尼斯说。他好像鞋子总也穿不好了。"答应你就是了。"英国小伙子盯看着他。

"你应该什么时候之前回来?"鲍加特说。

"啊,没事儿,"英国小伙子说,"我敢说不会有事的。上头让龙尼决定何时出发,反正是。要是我稍稍晚一点他会等我的。"

"他会等的，"鲍加特说，"穿上制服吧。"

"好的。"小伙子说。他们帮他钻进服装。"以前还没上去过呢，"他说，聊家常般轻松地说，"准比从山上看得远，是吧？"

"至少能看得更多，"麦金尼斯说，"你会喜欢的。"

"哦，那是，但愿龙尼能等我。真好玩。不过挺危险，是不是？"

"得了，"麦金尼斯说，"你别取笑我了。"

"闭上你的嘴，麦克，"鲍加特说，"走吧。还要喝点儿咖啡吗？"他看看那位客人，可是麦金尼斯替客人回答了：

"不了。得来点儿更有用的。咖啡会在翅翼上留下一摊讨厌的污渍的。"

"在翅翼上？"英国小伙子说，"干吗把咖啡留在翅翼上？"

"别废话了，我说，麦克，"鲍加特说，"走吧。"

他们重新穿过机场，朝那面吐火的墙走去。他们走近时，客人开始辨认出那架汉德利－佩奇的形状与轮廓。它看上去像一节普尔曼车厢朝上斜插进了一幢未盖成的摩天大楼空架子的底层。客人一声不响地看着它。

"它比一艘快艇大些，"他用他那充满生气和兴趣的声音说道，"我说，你们知道的。它不是一整团飞上去的。你们骗不了我。以前见过。它由两部分组成：鲍加特上尉和我在一处；麦克和别一个在另一处。是吗？"

"不是的。"麦金尼斯说。鲍加特不知上哪儿去了。"它是一整团飞上去的。像大云雀，嗯？像秃鹰，懂了吧？"

"秃鹰？"客人喃喃地说，"哦，我说。不如说像一艘快艇。空中飞的。我说，就是这样。"

"你听着。"麦金尼斯说。他的手往前伸；一件冰冷的东西胡乱地往英国小伙子手里塞去——是只瓶子。"要是你觉得不舒服,懂吗?就喝上一口。"

"哦,我会不舒服?"

"当然。我们全都会的。在飞行的某个阶段。这东西能让你好过些。不过倘若仍然止不住。明白吗?"

"明白什么?那是。明白什么?"

"别朝外面,别朝舷外吐。"

"别朝舷外?"

"会吹回到鲍吉和我脸上来的,那就没法看了。吧唧。玩完。懂了吧?"

"哦,那是。那我拿它怎么办?"他们的对话很轻,很简短,很严肃,像阴谋家似的。

"头朝下把货出清。就行了。"

"哦,那是。"

鲍加特回来了。"教他怎样爬进前舱,行吗?"他说。麦金尼斯让他进入机腹的活板门。再往前,一点点升上去,是斜斜的机身,通道变窄了,得爬着才能过去。

"爬进去继续再往前。"麦金尼斯说。

"简直像个狗窝嘛。"客人说。

"没错吧,是不是?"麦金尼斯愉快地说,"简直是量体裁剪的。"他伛下身子,能听到那人在快快地往前爬。"在顶头处你会找到一杆刘易斯机枪,绝对错不了。"他冲通道里喊道。

客人的声音传回来:"找到了。"

"管军火的军士马上就来,他会告诉你上没上子弹。"

"子弹上着呢。"那位客人说;话音未落枪就响了,很短促的一个短发,几个人喊叫起来,最响的来自飞机鼻底下的地面。"没事儿,"英国小伙子的声音说,"我开枪之前先对着西边了。那儿什么都没有,除了海军办公室和你们队部。龙尼和我去任何地方之前都这样做的。我急了一点,很对不起。哦,顺便说一说,"他又说,"我名叫克劳德。好像没跟你们提起过。"

在地面上,站着鲍加特和另外两个军官。他们跑着奔来。"是朝西开的,"有个军官说,"他还会知道哪边是西?"

"他是个水手,"另一个说,"这你忘啦。"

"他好像还满会使机枪的呢。"鲍加特说。

"但愿他没忘记这门手艺。"那头一个军官说。

四

尽管如此,鲍加特仍然时不时朝在他前面十英尺机首处机枪舱里逐渐离地升高的那个黑影瞥上一眼。"不过,他还真的会使那杆枪,"他对身边的麦金尼斯说,"他连鼓点子怎么敲都是自个儿挑定的,方才是不是这样?"

"是的,"麦金尼斯说,"那模样就好像他真没忘记该怎么开,而且感觉那枪就是他自身同时他的家庭教师正从威尔士一座高山上四下眺望呢。"

"说不定我不该把他带上的。"鲍加特说。麦金尼斯没有回答。鲍加特把驾驶盘扯动了一下。前面,在机枪舱里,那位客人的头在不停地左右转动,是在张望。"咱们飞到那边把货卸了,然后就扭头飞回家,"鲍加特说,"没准在黑暗里头——也真不像话,他的国家陷进这场动乱整整四年了,他却连一杆对准他的枪都没见到过,这真是他的国家的耻辱。"

"要是不把头缩低点,今天晚上他会见到的。"麦金尼斯说。

可是那小伙子没有这样。甚至在他们抵达目的地麦金尼斯爬下去扳投弹开关时他仍然没有这样。这以后，探照灯光搜索到他们，鲍加特给别的飞机发出指令接着往下俯冲，两只引擎嚎叫着全速朝一阵阵炸开的炮弹冲进又冲出，即使此时，他也能在探照灯的白光里见到小伙子那张脸，朝舷外伸出去远远的，显得轮廓分明，就像是舞台上给灯光投射着的一张脸，上面的表情是孩子般的兴奋与喜悦。"不过他倒是在开那杆刘易斯机枪，"鲍加特想，"还对得直直的。"他把机头压得更加低，注视着定点目标摇摇晃晃地进入准星，他的右手举起，准备等麦金尼斯看到目标时放下。他把手往下一劈，透过引擎声他似乎听到了炸弹松开时的嘎嗒声和呼啸声，这以后减轻了重量的飞机直向上冲，一下就飞出了光的罩照。这以后有一阵子他很忙，冲进又穿过炮火丛，斜刺地朝另一束光冲去，那束光照到飞机并且持续了一阵，时间相当长，足够使他能见到英国小伙子把身子往舷外探出很远，朝机翼和起落架后面张望。"也许他在哪本书里读到过这些事。"鲍加特想，扭过头来，把心思用到飞完归程上来。

　　这以后一切都过去了，周遭的黑暗凉飕飕空荡荡的，很宁静，几乎连声音都没有，除了引擎恒定的哼鸣。麦金尼斯爬回到座舱里来，在他座位上站直，这时他发射了彩色信号枪，又站立了片刻，扭过头去看探照灯仍然在搜索与刺画着的空间。他重新坐下。

　　"行了，"他说，"那四架我全都点数齐全了。咱们甩开飞吧。"这时他朝前面看了看。"国王的御林军怎么的啦？你没把他挂在炸弹架上放下去吧，嗯？"鲍加特也看看前面。前舱空着。此刻星光映衬下那儿又是模模糊糊的了，但可以辨认出除了那杆枪别的什么都没有。"不，"麦金尼斯说，"他在那儿呢。看见了吧？身子弯出去了。妈的，我说过让他别吐的！他弯回来了。"客人的脑袋

114

现在可以看见了。但它又一次沉下去看不到了。

"他又回来了，"鲍加特说，"叫他别乱动。告诉他三十分钟之内德国鬼子海峡集团的每支空军中队都可能压在我们头顶。"

麦金尼斯自己弯下身子冲着通道入口。"回来!"他嚷道。那个人身子几乎都偎在外面;他们那样地蹲着,面对着面,像两条狗似的,压过纤维墙两边仍然不大顺畅的引擎声嚷叫。英国小伙子的声音又细又尖。

"炸弹!"他尖叫道。

"没错,"麦金尼斯喊道,"它们是炸弹! 我们让他们吃了个够! 快回来,我告诉你! 十分钟之内在法国的德国鬼子都会扑向咱们的! 快回到你那杆枪前面去!"

小伙子的声音再次传过来,很尖,在喧闹声中显得很微弱: "炸弹! 不要紧吧?"

"没事! 没事! 不要紧的。回到你枪前面去,你这浑小子!"

麦金尼斯爬回他的座舱。"他回去了。要我来开一会儿吗?"

"好吧。"鲍加特说。他把驾驶盘推给麦金尼斯:"放慢一点好了。我宁愿他们扑过来的时候是大白天。"

"行。"麦金尼斯说。他猛地把驾驶盘扳了一下。"右翼怎么啦?"他说,"瞧……懂了吧? 我是在用右辅翼和一片小舵飞呢。你来试试看。"

鲍加特把驾驶盘接过去片刻。"我方才倒没注意。是哪儿的线路不对吧,我猜。我没觉着有炮弹挨近呀。不过你注意着点儿。"

"好的,"麦金尼斯说,"那么说你明儿——今天——要搭他的小船出海了。"

"是的。我答应过他的。真是的,小孩子家的感情是不应该伤害的,你知道吧。"

"你干吗不把科利尔也带上,让他再拎上他那把曼陀林琴?这样你们就可以边走边唱了。"

"我答应过他的。"鲍加特说,"让那片翼子翘高一些。"

"好的。"麦金尼斯说。

三十分钟以后开始破晓了;天灰蒙蒙的。很快,麦金尼斯就说:"这不,他们来了。你瞧瞧! 就跟九月间的蚊子似的。我但愿他这会儿没来疯劲儿以为自己在作海狸游戏。要是那样他会只输龙尼一局了,除非那鬼子留有一把大胡子……要驾驶盘吗?"

<h1 style="text-align:center">五</h1>

八点钟,海滩、英吉利海峡在他们底下了。油门关小后,飞机在鲍加特对方向舵的操纵下一点点下落,进入海峡上空的那股气流。他的脸变得憔悴了,他有点累。

麦金尼斯也显得累了,他胡子拉碴,得刮刮了。

"你说他这会儿又在找什么?"他说。因为此时那英国小伙子又从座舱的右面伛身出去,朝右翼下面东张西望了。

"我不知道,"鲍加特说,"没准是弹孔吧。"他开大了左边的引擎。"得让机械师——"

"他以前就可以看得比那样更近一些的嘛,"麦金尼斯说,"我敢说有一回曳光弹都打在他背上了。也许是他想看大洋。不过他从英国渡海过来时准已经看到过了。"这时候鲍加特开始平飞;机头朝上直翘,沙滩、卷动的潮头朝后面掠去。可是英国小伙子仍然大半个身子探在外面,朝右翼下面来回看着某件东西,他脸上神情痴迷,显出极高的儿童般的兴致。直到机器全部停下他仍然是那个模样。接着他头钻了下去。在停机后陡然来临的极度寂静中他们能听到他在通道里爬行的声音。两位飞行员从座舱里僵直地爬下来时他也出现了,他脸上兴致勃勃在期待着什么,他的声音高亢而兴奋。

"唷,我说!唷,好上帝!真了不起哟。对距离的判断多准哪!能让龙尼见见就好了!哦,好上帝啊!不过也许飞机跟咱们那艘玩意儿不一样——空气冲击时它们不感到有压力。"

两个美国人盯看着他。"什么不感到什么?"麦金尼斯说,"那颗炸弹呀。它真漂亮;我说,我不会忘掉它的。哦,我说,你们明白吧!它真了不起!"

过了半晌麦金尼斯才说:"炸弹?"那声音像是发自一个快晕过去的人。接着两个飞行员对看了一眼;他们异口同声地叫道:"右翼!"接着他们像一个人似的从滑板门里钻出来,跑着绕过飞机,看右翼底下,客人跟在他们脚后。那颗炸弹,尾部挂吊着,像个铅锤似的直直地垂在右辘轳旁,炸弹头刚能触及沙地。与轮迹平行的是炸弹尖在沙子里划出的一道长长的细线。在两人身后,英国小伙子的声音又高又清晰,很天真:

"简直吓坏了,我独自一个人。想告诉你们来着。可是明白对自己职务上的事你们比我内行。技术呀。神了。哦,我说,我是永远也不会忘记的。"

六

一个手持上了刺刀步枪的水兵放鲍加特进码头并且指给他小船的方位。码头上空荡荡的,他起先未见到那艘船,直到他走近码头水边垂直朝下看,才见到小船内部以及两个穿着油腻腻劳动服的下伛的背,这两人站起来快快地瞥了他一眼紧接着又弯下身去。

这条船大约有三十英尺长三英尺宽。它涂上了灰绿的伪装漆。它的上层甲板在前部,有两根粗笨、倾斜的排气烟囱。"我的天,"鲍加特想,"要是那一层全是发动机的话——"上层后部是驾驶座;他见到一只大驾驶盘,一块仪表板。有一片厚厚的挡板,也是涂了伪装漆的,竖起在光秃秃的舷边,大约有一英尺高,从船尾一直朝前伸到上层甲板跟前,而且一直绕到上层甲板后沿,因此是一直包抄到船尾另一个边的,它围住了整条船,除了船尾那三英尺的宽度,那里是敞开的。正对着舵手座位像一只眼睛似的是挡板上的一个洞,直径大约有八英寸。他朝那狭长、一动不动、邪恶的船身看去,只见船尾处有一台可旋转的机枪,他又看看那圈低低的挡板——它所围住的整条船只比水面高出不到一码——也看着那只空洞、朝前瞪视的独眼,他平静地思忖:"这是钢的。是用钢制作的。"他脸色十分严峻,心事重重,他把军大衣掖掖紧,扣上纽扣,仿佛感到冷了。

他听见背后有脚步声便转过身来。不过那只是飞机场的一个传令兵,他由那个手持步枪的水兵带过来。传令兵手里拿着一只大纸包。

"是麦金尼斯中尉交给上尉的。"传令兵说。

鲍加特接过纸包。传令兵和水兵退走了。他打开包包。里面有几件东西和一张笔迹潦草的字条。东西是一只新的黄缎子的沙发垫子和一把日本阳伞,显然是借的,还有一把梳子和一卷手纸。字条上写着:

> 哪儿也找不到照相机,科利尔不肯借给我他的曼陀林。不过也许龙尼可以用梳子奏乐的。

麦　克

鲍加特看着这些物件。不过他的脸仍然心事重重，十分严肃。他把东西重新包起，带着它走到码头边，悄悄扔进水里。

在他朝那艘看不见的船走过去时，他见到有两个人走近。他立刻就认出那个小伙子——高挑、细瘦，已经在说话了，而且滔滔不绝，他的头向比他矮一些的同伴倾侧过去，此人在他身边拖着步子走，双手插入兜里，在抽一个烟斗。小伙子在一件发出啪哒啪哒响的油布雨衣底下仍然穿着那件小夹克，不过已经不戴那顶匪气十足的便帽，此刻换了顶步兵用的沾满油污长及肩部的巴拉克拉瓦盔帽，它拖曳着一片帘子般的布，它长得像阿拉伯人的头巾，在空中飘飞，仿佛在追逐他的声音。

"哈啰，老兄！"还在一百码之外，他就喊了起来。

不过鲍加特在观察的却是另外那人，他自忖自己一辈子还真的没见到过一个比这更古怪的角色呢。在他那伛偻的双肩，他那微微低俯的脸上本身就含有一种坚实的力量。他比小伙子低一个头。脸也是红红的，不过那上面有一种深沉的凝重，简直到了冷酷的地步。那是整整一年日思夜想使自己显得像二十一岁的一个二十岁的人的脸。他穿了件高翻领球衫和一条粗布裤子，套了件皮夹克；外面是油腻腻的海军军官大氅，长得几乎拖到脚后跟，一边的肩章带已荡然无存，纽扣全掉了，一颗也没剩。他头上戴的是格子花呢前后都有帽檐的猎鹿人便帽，用一条狭丝巾从头顶一直缠到脖子底下，把耳朵遮住，在脖子上围了一圈，然后在左耳后面打了个绞刑吏惯用的套结。这丝巾脏得让人没法相信，又加上他双手深到肘部全插在兜里，双肩伛偻着，头低着，看上去简直像哪家老祖母吊起的巫婆傀儡。一个烟锅朝下的短杆烟斗咬在他牙缝之间。

"他来了！"小伙子喊道，"这就是龙尼。那是鲍加特上尉。"

"你好!"鲍加特说。他伸出手去。那一位一声不吭,不过手倒还是伸了出来,有气无力的。手很冷,不过很硬,结有老茧,他可是一句话也没说;只朝鲍加特投去短暂的一瞥,接着便把眼光移开。可就在那一瞬间,鲍加特在眼光里捕捉到了什么,某种颇为奇怪的神情——是一个闪光;是一种隐蔽、好奇的敬重,有点儿像十五岁的男孩子在看一个马戏团的空中飞人。

可是他一声不吭。只顾闷着头往前走;鲍加特看着他从码头边缘突然消失,仿佛是双脚直着跳进海里似的。他此刻注意到那艘看不见的小船的引擎发动了。

"我们也可以上船了。"小伙子说。他朝小艇走去,接着又停了下来。他碰碰鲍加特的胳膊。"瞧那边!"他轻声轻气地说,"看到了吧?"他的声音因为激动而变得尖利。

"什么啊?"鲍加特也悄声说;出于老习惯,他不由自主地朝后上方仰望。小伙子捏紧他的胳膊朝海港那头指去。

"那边!再往远点。瞧那像艾尔根街。他们又挪动她了。"港口对面躺着一只陈旧、发锈、背部凹陷的船壳。小小的,没什么特征,鲍加特记起什么,便朝那前桅看去,只见那儿有奇形怪状的一大团缆绳和帆桁,有点儿像——倘若你有足够想象力的话——一根篮状桅杆。在他身边,那小伙子简直是在咯咯大笑。"你认为龙尼注意到了吗?"他压低声音说,"你认为呢?"

"我说不上来。"鲍加特说。

"哦,好上帝!要是龙尼抬起头在注意到之前就叫她的牌,那我们就扯平了。哦,好上帝!不过,来吧。"他往前走;他仍然在乐出声来。"小心点儿,"他说,"扶梯很不像话。"

他先下去,船艇里的两名水兵立起来敬礼。龙尼已经钻进去了,只有他的背部此刻充塞着通往甲板下层的一个小舱口。鲍加特小心翼翼地往下爬。

"好家伙，"他说，"你们每天都得这么爬上爬下吗？"

"很不像话，是不是？"小伙子说，声音仍然是兴高采烈的，"不过你总算自己明白了。上头那班人又想用松松垮垮的代用品来敷衍，然后又奇怪仗干吗老是打不赢。"狭窄的船身滑溜溜的，让他们好歹挤了进去，即使又增加了鲍加特额外的重量。"船就坐在水面上，你瞧，"小伙子说，"简直像是浮在草地上，在露水重的时候，有如一片纸页，一直飘到鬼子跟前。"

"能这样？"鲍加特说。

"哦，绝对的。优势就在这上头，你懂了吧。"鲍加特并没有懂，他此刻正忙着左顾右盼，让自己好歹能坐下来，根本就没有坐板；没有座位，除了一根又长又粗脊骨般的圆柱，它贯穿船底，从驾驶员座位一直延伸到船尾。龙尼重新出现在他们眼前。他此刻坐在方向盘后面，伛身在仪表板上。不过在他目光朝肩膀后面扫过来时他也没有开口。他脸上仅仅显露出询问的表情。此刻他脸上添加了长长的一道污痕。小伙子脸上此时也是一点儿表情都没有。

"行了。"他说。他朝前面看，那儿的一个水兵已经看不见了。"前面准备好啦？"他说。

"是，长官。"那水兵说。

另外那个水兵是在船尾线上。"后面准备好啦？"

"是，长官。"

"解缆。"小艇拐了个弯开走，发出哼哼声，船尾底下是一溜开锅般的水。小伙子低头看着鲍加特。"蠢不可言。还舰船般一本正经的呢。不知道四条杠的大官儿——"他脸上的表情又变了，真是迅速万变，显出很关心的模样。"我说，你会不会不够暖和？

我没想到要带上——"

"我没问题。"鲍加特说,可是对方已经在脱他的油布雨衣了。
"别,别,"鲍加特说,"我不会穿的。"

"那你觉得冷了一定跟我说。"

"是的。那自然。"他正低下头去看他坐着的那个圆柱体。那
其实是个半圆柱——准确地说,像某个巨大无比的火炉上的热水
柜,下半部稍稍朝外撇,用螺栓固定在船底钢板上,开缝朝上。它
有二十英尺长,两英尺多高。它顶端升起得跟舷边一般高,在它与
船壳之间,两边都只留下一个人能放下脚的空间。

"这是'穆瑞尔号'。"小伙子说。

"穆瑞尔?"

"是的,在这之前是'阿加莎号'。取的是我姨妈的名儿。我
跟龙尼合开的头一艘叫'奇境中的阿丽斯'。龙尼和我是那对白
兔,好玩吧,啊?"

"哦,你和龙尼都用过三艘了,是吗?"

"哦,是的。"小伙子说。他低下头来。"他方才没注意呢。"他
悄悄地说。他脸上又是容光焕发、兴致勃勃的了。"等咱们回来
的时候,"他说,"你就瞧吧。"

"哦,"鲍加特说,"那艘艾尔根街。"他朝船尾看去,此时他想:
"老天爷呀!我们真的是在走动了——在行进了。"他此刻朝外张
望,朝舷侧,看见港口飞也似的向后退,于是他自忖,小船快赶上汉
弗利-佩奇飞离地面时的速度了。虽然仍然受到港湾的庇护,他
们此刻已经开始从一个浪尖跃向另一浪尖,那震荡也是明显的。
他的手仍然按在他所坐的圆筒上。他再次低头看它,从头上看起,
从前面龙尼座位下面它仿佛可以通出去的地方,一直到它斜下去
没入船尾之处。"那里面是空气吧,我猜。"他说。

"是什么?"小伙子说。

"空气。贮藏在里面,可以使船浮得高些。"

"哦,是的。我敢说是的。非常可能的。我以前还从没往这上头想过呢。"他往前走,那条盔巾在风里飘飞,他在鲍加特身旁坐下。他们的脑袋埋在挡板底下。

在船尾,海港往后飞掠,在消失,在往大海里沉下去。小船此时开始升高,朝前朝下猛扑,片刻间会猛地一震,几乎停滞不前,接着又蹿起身子朝前猛扑;一片浪花越过船头掠来,像是泼过来一满铲子散弹。"我希望你能穿上这件大衣。"小伙子说。

鲍加特没有回答。他扭过头来看着那张开朗的脸。"我们来到外海了吧,对不对?"他静静地说。

"是的吧……请穿上它,好不好?"

"谢谢,不用。我没事儿。反正我们时间不会太长,我猜。"

"不会的。马上就要拐弯了,到时候会好一些的。"

"是的。等我们拐弯我就会好过些的。"接着,他们真的拐弯了。行进变得平稳一些了。也就是说,小船再不是往大浪里浑身颤抖闷头扎去。他们此刻在浪面上穿行,小船加速前蹿,以一次次长长的、令人难受的、打哈欠般的跃动,先是斜向一边接着又侧向另一边。不过它总是在往前蹿,鲍加特朝舷外望去,脸上现出他初次朝小船内部看去时那同样的严肃表情。"我们此刻是在朝东。"他说。

"稍稍偏北,"小伙子说,"这样船走起来顺当一些,是么?"

"是的。"鲍加特说。舷外此刻什么都没有,除了空荡荡的大海和衬在开锅、打旋的波痕前那细细、针一般的倾斜的机枪,两个水兵一声不吭地蹲在船尾。"是的,这样顺当一些。"接着他说,"我们得走多远?"

小伙子身子伛得更近了。他往前移了移。他的声音很快活，很机密，很自豪，虽然压低了些："这回是龙尼的戏。他想出了这点子。倒不是说我想不出，迟早会的。要对得起人，等等等等。不过他年纪大些，你瞧，脑子动得也快。礼尚往来，位高则任重①嘛——诸如此类的理由。我今天早上告诉他的时候马上就想到了这层。我说，'喂，告诉你。我上那边去过了。开眼界了。'而他说，'不是飞吧。'而我说，'撒胡椒面呢。'于是他说：'多远？这回可不许说谎。'于是我说，'哦，很远。远着呢。飞了整整一夜。'于是他说：'飞了一夜。还不到柏林了。'我说，'我不知道。我敢说差不多吧。'于是他动起脑子来了。我看得出他是在动脑子。因为他年纪大些，你明白吧。待人接物上更有涵养，这也是有道理的。这时候他说了：'去柏林。对那位天上飞的来说可不是什么有趣儿的事，随我们一块冲上去又杀回来。'他又盘算起来了。于是我等着，接着我说，'可是咱们没法带他去柏林。太远了，再说，也不认识路。'于是他说——话说得快极了，像颗子弹进出来——他说，'可是认得去基尔的路②呢。'于是我就知道——"

　　"什么？"鲍加特问。人没有动，整个身子却蹦了起来。"基尔？就用这条小船？"

　　"绝对没错。龙尼想到的。漂亮，即使他是个倔家伙。他还说过，去泽布吕赫③没法给那位空哥露一手。得让他瞧瞧咱们的绝活儿。'柏林，'龙尼说，'我的上帝！柏林。'"

　　"听着。"鲍加特说。他此刻转过身来，面对着小伙子，脸上表情十分严肃。"这条小船是干什么的？"

---

① 原文为法语。

② 德国西部海港，为石勒苏益格-荷尔斯泰因州的首府。

③ 比利时西北海港城市，当时在德军占领下。

"干什么的？"

"它是起什么作用的？"接着，没得到回答前他自己倒先领悟了，他说，把他的手摁在圆筒上："装在这里面的是什么？一枚鱼雷，对不对？"

"我以为你早就知道了。"小伙子说。

"不，"鲍加特说，"我原先不知道。"他的声音仿佛从离他很远的地方传来，不带感情，像是蛐蛐儿在叫："你们是怎样发射的？"

"发射？"

"你们怎么让它离开小船？方才舱口盖打开时我看到的是引擎。引擎就在管子顶端的前面。"

"哦，"那小伙子说，"你扳动那边的一个卡子，鱼雷就会从船尾处下水。一等螺旋桨遇到水，它就开始转动，此时鱼雷就准备好了，上好炸药了。此刻你唯一要做的就是赶紧扭开船头，鱼雷自会继续前进。"

"你是说——"鲍加特说。过了片刻他的声音又听从指挥了。"你是说你们用小船为鱼雷瞄准目标，接着把它放下，它开始行进，你们掉头让路，而鱼雷则顺着小船空出来的水道前进？"

"知道你悟性很高的，"小伙子说，"跟龙尼也这么说的，空军嘛。咱们没有你们的那股狠劲，也许。可是这是没有办法的。尽可能做得好一些罢了，在水上只能如此。不过早知道你能领悟的。"

"听着。"鲍加特说，他的声音在他自己听来是够镇定的。小船继续往前蹿，在一个个浪峰上歪过来扭过去。他坐着尽可能撑住不动。他仿佛在听到自己对自己说话："往下说呀。问他呀。问他什么？问他放鱼雷前得离大船多近……听着，"他说，用那强自镇定的声调，"现在，你告诉龙尼，你懂吧。你就告诉他——就说——"他能感到自己的声音又在背叛自己了,因此就停住了。他坐着几乎一动不动,等待自己重新镇定下来;小伙子此刻身子前伛,盯看着他的脸。小伙子再次表露出关切的口气:

"我说。你感到不舒服吧。这种吃水浅的小船真是糟糕透了。"

"倒不是因为这个,"鲍加特说,"我只不过是——你们的命令是说去基尔?"

"哦,不是的。他们让龙尼作决定。只要我们把小船开回去就成。这是为了你。表示感激。龙尼的主意。这太温和了,比起飞行来,不过你宁愿怎么样呢,啊?"

"是的,去近一些的地方。你明白吧,我——"

"当然。我明白。战争期间不能休假。我跟龙尼说去。"他往前去了。鲍加特没有动。小船长距离扭歪着朝前扑。鲍加特平静地朝舷外望去,对着溅着飞沫的大海,对着天空。

"我的上帝啊!"他想,"你比得上吗? 你比得上吗?"

小伙子回来了;鲍加特把一张灰纸般的脸转向他。"行了,"小伙子说,"不去基尔。去近些的地方,权当是打猎,没准也挺好。龙尼说他知道你会明白的。"他费劲地从兜里掏什么。他摸出来一只瓶子。"哪。没忘记昨天晚上。也招待你一下。胃里会觉得好过些的,对吧?"

鲍加特喝了,是吞咽——好大一口。他把瓶子递过去,可是小伙子拒绝了。"执行任务时从来不喝,"他说,"跟你们哥儿们不一样。这里没那么野。"

小船继续行进。太阳已经西垂。可是鲍加特完全失去了对时间与距离的感觉。前面,透过对准龙尼脸部的那个圆洞,他可以看到白茫茫的大海,看到龙尼的手按在方向盘上,看到龙尼侧面花岗岩般突出的下巴以及那个熄了火上下倒置的烟斗。小船继续往前飞驶。

接着小伙子伛身碰碰他的肩膀。他半欠身子。小伙子在指着什么。太阳红红的，映衬在太阳前面，离他们大约两英里处，是一条船——一条拖网渔船，看上去像是——停泊着，在移动一根高高的桅杆。

"灯塔船！"小伙子喊道，"他们的。"再往前鲍加特能看到一溜低矮、平平的防波堤——是个海港的入口处。"走水道！"小伙子喊道。他把胳膊朝两边挥动。"水雷！"他的声音被风刮往后面。"这儿满处都是这种邪恶的东西。四面八方都是。咱们底下就有。真逗，是吗？"

七

一排轻柔的波浪拍打着防波堤。小船此刻驶行在波涛之前，它似乎从一溜长浪跃向另一溜；螺旋桨升入空中的那一瞬间，引擎似乎在使劲把自己连根拔起。不过小船并未减低速度，当越过防波堤末端时小船仿佛以舵为支点几乎直立起来，像是一条旗鱼。防波堤离他们有一英里远。从它的末端处，微暗的小亮点开始闪烁着飞来，像是一些萤火虫。小伙子伛身向前。"趴低点，"他说，"机关枪。没准会截住一颗流弹的。"

"我该干什么？"鲍加特喊道，"我能干什么？"

"是条好汉！狠狠咒他们就是了，对吗？知道你会喜欢的！"

鲍加特蹲伏着，抬头看看小伙子，他脸上恶狠狠的。"我能开机枪！"

"不需要，"小伙子嚷叫着回答，"前半盘让他们先表演。体育比赛嘛。观众喜欢，懂吗？"他在朝前张望。"船在那儿。瞧见了吧？"他们现在进入港口了，浅湾的入口就在他们前面。停泊在水道上的是一艘大货轮。船体当中用油漆画了一面大大的阿根廷国旗。"必须回到战位上去！"小伙子低头冲他喊叫。此时龙尼初次开口说话了。小船正在比较平静的水面上推进。速度并未减低，龙尼说话时也没有扭过头来。他仅仅是稍稍转动那突出的下巴和咬住的烟斗，透过嘴角迸出一个词儿：

"海狸。"

小伙子原来弯身在他称为他的"开关"的部件上，此时猛地跳起来，脸上显现出惊讶与愤怒的表情。鲍加特也朝前看，只见龙尼的手臂指向右舷。一英里开外停泊着一艘轻巡洋舰。它有篮状桅杆，在他看时，该舰的后炮塔开炮了。"哦，妈的！"小伙子喊道，"你倒推球了！""哦，真有你的，龙尼！现在我输三局了！"不过他已经再次伛身在开关上了；他的脸又是很开朗、不动声色和很机警的了；倒不是严肃，仅仅是镇定，在等待着。鲍加特再次朝前看，感到小船以舵为支点在旋转，然后以惊人速度直直地朝巡洋舰冲去，龙尼此刻一只手把着方向盘，另一只手举起平伸，保持在自己脑袋同样的高度上。

可是鲍加特觉得那只手像是永远也不会落下了。他蹲伏着，不是坐着，以平静的恐惧眼看那面漆画的国旗在一点点变大，仿佛是看一部伏在铁轨间拍摄火车头驶近的电影。在他们后面，巡洋舰发射的炮弹再次爆炸，而货船也从甲板上朝他们平射。两边的声音鲍加特全都没有听见。

"好家伙，好家伙！"他喊道，"老天爷呀！"

龙尼的手掌劈下。小船又一次以舵为支点旋转。鲍加特看到船头升起，旋转；他满以为船身舷边会撞上大船的。可是倒没有。

小船划一根长切线驶了开去。他正等待小船拐大弯朝大海开去，好把货船留在后面，接着他又想到那艘巡洋舰。"这回可要挨舷炮的一次齐射了，等我们离货船稍远些之后。"他想。接着他记起了货船和鱼雷，于是扭过头去看货船，等着看鱼雷爆炸，可是使他大吃一惊的是，他看到小船拐了个急弯又朝货船冲去了。像一个在做梦的人似的，他看到自己朝那条货船冲去，在船舱柜底下穿过，他仍然在朝前蹿，近得都看得清甲板上那些人的脸了。"他们方才没射中，此刻打算追上那枚鱼雷抓住它以便重新发射呢。"他像个白痴似的想道。

因此小伙子只得碰碰他的肩膀，好让他明白自己在他身后。小伙子的声音相当镇静："在那边龙尼座位底下，有只小小的曲柄扳子。劳驾递给我——"

他找到那只扳子。他传到后面去；他做梦似的想道："麦克会说在船上他们有台电话了。"不过他并没有立刻去看小伙子拿了扳子在干什么，因为在那阵阒寂与宁静的恐惧中他正专注地看着龙尼，此人嘴里僵僵地咬着那杆冷烟斗，正以最高速度开着小船绕着货船转，挨得那么近，他都能看清铁板上的铆钉了，接着他朝后面看，他的脸显得激动、紧张，他看明白小伙子用扳子在干什么了。小伙子把扳子对在圆筒尽头附近侧边很低的一个地方，那显然是一个小小的绞盘。小伙子抬起眼光见到了鲍加特的脸。"方才那回没走成！"他兴致勃勃地说。

"没走？"鲍加特喊叫道，"它没有——那枚鱼雷——"

小伙子和水手中的一个非常忙碌，弯身在绞盘和圆筒之上。"没走。不灵便。常有的事。满以为工程师那么聪明的角色——可是经常发生。把它拖回来再试一次。"

"可是那弹头，那雷管！"鲍加特喊道，"它仍然在圆筒里，是不是？这不要紧？啊？"

"绝对没事儿。不过它在动了。炸药装上了。螺旋桨也开始运转。要把它重新收回去再好好放出去。要是耽搁了或是动作慢一点,它会钉住我们的。让它退回管子里去。嘿嘿!什么?"

鲍加特此刻立直了,他转过来,好支撑住旋转木马般的小船里自己的身子。在他们上方,那艘货轮活像特技电影里那样在旋转。"让我来用扳子!"他喊道。

"要稳住!"小伙子说,"决不能把它拖回得太快。别让我们自己把它卡住在管口处。那就同样是:嘿嘿!会让我们,每一个笨工匠都见末日去,什么?"

"哦,那是,"鲍加特说,"哦,绝对的。"这话像是另一个人用他的嘴说的。他身子前伛,支撑着,双手按在冰冷的圆筒上,站在那两个人身边。他体内热得冒火,可是身子外部却冰冷冰冷。他能感到自己全身的肉都因为寒冷而在抽动,此时他注视水手,那只粗壮、起茧的手在快快地、满不在乎地拧动绞盘,每拧一下,弧度总有一英寸长,与此同时,那小伙子弯身坐在圆筒末端,用一只扳子在轻轻敲击筒身,他头倾侧着是在谛听,那姿势既细致又考究,满像个钟表匠。小船一边这样乱扭乱转一边朝前冲。鲍加特见到有一行口水从不知什么人嘴里淌下来,在他双手间滴落下去,他发现原来那是从自己的嘴里流出来的。

他没听到小伙子说话,也没有注意是何时站直的。他只感到小船笔直走了,把他甩得跪在了圆筒旁边。那个水手回船尾去了,小伙子重又伛身在他的开关上。鲍加特此刻跪在地上,觉得不舒服。小船再次拐弯,他并未感觉出来,也没有听到巡洋舰与货船发出的枪炮声,前者方才怕打中货船不敢开火而后者则是角度不对无法开,现在重又枪炮齐发了。他什么都没觉察,忽然见到有面大大的、漆画的国旗贴近自己眼前而且以火车头的速度在扩大,此时龙尼举起的手劈下。这一回他倒是觉察到鱼雷发射出去了;而且为了转身与扭开去,整条小船都仿佛离开了水面;他看到小船船头直朝天冲,仿佛一艘驱逐舰的船头想做跃升转弯半滚倒转的特技表演。接下去他那翻滚不已的胃不听控制了。趴倒在圆筒上时,他既没看到喷柱也没听见爆炸声。他只觉得有只手在抓住他外衣下摆,一个水手的声音在说:"悠着点儿,长官。我扶着呢。"

八

一个声音叫醒了他,还有一只手。此时他半个身子坐在狭窄的走道上,半个身子摊在圆筒上。他那样已经有好一会儿了。好久以前他觉出有人把件大衣盖在他身上。不过他没有抬头。"我没事了,"他光是说,"你穿吧。"

"不需要了,"那小伙子说,"已经在往回走了。"

"我很抱歉我——"鲍加特说。

"得了。这破船吃水太浅。没习惯时谁都会反胃的。龙尼和我都这样,一开始那会儿,每一回都是。你简直没法相信。人的胃竟能盛下那么多东西。来。"那是只瓶子。"好酒。大大吞上一口。会让胃觉得好些的。"

鲍加特喝了。很快他就感到舒服多了,也暖和多了。在那只手再次摸着他的时候,他发现自己都睡着一觉了。

仍然是那个小伙子。那件水兵短夹克对他来说小了点儿;缩水抽抽了,也许是。袖口底下他那双修长、细细的姑娘般的手腕冻得发青。这时鲍加特明白盖在自己身上的大衣是谁的了。可是不等鲍加特开口说话,那小伙子先伛下身来,悄悄地说,脸上乐滋滋的:"他方才没注意呢!"

"注意什么?"

"艾尔根街呀!他方才没有注意他们把她换了。好啊,那我只输他一局了。"他用明亮、急切的眼光注视着鲍加特的脸,"海狸,你知道吧。我说的是。觉得好些了,是吗?"

"是的,"鲍加特说,"是好些了。"

"他压根儿没注意。哦,上帝!哦,老天!"

鲍加特爬起来在圆筒上坐下。海港入口处就在前面,小船速度放慢了一些。天刚变黑。他静静地说:"这样的事经常发生吗?"小伙子瞅着他。鲍加特碰碰圆筒。"这个,发射不出去。"

"哦,是的,正因如此,他们在上面安了绞盘。这是稍后的事了。先是造出第一艘船;有一天全炸烂了。因此才安了绞盘。"

"不过有时候还出事儿,即使是现在?我是说,有时候它们还会炸飞,即使安了绞盘?"

"哦,没准头的,那是自然。小船开出去,没回来。满可能的。永远也查不出原因,自然是。没听说过有一艘给俘获过。满可能的。反正我们没遇到过。暂时还没有。"

"是的,"鲍加特说,"是的。"他们进入港口,小船的速度仍然很快,但此刻发出了扑扑声,平稳地滑过暮色苍茫的内湾。小伙子再次把身子伛过来,声音显得喜滋滋的。

"一句话也别说,求求你!"他悄声说。"大家注意!"他站直身子,提高了嗓门:"我说,龙尼。"龙尼没有扭头,可是鲍加特看得出他是在听。"那艘阿根廷船真有意思,对不对?竟进到那里面去了。你们说它是怎么经过我们这儿的?满可以就停在这儿的嘛。法国人会买下那批小麦的。"他打住了,狠巴巴的——俨然是个长了张迷途小天使脸的马基雅弗利①。"我说,咱们这儿已有多久没来过外国船了?好几个月了吧,啊?"他再次伛低身子,悄声说。"现在,瞧我的吧!"可是鲍加特看不出龙尼的头有一丝一毫的移动。"他是在细细观察呢!"小伙子轻轻说,完全是用气声。龙尼正在观看,虽然他的头纹丝不动。接着他们看见了,剪影似的映衬在冥色朦胧的天空前,那是一艘被扣船舰模模糊糊、篮子形状的前桅。龙尼的手臂立刻举起,指向那儿;他仍然连头也没有扭,仅仅透过那只冰凉、咬紧的烟斗,说了一个词儿:

"海狸。"

小伙子蹦了起来,像一只放松的弹簧,像一只解开皮带扣走在脚后跟的小狗。"哦,你不像话!"他喊道,"哦,你赖皮!那是艾尔根街!哦,你不像话!我现在只输你一局了!"他只跨出一步就完全超越过鲍加特,此刻他整个身子压在龙尼头上。"是不是?"小船正减低速度朝码头靠去,引擎懒洋洋的,"我对不对?现在只输你一局,是吧?"

小船向前漂,那个水手再次朝前爬到上层甲板。龙尼第三次也是最后一次开口。"对。"他说。

九

"给我弄来,"鲍加特说,"一箱苏格兰威士忌。要存货中最最好的。还要把它包装得好看点。送进城去。我还要让个有责任心的人干这事。"那个有责任心的人来了。"这是给个孩子的,"鲍加

---

① 尼柯洛·马基雅弗利(1469—1527),意大利政治家。一般被认为是位权术家与权术政治理论家。

特说,指指那包东西,"你能在十二小时街找到他,在挨近十二小时咖啡馆的某处。他准在地沟里。你会认出他的。一个孩子,大约六英尺高。任何一个英国宪兵都会指给你看的。要是他睡着了,别弄醒他。就坐在那儿等他醒来。然后把这交给他。告诉他是鲍加特上尉送的。"

十

大约一个月后,一份不知怎么来到美国军用机场的英国公报在伤亡名单栏下登载了这样一则消息:

失踪:鱼雷艇 XOOI。英国皇家海军后备队海军准尉 R. 博伊斯与 L. C. W. 霍普,次水手长伯特与一等水兵里夫斯。属海峡舰队轻鱼雷师。执行海岸巡逻任务时未能返回。

不久后,美国空军作战总部也发表了一篇公报:

为嘉奖高度勇敢与超常完成任务。H. S. 鲍加特上尉偕机组人员,包括少尉①达雷尔·麦金尼斯、机枪手瓦茨与哈珀,于一次无侦察机掩护之日间袭击中,掷弹摧毁战线后数英里敌方一军火库。机组嗣后于数量占优势敌机干扰下,携剩余炸弹飞离彼处前往位于布兰克之敌军团总部,将城堡部分摧毁,然后在无一伤亡状况下安返基地。

对于这桩业绩,不妨再加上一句:要是袭击失败,鲍加特上尉又能活着脱身,那他是会立即受到一场毫不容情的军事审判的。

带着余下的两颗炸弹,他驾着那架汉弗利-佩奇向城堡俯冲,

---

① 原文如此。

在那里将军们正坐下来享用午餐,他直往下冲,直到在他身下操纵开关的麦金尼斯开始朝他喊叫,到此时他还不发出投弹信号。他仍然不发信号甚至在他已能辨清屋顶上那一片片石瓦之时。直到此刻,他才把手往下劈并急急将机头拉起,在飞机狂吼声中他嘴唇翕张,呼吸重浊,心里想:"上帝!上帝啊!但愿他们全在那里——所有的将军、海军上将、总统、国王——对方的,我方的——整套班子,一个都不剩。"

(李文俊 译)

一 次 猎 熊

　　拉特利夫正在讲这个故事。他是个缝纫机推销商;他讲的这件事发生时他经常赶着一辆轻巧结实的四轮平板马车在咱们这个县里走村串户,拉车的两匹马精瘦结实,却不太般配;如今他用的是一辆 T 形福特车了,后座上仍然放着一台装在铁皮箱子里的样机,这铁皮箱模样跟只狗窝似的,油漆得却俨然像一座房子。

　　拉特利夫在任何地方出现都不至于使人感到奇怪——他是会在农妇义卖市场和针线活聚会上露面的唯一的男人;他会在乡村教堂全日歌咏会上的男声部里钻来钻去也会出现在女声部里,而且还真的动嘴唱呢,是挺悦耳的男中音。他甚至还参加了他讲到的这次猎熊,那是在德·斯班一年一度在离城二十英里河床洼地举办的打猎野营里,尽管上那儿去他压根儿不可能找到买一台缝纫机的主儿,因为德·斯班太太肯定已经有一台了,除非她把机子送给了某个出嫁的女儿,而另外的那位男士呢——卢修斯·霍根贝克——跟此人他后来有了扯不清的关系,使自己和打猎队都很没面子,这位老兄即使愿意买也是不可能给老婆置上一台的,除非拉特利夫能答应他永无期限地赊账。

　　卢修斯·霍根贝克是布恩·霍根贝克几个孩子里的一个,这个老布恩,在最早的打猎队里可是德·斯班少校和麦卡斯林·爱德蒙兹最忠心耿耿和全然不可缺少的仆人兼侍从,打猎队的成员还有艾萨克·麦卡斯林大叔、华尔特·艾威尔和老康普生将军,最后面的这位就是我的爷爷了(应该说还有阿许·怀利大叔呢,他就是在拉特利夫事件里占有一席之地的那个阿许的父亲,在阿许眼里,只有艾克大叔是存在的)。不过卢修斯现在已经四十岁了,他的牙齿几乎全都没有了,自从他跟那两个普罗文兄弟在杰弗生镇以普罗文帮而臭名昭著以来,好多年已经过去了,他们以野小子最让人想象不到的方式把我们这个安静的小镇变成人间地狱,他们不是在星期六深夜在广场上乱放枪,便是在星期天早上在小巷里跑马,把上教堂的太太们吓得发出尖叫四下乱跑。镇上年轻些的公民对他一无所知,只晓得他个子高高,显得很壮实健康,在别人勉强容忍他待着的地方总是若有所思、郁郁不欢地闲蹓,从来没有哪个集团认为他是自己人,他也从来没有为养活老婆和三个孩子出过一点力。

我们当中还有一些男人,他们的家小也是缺吃少穿的;这些人或许是压根儿不想干活,而时至今日,近两三年,更是再别想找到工作了。这些人获得体面和维持体面全都倚仗这样的方法:当某某厂家的推销商,推销的是些小商品,肥皂啦、男子盥洗用具啦、炊具什么的,人们常常可以见到他们拎着只放样品的黑色小箱子,在街道和广场上走来走去。让我们大吃一惊的是,有一天,霍根贝克居然也拎了只这样的箱子出现了,虽然没到一星期,镇上的治安官就发现那里面放的是一品脱一瓶的威士忌。斯班少校,(不是老的那位:那位早已不在了。这个是老的那位的儿子,是个银行家,称他为少校,是为了纪念他的父亲与一八六五年父亲靠了英勇行为所获得与保住的军阶军衔。)斯班少校好歹把他保了出来,因为是斯班少校在养活他的一家,反正从付给霍根贝克太太为少校家干针线活和别的这一类杂活的那点工钱里再匀出几个小钱来呗——他之所以要背卢修斯这个负担完全是为了讲义气,跟他父亲获得军衔所凭的豪侠气概属于同一性质:就因为布恩一辈子都是老斯班少校(自然,还有爱德蒙兹先生)在负担的;或许,我们倒是愿意那样相信,是以一种古罗马的姿态在致敬与告别,对着被"时间"露出真相之前卢修斯曾经是的那个光辉形象。

因为有些上年纪的人还是记得二十年前的那个"屠夫"卢修斯的——他甚至把他诨号里的那股连魔鬼都闻风丧胆的杀气都丢失在他微不足道的过去的某个角落里了;那个年轻人幽默感一点儿没有,火气倒很大,急吼吼一心想把恶气全发泄出来,这股劲儿他现在早就没有了,当时在火头里他曾疯疯癫癫地,没准大抵是在酒后,自发地干出了一些野性十足的事情,黑人野餐会事件便是其中之一。这次野餐会是在离城几英里的一个黑人教堂那里举行的。进行到一半,卢修斯和普罗文哥俩参加完一次乡村舞会回来,骑马靠近黑人,手枪已经拔出,手指里夹着刚点燃的雪茄烟;他们把黑人一个个叫出来,用红红的烟头去烫那会儿正时髦的赛珞璐领口,在每一个受害者的脖颈上留下一圈突兀的浅浅的倒还不致给人带来痛苦的焦痕。拉特利夫此刻所讲到的正是此人。

不过为了给拉特利夫搭好戏台,还有一件事不可不提。从德·斯班少校营地再往河下游去五英里光景,在那河边的藤蔓、橡胶树和针叶橡树更密集更荒野的地方,有一个印第安人土墩。这个原住民的遗址是河床洼地平坦荒野处唯一的高地,显得格外诡异与阴沉。即使对我们中的一些人——虽然是小孩,却是有文化的城里人的后代——这土墩也隐隐地意味着神秘和血腥罪行,意味着暴行和骤然灭亡,仿佛我们从私相传阅的一毛钱一本的小说那里得到的与印第安人有关的喊杀与挥动战斧的印象,仅仅是这个土墩仍然拥有的神秘力量的极小极短暂的一个表现,这股力量很邪恶,也略带嘲讽意味,像是一头凶狠的无名野兽爪子上带有鲜血在打着轻鼾慵懒地睡觉——我们之所以这样想,也许是因为一度很强盛的契卡索族的残部仍然于政府保护下生活在土墩附近。他们如今都起了美国名字,他们的生活方式,跟轮流包围他们的各个民族白人的也已经大体相同了。

不过我们从来没有见到过他们,因为有自己的居留地和商店,他们从不进城。等我们长大一些以后才明白,他们并不比白人更加野蛮不化与愚昧无知,他们最最突出的不合规范之处没准是——其实这一点在我们那一带算不得是什么特别出格的事——稍稍有些在沼泽地深处私酿威士忌的嫌疑。不过对于我们这些小孩子来说,他们倒是有几分传奇人物的味道,他们在沼泽地隐居,跟我们全听说过但有些人却从未见到过的那座神秘土墩密不可分,他们像是在一股神秘力量的委派下充当了土墩的守护者。

我方才说了,我们当中有些人从来没见到过土墩,但是全都听说过,也议论过,男孩子嘛都是这样的。它成了我们生活与背景的一个部分,一如我们生活在上面的土地、打输的内战、谢尔曼的大进军,或是生活于我们中间在经济上与我们竞争的黑人,黑人姓我们家族的姓氏,只是比我们更直率、更有潜力和活力罢了。我十五岁那年和一个同伙,因为要证明自己胆子大,曾在一天夕阳西下时爬上土墩。我们生平第一次见到了那些印第安人中的几个;我们向他们问了路,并且就在太阳落下的那一刻登上墩顶。我们带着野营设备,但是我们并未生火。我们连铺都没有搭。我们光是紧挨着坐在墩顶上,直到天蒙蒙亮可以找到大路了。我们一直没有说话。我们在灰蒙蒙的曙色中互相对看时,发现我们的脸也是青灰灰的,而且一脸严肃,什么话都说不出来。回到镇子时我们仍然没有说话。我们就那样分了手,回到家中爬上了床。这就是我们对土墩的想法与感觉。不错,我们是小孩,但我们是识文断字人家的孩子,我们的父母都是——或者应该是——不迷信,也不会因为没有来由的恐惧而感到惊骇的。

此刻,拉特利夫讲起卢修斯·霍根贝克和他打嗝的故事来了。

我回到城里时,所遇到的第一个人对我说:"你的脸怎么啦,拉特利夫?莫不是德·斯班把你当追赶熊的猎犬使唤啦?"

"不是的,小子们,"我说,"是豹子抓的。"

"你想把豹子怎么样啊,拉特利夫?"一个小子说。

"小子们,"我说,"我要是知道那我就是小狗。"

我说的是实话。是大伙儿把卢克①·霍根贝克从我身边拉开过了好一会儿之后我才发现的。因为我和卢克一样,根本不知道阿许老头是何许人。我只知道他是少校家的黑佣人,是在营地干杂活的。我只知道事情一开始时,我想我的意图无非是——帮卢克解决困难,或者也许是置身局外跟他开个小玩笑却又不至于伤害到他,甚至说不定可以帮少校一个小忙,替他把卢克支到营地外面去一阵子。后来快到半夜了,那该死的家伙竟像只受惊的鹿似的从树林里狂奔过来,跑到他们玩纸牌的那个地方,我就说了:"行了,你也该满意了。你总算是平平安安地从他们那里脱身了。"他突然站住,万分惊讶地朝我恶狠狠地看了一眼;他甚至都不知道打牌的人都停下来了;接着他整个人扑到我身上来,就像谷仓在我头顶上坍塌下来似的。

牌局自然就给搅了。足足得上去三四个人才能把他从我身上拖开,这当儿,坐在椅子里的少校扭过身来,手里捏着配得齐齐的

① 卢克修斯的昵称。

四张"小三",使劲往桌面上捶,嘴里喷出了一系列的脏话。只不过上前来拉架的人真是帮了倒忙,因为他们的靴子全都踩在我的脸上、手上和脚上了。这就跟着火时一样——做出最大损害的正是手里把着水龙头的那些老兄。

"这他妈的算是怎么一回事啊?"少校吼道,这时有三四个人正按着卢克,而他呢,却号啕大哭,跟个小娃娃似的。

"是他让他们来整我的!"卢克说,"唉使我上那儿去的就是他,我得把他杀了!"

"让谁们来整你呀?"少校说。

"那些印第安佬呗!"卢克边哭边说。接着他又往我这边扑过来,把抓住他胳膊的那几个人统统甩开,就跟他们是布娃娃似的,一直到少校用一点也不掺水的咒骂将他喝住。他说别以为这商贩没有力气。别听他自己说身子骨不行干不了体力活。没准正因为拎着个小黑箱子到处兜售粉红色的吊带和剃须肥皂,他才贮积着自己的真阳实力呢。接下去少校又问我到底是怎么回事,我就告诉他我无非就是想帮帮卢克,免得他老打嗝难受罢了。

要说我没真的替他觉得难过那我就是小狗。我正好经过此处,我寻思我何不进来看看大伙儿打猎的运气好不好呢,我约摸是太阳下山时分赶车来到这儿的,我见到的第一个人正是卢克。我没觉得奇怪,因为这儿本来就是全县大老爷们聚集的最大去处,更何况吃食、威士忌全不收费呢,因此我就说了,"哟,真是少见呀。"而他说的却是:

"呃—呃!呃—吓!呃—哦!呃—哦,天哪!"从头天晚上九点钟起他就已经打上嗝儿了;每回少校让他喝杯酒他总能把缸子倒到嘴里,只要阿许老头没有盯着,他总能把酒喝进肚子里去;两天前少校杀死了一头熊,我估摸卢克已经吃下去那么多的肥熊肉——更不用说打猎队早已有的鹿肉了,没准还有几只浣熊和松鼠呢,这是为了调味而扔到炖锅里去的——吃下的熊肉多得他想用一辆大车拉走都办不到。于是就这样的,他打起嗝儿来了,一分钟三次,就跟一枚定时炸弹一般准;只不过这一枚里面装的是熊肉和威士忌而不是炸药,因而爆炸不了,故而无法将他的苦闷爆发出来。

人们告诉我,他已经弄得每一个人都几乎整夜无法入睡了,弄得少校只好火冒三丈地从床上爬下来,提起他的枪,让阿许牵了两条猎犬,而卢克也跟在后面——完全是因为不好受,我琢磨,他也不能比别人多睡一分钟呀——他紧跟在少校的后面,不断地说:"呃—唷!呃—哦!呃—噢!呃—哦,天哪!"最后,少校不得不转过身子对他说:"你给我滚到那伙举着猎枪蹲守过路鹿的人的那边去。你叫我怎么能轻手轻脚跟踪一头熊,怎么能在狗追踪到熊时听得见它们的叫唤呢?我还不如去驾驶一辆摩托车呢。"

于是卢克便转过身子回到蹲守鹿的猎人那边去了,那些人都分布在防洪堤的原木旁。我寻思他根本不能算是真正走开,而是他的声音就像少校所说的摩托车那样,愈行愈远了。他压根儿没有想法子让自己不发出声音。我寻思他一定觉得,任何一个傻瓜都能从他的声音听出来他不是鹿。不。我想到这时候他已经太不好受了所以希望干脆有人对着他来上一枪。当然谁也不会这样做的,于是他来到第一个蹲守者那儿,那是艾克·麦卡斯林大叔,在大叔身后一根原木上坐下,胳膊肘支着双膝,脸埋在手里,继续他的"呃—哦!呃—哦!呃—哦!呃—哦!"大叔终于顶不住了,转过身来对他说:"你烦不烦啊,小子;快给我从这儿走开。你以为世界上有这么傻的野物,会对着一台捆草机走过来吗?喝点儿水去。"

"水我喝过了，"卢克说，没有挪窝，"打从昨晚九点钟起我就一直在喝水。我喝下那么多水，只要倒下，就会跟一口自流井那样咕咕往外冒的。"

"行了，反正你得走开，"艾克大叔说，"给我从这儿走开。"

卢克只好站起来一摇一晃地走开去，声音逐渐变弱，就跟他是装着一台单缸引擎的什么机器似的，只不过这台机子模样更常见也更不起眼罢了。他沿着防洪堤来到第二个蹲守点，人家把他轰走，他再朝下一个走去。我琢磨他仍然希望有人会怜悯他，给他来上一枪，因为到这时候他像是已经完全不抱希望了。大伙儿都说，此刻，在他说到段子里"哦，天哪"的那个部分时，你在营地里都能听得真真儿的。他们说那回声都能穿过河沟对面的芦苇丛传回来，就跟有人在井底用大喇叭说话似的。他们说，连追踪兽迹的猎犬也不再吠叫了，因此他们都不再蹲守了并叫他回到营地来。我刚来到时他就在那儿。阿许老头也在，他和少校都回来了，为的是让少校可以打个盹儿，我和卢克都没注意到有阿许在，还以为在这儿的是另一个什么黑鬼罢了。

当时的情况就是这样。我们当中的任何人都不知道是阿许甚至都没有想到是他。有时候一个人有心要开开玩笑，他却开到了另外一个人的头上，现在的情况正是如此，倘然不是，那我就是只小狗；就跟黑头里什么地方静静地潜伏着一股巨大的魔力似的，有个人对它没什么认识却有心要跟它开开玩笑，这时候情况如何就要看这股魔力是不是在兴头上愿意玩上一玩，或是跟我的这一回一样，照准他的脸狠击一掌。因为我说："你是从昨天九点钟起打上嗝的，可对？那都快二十四小时了。依我说你也该采取点措施让这些嗝儿停下来了。"这时候他盯看着我，像是拿不定主意，是要跳过来把我的脑袋一口咬下来呢，还是光是咬掉自己的脑袋就算了,与此同时,嘴巴里还在没完没了地"呃—哼! 呃—哼!"很慢,也很有节奏。接着他说了:"我才不想让它们停下来呢。我喜欢打嗝。不过要是你打得停不下来的话我倒可以帮你除掉。你想知道怎么做吗?"

"怎么做呀?"我说。

"就是帮你把你的脑袋拧下来。这样你就没有用来打嗝的家伙了。大伙儿也不会烦你了。我很愿意为你效劳。"

"那是自然。"我说,看着他怎么坐在厨房的台阶上——那是在晚饭之后了,不过他可什么都没有吃,因为可以说,他的咽喉已经变成一条单行道了——还是一个劲儿没完没了的"呃—咳! 呃—哦! 呃—哦! 呃—咳!"因为我寻思,少校已经郑重正告过他,如果他仍旧选择又嚎又吼的话,那会有什么样的结果。我根本不想害他。而且,别人已经告诉我头天晚上他就搞得大家整宿没睡,而且把那一带洼地里的猎物都吓得跑个精光,再说,遛遛腿总还能帮他消磨时光吧。因此我说了:"我相信我知道你怎样才能把这毛病根治了。不过,当然,要是你不打算根治的话——"

于是他说了:"我当然希望有人能告诉我怎么治了。我都愿意付十块钱,要是能停住一分钟,不这么'呃'——"好嘛,说到这里他的嗝儿又来劲儿了。好像这以前他的五脏六腑满足于在正常状态下安安静静地打嗝,可现在,经他自己一提醒,他似乎打通了一个排气阀,因为马上他便开始号叫起来,发出了"呃—哦,天哪!"的声音,就跟蹲守的猎人轰他回营地来时他发出的一样,这时我听到少校的脚步踩在地板上的声音。连这脚步也好像是在生气似的,于是我赶紧说了:

"嘘——! 你不想让少校再次发火吧,可对。"

于是他尽可能把声音压得轻一些,他坐在厨房台阶上,此时阿许和别的黑鬼正在厨房里忙着做饭,他又开口说了:"不管你出什么点子我都愿意试上一试。什么办法我都试过了,阿猫阿狗告诉我的偏方我全试过了。我曾经憋住气灌下去那么多的水,都觉得自己像一只他们用来做广告的汽车大轮胎了,我也曾把脚勾在那边的一个树杈上,倒挂了十五分钟,喝下去满瓶子一品脱的水,还有人说得咽下一颗大号铅弹,我咽了。但是我还是照样打嗝。你说我还该怎么办?"

"呃,"我说了,"我不知道你该怎么办。不过如果打嗝的是我,我会上土墩去找约翰·老筐给我治治的。"

这时候他坐着一动不动,接着便慢腾腾地扭过头来看着我;有那么一分钟他还真的不打嗝儿了。如果这不是真的那我就是小狗。"约翰·老筐?"他说。

"自然是他啦,"我说,"那些印第安人掌握各种各样的祖传秘方,那是白人大夫连听都没有听说过的。而且他会很高兴为一个白人效劳的,那些可怜的土著会的,因为白人待他们不薄啊——不光是让他们保留那些土山包,反正这正是谁也不想要的,而且还卖给他们面粉、糖和农具,赚的利润并不比卖给白人的高出多少。我还听说很快,上头甚至还要批准让他们一星期进一回城了呢。老筐一定很乐意帮你治好打嗝的。"

"约翰·老阿筐,"他说,"那些印第安人。"他说,嗝儿打得慢悠悠的,很安静也很稳。接着他突然说:"我要是会去我就是小狗!"不过要是他的声音不像是号哭那我就是小狗。他跳起来,站在那儿骂骂咧咧,那声音就像是在哭。"这地方没有一个人心疼我,不管是白人还是黑人。我在这儿受完了罪还是受罪,二十四个小时以上没吃没睡,可是就没有一个狗娘养的心疼我和可怜我!"

"唷,我这不就是在想法子帮你的忙吗,"我说,"让你打嗝的可不是我呀。我只不过是在寻思,像你这样的情况看来是非得上白人帮不上忙的地方去不可了。不过倒没有法律规定你非去那儿医治不可。"接着便做出一副要走开的样子。我顺着厨房的犄角重新绕到前面,看见他又在台阶上坐了下来,接着打他的"呃—哦!呃—哦!"不紧不慢,还挺平稳的;这时候我瞅见阿许老头就站在厨房门里面,一动不动,低着头,似乎在倾听什么。不过我仍然没起疑心。过了一会儿,我看见卢克站了起来,很突然但是很安静,站了有一分钟,对着里面有人在打扑克的窗子看了看,然后又朝通往洼地黑头里的那条路望过去。接着他回进屋子,悄没声的,一分钟后带了盏点亮的马灯和一支猎枪出来。我不知道那是谁的枪,我猜他也不知道而且根本不去管那是谁的。他就以那样不出声铁了心的姿态走出屋子,顺着那条路走下去。我起先还能看到那盏马灯,在马灯看不到很久以后仍然能听见他的声音。这时我已绕回到厨房门前,只能听到他的声音一点点地消失在洼地里了,此时老阿许在我身后开腔道:

"他上那边去啦?"

"上哪儿啊?"我说。

"上土墩呗。"他说。

"哼,要是知道那我就是小狗了,"我说,"我最后跟他说话时他好像还没有想好要去哪儿呢。也许他光是想去遛个弯儿。这兴许会对他有好处;让他今儿晚上能睡得着,明天早餐也会胃口好些。你说呢?"

可是阿许一声也没吭。他光是退回到厨房里去。我仍然没起任何疑心。我怎么可能呢?那些日子里我连杰弗生都没到过。我连皮鞋都未曾见识过,更不用说两家铺子紧挨着开在一起或是弧光灯什么的了。

因此我往他们打牌的地方走去,边走边说:"行了,先生们,我想大伙儿今天晚上能睡会儿好觉了。"接着我把情况跟他们说了说,因为八成儿他会在那儿待到天亮再回来,总不至于在黑头里再走那五英里回来的路吧,那些印第安人总不会跟白人一般小肚鸡肠,受不了打嗝那点儿小事吧。可是如果少校听了没有跳起来,那我就是小狗。

"他娘的,拉特利夫,"他说,"你怎么能那样干呢?"

"怎么啦,我不就是给他出个主意嘛,少校,随便一说而已,"我说,"我光是告诉他老阿筐也算是个大夫。我压根儿没想到他会当真。也许他根本没上那儿去。没准他是去打浣熊了。"

不过大多数人都跟我看法差不多。"让他去好了,"弗雷泽先生说,"他要溜达一整夜那才好呢。他娘的,为了他我一整宿都没合过眼皮……发牌呀,艾克大叔。"

"反正这会儿也没法拉他回来了,没门儿了,"艾克大叔边发牌边说道,"没准约翰·阿筐真能止住他的嗝儿呢。这傻小子,海吃海喝,撑得连话都说不出来,连多一口都再也咽不下去了。今儿早上,他坐在我身后的一根原木上,出的声音就跟一台捆草机发出来似的。我真想过是不是照准他来上一枪,把他灭掉得了……王后赌两毛五,先生们。"

于是我就坐在那儿看他们玩儿,心里时不时地想着那个倒霉蛋如何手里拿着猎枪和马灯,在林木间跌跌撞撞地穿行,在黑暗中走上五英里,好摆脱掉那老得打嗝的毛病,而此时此际,各种恶形恶状的兽类都在暗中窥伺,弄不懂这是何方神圣,能发出这般怪声的两脚货是种什么怪兽,又想到当他闯上土墩时那些印第安人对这不速之客又会怎样接待,想着想着我都憋不住要笑出声来,这时候,少校开口了:"你倒是在那嘟囔和傻笑什么呀?"

"没什么，"我说，"我不过是在思念一个老朋友罢了。"

"他娘的，你怎么不跟他一块儿上那边去呢。"少校说。这时候，他认为该喝点什么的时候到了，便开始吆喝阿许。阿许老也不来，最后我亲自走到门口，朝着厨房招呼阿许，可是回答的是另外的一个黑鬼。他捧着大酒瓶和别的东西走进来时少校抬起头来问道："阿许哪儿去了？"

"他走了。"黑鬼回答道。

"走了？"少校说，"上哪儿去了？"

"他说是上土墩去的嘛。"黑鬼说。到此时我仍然一点儿都摸不到头脑，一点儿都没怀疑。我只是暗自思忖，"这老黑鬼倒突然变得心慈手软了嘛，他还会担心卢克·霍根贝克一个人在黑头里走路不安全。要不就是阿许特爱听那些打嗝声了。"我就是这么自思自忖的。

"上土墩去啦？"少校说，"瞧着吧，要是他喝了一肚子约翰·阿筐的'保头疼'烧酒回来，我非活活扒了他的皮不可。"

"他倒没留下话说上那儿去干吗，"那黑鬼说，"他走的时候光跟我说他要上土墩，天亮时一准回来。"

"他最好到时候给我乖乖回来，"少校说，"他也最好别喝晕乎了。"

接着我们就待在那儿，他们继续打牌，我也继续像个傻瓜似的瞧着他们，什么都没有猜疑，光是寻思：真背兴，竟让那该死的老黑鬼插上一杠子，把卢克好端端的一次旅游给搅了，这时快十一点了，他们开始说也该上床了，因为明儿一早还都要去蹲守呢，这时候，我们听到了声音。听起来就像是有一群野马从路上奔过来，还不等我们把身子转向门口，七嘴八舌相互打听究竟是怎么回事，少校刚刚开口说"这到底是——"，那东西就从门廊那儿冲进来了,像股飓风刮过门厅,房门砰地打开,卢克出现在那儿。当时他猎枪马灯统统都没有了,衣服几乎给扯个精光,他一脸狠巴巴的样子,活像是刚从杰克逊疯人院里逃出来的。但是我注意到的最重要的一件事是,他现在不打嗝儿了。而且到这时候他都快要哭出来了。

"他们一心想杀死我!"他说,"他们打算把我活活烧死!他们审了我一通,又把我捆了放在一堆木头上面,在他们中的一个去取火时我想法子挣脱跑掉了!"

"谁们呀?"少校说,"你说的到底是谁们呀?"

"那些印第安人呀!"卢克说,"他们一心想要——"

"什么呀?"少校也吼叫起来了,"到底要干什么呀,啊?"

到这会儿我不能不出来说一句话了。在这一刻之前他压根儿没有瞅见我。"至少他们把你的打嗝给治好了。"我说。

就是在这一刻他突然愣住的。方才他根本没看见我,不过现在他看见了。他一下子僵住了,用了那样狠巴巴的眼光,那是从杰克逊疯人院逃出来而且应该马上抓回去的人的脸上才会有的。

"什么?"他说。

"不管怎么说,你已经从打嗝状态下逃出来了。"我说。

是啊,先生,他那么站着足足有一分钟。他的眼睛没有一点表情,头稍稍往上翘,是在倾听自己的内心呢。我寻思这是生平第一次他花了时间发现那儿可是什么都没有了。他站在那里一动不动足足有一分钟,然后才有一种受震动与惊愕的表情出现在他的脸上。接下去他扑到我身上来。我仍然是坐在我的椅子上。在一分钟里,我还以为是屋顶坍塌下来了呢,如果我没有那么以为,那我就是小狗。

唉,大家终于把他从我的身上拉开并且让他安静下来了,接着他们帮我洗刷责任,还敬了我一杯酒,于是我便感到好多了。不过即使是喝下那杯酒使我感到通体舒服,我还是觉得维护自己的荣誉是我的责任,就跟大家所说的那样,我得把他叫到后院里来把事情说说清楚。不,先生,我犯了错误对形势做了错误估计的时候,我心里是有数的;在那次打猎中打到熊的可不只是德·斯班少校一个人;不,先生。如果那会儿是在白天,倘若我不起动我那辆福特跟那个地方告别,那我就是小狗。可那会儿是半夜呀,再说了,我当时脑子里还盘算着那个老黑鬼阿许的事呢。我开始怀疑到,肉眼所看到的绝非是事情的本质。再说当时回进厨房去向他盘查也不合适,因为卢克正在用厨房呢。少校也敬了卢克一杯酒,此公这会儿回到了厨房,把两天没吃的饭全找补回来,并且还一面唧唧呱呱说个没完,说是要把卑鄙地耍弄了他的人好好地教训一番,此人姓甚名谁,他倒没有点明;不过他大部分的时间还是花在打出一系列的新鲜嗝儿上,所以我也不打算再回进去看他了。

因此我一直等到天亮,直到听见那几个黑人在厨房里有了动静,我才回进里面去。老阿许也在,看上去跟往常没有什么两样,在给少校的靴子上油,上完了便放在炉子的后面,然后又拿起少校的来复枪开始往里面上子弹夹。我走进去时他光是对着我的脸瞥了一眼,便又继续往枪里上子弹。

"这么说你昨儿晚上也上土墩了。"我说。他又抬起眼睛快快地瞧了我一眼,接着便垂下眼皮。不过他连一个字儿都没说,模样跟一只头上长了鬈毛的老猿猴差不多。"你必定是认识山上的一些人的。"我说。

"是认识几个。"他说,仍然往枪里上子弹。

"老约翰·阿筐你认得的吧?"我说。

"我是认识几个。"他说,眼睛不对着我看。

"昨儿晚上你见到他了吗?"我说。他连一个字都不说。于是我把语调改变了一下,像要从黑鬼嘴里挖出点儿什么时那样地说话。"你听我说,"我说,"你眼睛看着我。"他对着我看了。"昨晚你在那上面到底干了什么?"

"谁,我吗?"他说。

"得了,"我说,"事情都已经过去了。霍根贝克先生也不再打嗝了,昨儿晚上他回来时本来会出什么事儿也没人会管了。昨晚你上那儿去可不是为了找乐子。一准是因为有话要对山上的人说,要对阿筐老头说,你才去的。对不对?"他不再看我了,但是并没有停止往枪里上子弹。他快快地朝两边看了看。"说吧,"我说,"你是愿意跟我坦白那上边出了什么事,还是希望我提醒霍根贝克先生,跟这件事情你也是有牵连的呢?"他始终没有停止安装子弹,也始终没有看我,不过要是我没有看出他思想上在斗争,那我就是小狗。"说呀,"我说,"昨天晚上你在山包上到底都干了些啥?"

于是他便对我说了。他明白到这会儿藏着掖着也没有用了,要是我不去告诉卢克,那我也会告诉少校的。"我只不过是绕到他前面先上了山,告诉那伙人有个新上任的税务官马上要来,这人没啥能耐,只消吓唬他一下就很可能让他赶紧溜走的。他们那样做了,而他也那样做了。"

"嗬嗬!"我说,"好嘛!我原以为在作弄人上头我能算是把好手,"我说,"想不到还有人要跟我争座次呢。后来出了什么事?"我说,"你可看到了?"

"也没啥事儿,"他说,"他们先下山在路上埋伏好,过了一会儿他来了,一边打着嗝儿,手里提着马灯和枪。他们夺过他的马灯和枪,把他带到山包顶上,用印第安话把他训了一通。接着他们堆

151

起一些柴禾,把他捆好了放在上面,有意捆得松松的好让他一下子就能挣脱,接着让一个人举着火把上山来,剩下的戏就由他自己来唱了。"

"好嘛!"我说,"我算是彻底服了你了!"这时我突然想起了一件事。我都已经转身要往外走了,突然想起一点,于是便停下脚步,对他说:"还有一件事情我得弄弄明白。你倒是干吗要这样做呢?"

此时他坐在木箱上,用手擦枪,眼睛又不看我了。"我不过想帮你一把,将他的打嗝毛病治好。"

"得了吧,"我说,"才不会是这样的呢。到底是什么原因?记清楚,现在我已经掌握充分证据,可以告诉霍根贝克先生和少校两人了。我不知道少校会怎样做,不过霍根贝克先生会有什么反应我可是清楚得很。"

他还是坐在那儿,用手擦着那支枪。他的眼光下垂,像是在思考什么问题。不是在考虑是不是决心告诉我,而像是想起了很久以前的一桩往事。我估摸得果真不差,因为他说:

"我倒也不怕他知道。很久以前举行过一次野餐,差不多是二十年前的事了。当时他还很年轻,在野餐进行到一半时他跟另外两个白人——叫啥名儿我记不起来了——骑马过来,手里挥着枪,把我们黑人挨个提溜出来,烧我们的衣领。烫坏我衣领的就是他。"

"那么你等了这么长时间,花了这么多心思,就是为了清这笔账?"我说。

"倒不是完全是这样,"他说,还在用手擦那支枪,"是为了那个领子。那年月,一个体力最最棒的黑人一星期能挣两块钱。我花了半星期的工钱才买来那个领子。领子是蓝颜色的,上面有红颜色的画,画的是一场赛跑,一个纳切兹人和罗伯特·E.李①在绕着领圈奔跑。他把我的衣领烧了。我现在是一星期挣十块钱。我只想知道还能上哪儿去用半星期的工钱再买上一个。我真的这样希望呢。"

如今,大森林里有铁路了;原先,人们得先坐马车或是骑马走旱路去到大河的河埠头,搭乘开往孟菲斯和新奥尔良的轮船,现在,他们可以从几乎任何地方搭乘火车去了。而且没过多久这里也有了普尔曼式卧车,它们一路从芝加哥和北方的城市开来,而北方的金钱,北方佬的金元,在床笫间甚至就在客厅里私相授受,为的是开发大森林,逼得它随着锯子的哀鸣声不断往荒野深处退去;过去是一大片人迹不到的原生态的地方,如今伐木业棉花业都很兴旺。或者不如说,兴旺的就是金钱本身:那是增值的穴居人,而他又生下了一对双生子:清偿与破产,这父子仨如今使金钱大量流入这片土地,以致现在的问题都成了你必须赶在被金钱淹没之前清除掉金钱。

　　路也修起来了;就在棉籽与伐木厂把残余的大森林更深更深地往南推,推向大河和山冈形成的那个 V 字形的时候;在老麦卡斯林还是个小男孩的时候,他坐上大半天骡车就能开始射杀熊、鹿和野火鸡;即使在他已经上了些年纪小后生们开始称他为艾克大叔的时候,路程已经不是二十英里而是五十英里时,他坐汽车来也仅仅是一天之内的事,虽然路仍然是土路。现在他们有水泥路了:但是路程却不是五十英里而是一百英里了,接下去又不是一百英里而是二百英里了,此时大森林已经更往南,退缩到丘陵与老人河交接处的那个 V 字里面去了。

有时候他似乎觉得,三个方面——他这个老猎手、丘陵还有大河——是在掌管着一个循环的圆圈;更确切地说,不是一个圆圈而是一个疯狂而毫无意义的旋转木马游戏,里面至少有两个方面——那些撼动不了的山陵还有那条伟大和不可战胜的几乎是毫不在意的大河——对这样的局面是无动于衷的:木材必须得伐下卖走这样才能清除森林把土地改得可以种棉花,这样才能卖掉棉花使土地具有足够的价值值得为它花钱筑堤不让大河的水溢出。或者,是尽力这样去做,因为老人河是不会管什么棉花的,事实上是压根儿不会在乎有棉花还是没有棉花的;大河这老爷子以及他所有那些被拦到他胸怀里来的涓涓细流,对于棉花全都是毫不关心的,老爷子自己脾气顺的时候是完全不理会堤坝的,大致上是在一代人的时间内,他只顾一路从蒙大拿到宾夕法尼亚收集水源,让滔滔洪流泄入他的受害者那微不足道、毫无根据地巴望着的人工内脏,让水一点儿一点儿升高,速度倒不算很快,仅仅是很坚决,留出足够多的时间让人测量它的浪峰有多高并且往下游打电报,甚至还能准确预报几乎是具体到哪一天洪水会冲进屋子,把钢琴漂出去,把墙上挂的照片、图画统统揪下来,甚至把房子本身也都冲走,如果它跟地面不是联结得非常紧密的话。

无情而又不慌不忙地,洪水泛过一条条为其供水的支流,把水往它们的河道里挤压进去,以至一连多天,小河里的水会倒流,会往上游涌去:一直要抵达韦利渡口,那位老牌的真正的德·斯班少校过去就是在这里建起打猎营地的,而也就是在这儿,五十年前,他自己这名老猎手曾经为了不辱“老爷”的名分,通宵守夜,以博得大森林的承认与赞许。那些小河也都筑有防波堤,但是偏僻处住的都是些小农:是那些高个儿汉子的后裔与遗子,现在都务农为生了,还有就是斯诺普斯家族,他们比小农还要个体主义:他们是斯诺普斯家的嘛,因此当大河边上那些占地千亩的地主团结得像一个人似的在用沙包、机器还有他们的黑人佃户和雇工对付管涌与豁口时,此地一二百亩的小农场的主人是一手挟着个沙袋一手持猎枪巡视他那个河段的堤岸的,免得住在他上游的那位芳邻会炸毁他的河堤以保住自己(上游乡邻)的那个农场。

大河把水往上挤涌,与此同时,白人和黑人轮班肩并肩地在泥和雨里苦苦奋斗,为他们助战的有汽车的车前灯光、汽油火把、小桶小桶的威士忌以及在刷干净烫过的五十加仑的汽油桶里煮沸的咖啡;河水拍溅着,试探性地,几乎是没见恶意地,仅仅是坚定不移地(河水可一点儿也不急)在那些惊恐万状的沙包之下与之间拍打,最后还是从沙包之上翻越而过,仿佛河水唯一的目的仅仅是让人类再次得到一个机会去证明,不是向大河而是向人类,证明人的身体忍受、坚持与苦熬的极限;这以后,向人证明了这一点之后,便做出几个星期以来任何时间里只要想做他都能做到的事情:像蜕皮时有气无力的蛇那样,既不匆忙也不特别邪恶与愤怒,他把一两英里长的防波堤、咖啡桶、威士忌罐、火把,一下子全都扫个精光,然后,有一小会儿,在棉田休耕地之间闪发出闷黯的光,直到田地消失,同时消失的还有大路、小巷,最后则是一个又一个市镇本身。

消失了,进入了一大片苍苍茫茫无声无息的黄色广袤之中,从那里只伸出来一些树顶、电线杆和像斩首那般被割裂了的人类居所,仿佛肮脏镜面上出自神秘莫测、无法揣摩的设计而呈现的谜一般的物件;还有几座先民垒起的土墩,上面,在散乱的鹿皮鞋之间,熊、马、鹿、骡、野火鸡、牛以及家养的鸡都在相互休战的状态中耐心地等待着;至于防波堤本身,那里,在恋老婆的男人般黏成一团

156

的漂浮物当中,小孩继续出生,老人照常死去,不是因为生活在露天里而是听从简单、正常的时间次序与生死规律的支配,仿佛说到底,人和他的命运还是要更比河流强大,即使河流曾经剥夺过他,人毕竟是变化所不可改变与征服的呀。

这以后,在对这一点也作过证之后,他——那条老人河——要往后撤了,可不是退却:而是归于平息,告别陆地,慢慢地,也是坚定地,让支流和沼泽退回到它们古老的引以为豪、满怀希望的腑脏中去,不过是那么的慢那么的徐缓,仿佛不是洪水后退而是平坦的陆地自身在上升,它整个平面成片地重新爬回到阳光与空气里来:在电话杆和轧棉厂房、房舍、店铺的墙壁一个恒定的高度上留下一个黄褐色的印记,好像这条线是某只大手一笔划成的,只是有些间断而已,土地本身因为淤积而增高了一英寸,肥沃的泥土也厚了一英寸,在五月灼热阳光的晒炙下干得龟裂:但是这情景不会维持多久,因为几乎紧接着犁头来了,犁地与下种已经推迟了两个月,不过这也不打紧:棉花到八月仍然会再一次长得有一人高,到摘棉桃时它们自会更白更密集,仿佛那条老人河说了这样的话:"我想怎么做,想什么时候做,便能那样做。不过我可是为了我的所作所为付出代价的。"

那是他的故乡;他出生于此他的骨殖也将长眠于此——这里摇篮般的群山以及群山所环抱的河谷——这里的山脚下有一个庄园,他就在此处出生,也就是在这里,老山姆·法泽斯,一个女黑奴和一位契卡索酋长所生的儿子,曾训练他教导他怎样怀着爱与敬意使用一杆枪,以便在他年龄足够大的时候有资格进入大森林。大森林,大洼地,大荒野,现在都从他最初认识它的地方消失了;就是在这里,他和山姆站立着,初次听见他的猎狗奔跑,当时他扳起枪的击铁看到了他的第一头公鹿,如今这地方已经处在政府造的一个蓄洪水库水面的三十英尺之下了,水库的底部每年都在逐渐地、不可阻挡地升高,因为又多了一层啤酒罐头听、瓶盖和丢失的软木塞;说到那片大森林,他曾在这里度过他艰辛的学徒生涯,吃的是粗粝的食物,睡也睡不好,过的是半饥半饱的日子:他们这些人还有马和猎狗,不是去屠杀野兽而是去追赶它们,接触一下便放走它们,他们从来也不贪得无厌;——这片大荒野与大森林,如今被推挤得越来越远了,变得尽可能的远,如今人们在好几英里之外,越过棉田,就能望见那列足足有一英里长的列车,它似乎一下子就会跨越两个甚至三个起了印第安名字的小村落,在火车穿过的田野上,过去,每年的十一月,大伙儿都会去向那只脚趾扭曲的老熊朝拜;——那座大森林,它被越来越深地挤压进山陵与大河会合处的 V 形刻痕,退到这里它可要做最后的反击了。那将是一次漂亮的无懈可击的反击;此时此际,树林会变得无比密集,无比坚固,而且充满了生命与回忆,曾在它里面奔跑过死去过的一切生命与回忆——那头壮实、脾气急躁、臭气熏天的大熊,那些威风凛凛叉角高耸的公鹿,它们奔跑时身子会显得更长活像是彗星颜色淡如一股烟,那些响动如音乐般不知疲倦的狗以及那些溅起湿泥的马匹,最后,还有骑在马背上的人;这里头还有他自己呢。哦,是的,他会这么想;还有我呢。整整一生都是忙忙碌碌尽量不浪费一点点生命,以便留出时间来从从容容地去死。

(李文俊 译)

突　袭

1

外婆用商陆汁写着个条。"把它直接送给康普生太太,然后直接回来,"她说道,"在哪儿也别停。"

"你是说让我们走着去吗?"林戈说道,"你想要我们走上四英里到杰弗生,再走回来,而让那两匹马闲待着,什么也不干?"

"这些马是借的,"外婆说道,"在能够送还之前我要照料它们。"

"我想,你叫喊着要出发可又不知道要到哪儿去,而且你也不知道要照料多长时间。"林戈说道。

"你想要我用鞭子抽你吗?"路维尼亚说道。

我们步行到了杰弗生,把条子给了康普生太太,把那顶帽子、阳伞和手镜取来,又走回家。那天下午我们给马车上了油,晚饭后外婆又取来商陆汁,在一块纸头上写道:"俄亥俄某某骑兵队,纳撒尼尔·G.迪克上校",然后折叠起来,用别针别在衣服里面。"这下我不会忘记了。"她说道。

"要是你忘记了,我想这些捣蛋孩子会提醒你的,"路维尼亚说道,"我想他们不会忘记那个人,那人不早不晚从那扇门进来,没让其余的人把他们从你的衣服底下拽出来,像两张浣熊皮似的钉在马房门上。"

"是的,"外婆说道,"现在睡觉吧。"

当夜我们睡在乔比的小屋里,一条红被子钉在屋橼的边上,悬挂下来把屋子一分为二。乔比正在马车那儿等着,外婆戴着康普生太太的帽子走了出来,登上马车,叫林戈打开阳伞并抓好缰绳。然后我们都停了下来,注视着乔比把什么东西塞进马车里的被子底下;那是我和林戈在房子的废墟中找到的那把滑膛枪的枪筒和铁部件。

"那是什么?"外婆说道。乔比没有看她。

"也许他们如果只是找到个枪把就会以为是整支枪呢。"他说道。

"那又怎么啦?"外婆说道。乔比现在谁也没有看。

"我只是尽力而为把银器和骡子夺回来。"他说道。

路维尼亚也什么没说,她与外婆只是看着乔比。过了一会儿他把滑膛枪枪筒从马车取下来,外婆拾起缰绳。

"把他带上吧,"路维尼亚说道,"至少他能看管马。"

"不,"外婆说道,"难道你看不出现在我能照顾的已经够了吗?"

"那么你待在这儿,让我去,"路维尼亚说道,"我会都弄回来的。"

"不,"外婆说道,"我不会出事的。我要一直打听,直到找到迪克上校,然后我们将把箱子装在马上,卢什可以牵着骡子,我们再回家。"

接着路维尼亚开始行动起来,完全就像我们动身去孟菲斯的那天早晨布克·麦卡斯林大伯那样。她倚着马车轮子站在那儿,从爸爸的旧帽子底下看着外婆,叫嚷起来。"别把时间浪费在上校什么上面了!"她叫嚷道,"你告诉黑人们把卢什给你送来,你告诉他去取箱子和骡子,然后你又用鞭子抽他!"马车现在移动了;她已经松开车轮,在车轮旁走着,冲着外婆叫嚷道:"带上那把阳伞,也给他打上!"

"好的。"外婆说道。马车继续前进,我们经过废墟堆和立在废墟上的烟囱;我和林戈也找着了那只大钟的内部构件。太阳正在升起,反照着烟囱;我仍然看得见路维尼亚站在烟囱之间,站在小屋的前面,用手遮住阳光注视着我们。乔比仍然站在她的身后,抱着滑膛枪枪筒。他们把门完全毁掉了;我们来到马路上。

"你不想让我赶车吗?"我说道。

"我来赶,"外婆说道,"这些马是借的。"

"北佬们甚至看上它们一眼,就知道它们连步行的军队也跟不上,"林戈说道,"依我看,谁也不能伤害它们,除非这人没有足够的力气把它们从躺着的马路上拖开,让它们由自己拉的马车压死。"

我们驾着车一直走到天黑,然后露营。太阳升起时,我们又走在马路上。"你最好让我赶一会儿车。"我说道。

"我来赶,"外婆说道,"是我借的马。"

"你要是想干点什么事,可以拿一会儿阳伞,"林戈说道,"让我的胳臂歇一会儿。"我拿过阳伞,他躺倒在马车里,把帽子盖在眼睛上。"快到豪克赫斯特时喊我,"他说道,"这样我就能探头看你跟我说过的铁路了。"

接下去六天的旅行他就是这个样子——仰面躺在马车车板上,帽子盖在眼睛上,睡着觉,或者与外婆换班拿着阳伞,喋喋不休地谈着铁路让我睡不成觉,他从来没有见过铁路,可是我们那次在豪克赫斯特过圣诞节时我看见铁路了。我和林戈就是这个样子。我们几乎同岁,爸爸总是说林戈比我稍微伶俐些,但这一点对我们来说并不重要,就如同我们之间的肤色不同并不重要一样。重要之处,也就在于我们中有一个人做了什么事情或者看见什么,而另一位却没有做没有看,自打那次圣诞节起我就领先于林戈了,因为我已看到过铁路,看到过火车头。只不过我现在知道,对林戈来说它的意义不止如此,虽然我们两人在一段时间之内都尚且不打算看到我的信念的证明,而且甚至那时我们也不打算把它认出来。就好像林戈也把它感觉出来了,而且他所希望见到的铁路、急驶的火车头把它象征了出来——那种运动,那种要运行的冲动已经在他的人们当中骚动沸腾起来,那种冲动比他们的肤色还要黑,毫无理性,追寻着寻求着一种幻觉、一种梦想,那是一种他们不可能知道的明亮的形体,因为在他们的遗产中,没有什么东西可以告诉他人,甚至在老人的记忆中也没有什么东西可以告诉他人。"这就是我们将要找到的";不论是他还是他们都不可能知道那是什么,然而它却在那儿——那些不可思议然而又难抗拒的冲动中的一个冲动,那些冲动不时地出现在各个种族的人民当中,驱使他们振奋起来,抛弃地球上的一切安全和融洽,离家外出,也不知去往何方,两手空空,除了希望和毁灭之外一切皆是茫然。

我们继续前进;走得并不快。或许似乎走得慢,因为我们来到了一块似乎根本无人居住的地带;那一整天我们甚至连一栋房子也没有见到。我并没有询问,外婆也没有说话;她只是坐在阳伞下面,戴着康普生太太的帽子,马匹在踱着方步,甚至我们车子卷起的尘土也在我们前面飞扬;过了一会儿,连林戈也坐起身来四下张望着。

"我们走错路了，"他说道，"这儿甚至没有人住，更不用说从这儿经过了。"

但过了一会儿山峦到了尽头，前面的马路又平坦又笔直；林戈突然喊叫了起来，"瞧呀！他们又来找咱们了！"接着我们也看到了——西方有一股尘云，缓缓地移动着——太慢了，不像是人骑马扬起的尘土——接着我们所行走的那条马路径直成了一条笔直通往东方的宽阔马路，战前我和外婆过圣诞节时在豪克赫斯特的铁路也是通往东方；我突然记起来了。

"这是通往豪克赫斯特的路。"我说道。但是林戈并没有在听；他在望着那股尘土，马车现在停下了，马匹的头垂着，我们的车扬起的尘土又突然向我们袭来，而那股巨大的尘云在西方缓缓升起。

"难道你看不出他们来了吗？"林戈嚷道，"快离开这儿！"

"他们不是北佬，"外婆说道，"北佬们已经来过了。"接着我们也看见了——一栋像我们家一样被烧掉的房子，三座烟囱立在一个废墟岗子之上，一个白人妇女和一个孩子站在一个小屋前面，看着我们。外婆看了看尘云，然后看了看通向东方的空旷马路。"是这条路。"她说道。

我们继续前行。现在似乎走得比任何时候都慢，那股尘烟在我们的身后，马路两边是烧毁了的房屋和弹棉机以及拆毁了的栅栏，白人妇女和孩子们——我们压根儿一个黑人也没有见到——从黑人的小屋里向我们张望，他们现在住在黑人的小屋里，就像我们在家时住在黑人的小屋里一样；我们没有停下。"可怜的人，"外婆说道："我多希望我们带的东西够和他们平分的。"

太阳落山时，我们离开马路宿营；林戈回头看着。"不管那是什么，我们都脱开身甩掉了，"他说道，"我看不见尘土了。"这一次，我们三人都在马车上睡。我不知道是什么时候了，只不过我突然醒了过来。外婆已经在马车上坐着，我能够看见她的头的上方是树枝和星星。突然我们三人都在马车里坐起身来，倾听着。他们正顺着马路走来，听上去有五十人上下；我们听得见脚步匆匆，还有一种气喘吁吁的咕哝声。精确地说那不是歌声，它没有歌声那么响。它只是一种声音，一种呼吸，一种喘息，它在低声吟唱，脚步在深深的尘埃中迅速沙沙作响。我也听得出有女人的声音，接着我突然从气味上嗅出他们了。

"黑人，"我悄声说道，"嘘——"我说道。

我们看不见他们，他们也看不见我们；也许他们甚至看都没看，只是在黑暗中那样走着，那样气喘吁吁地、匆忙地咕哝着，继续前行。然后太阳升了起来，我们也继续前行，沿着那条两侧是烧毁的房屋、弹棉机和栅栏的宽阔空荡的大马路前进。起先那就像通过一块从来就无人住过的地带，而此刻又像通过一块每一个人都同时死掉的地带。那天夜里我们醒过三次，在黑暗中坐在马车里，听见黑人在马路上通过。最后一次听见他们过去已是黎明以后，而且我们已经把马喂好了。这一次他们是一大群人，听上去就好像他们是在跑一般，就好像他们为了一直赶在日光前面而不得不跑一般。然后他们离去了。我和林戈又拿起了挽具，这时外婆说道："等一下，别出声。"那只是一个人，我们听得见她在喘息啜泣，然后又听见另外一个声音。外婆开始从马车上下来。"她跌倒了，"她说道，"你们都快来。"

我们来到马路上的时候，那女人几乎是蹲在路边，双臂抱着什么东西，外婆正站在她旁边。那是个婴儿，有几个月大；她抱的样子就好像或许外婆打算从她怀中把孩子夺走似的。"我生了病，支持不住了，"她说道，"他们走了，把我留下了。"

"你丈夫跟他们在一起吗?"外婆说道。

"是的,"那女人说道,"他们都在那儿。"

"你住在哪儿?"外婆说道。她并没有回答。她蹲在尘土上,弯腰俯在婴儿上方。"要是我给你些吃的东西,你会往回走回家吗?"外婆说道。她仍然没有回答,只是蹲在那儿。"你看,你赶不上他们,他们也不会等你,"外婆说道,"难道你想死在路上让秃鹰把你吃掉吗?"但她甚至并没有看外婆,而只是蹲在那儿。

"我们去的地方是约旦,"她说道,"耶稣要在那么远的地方见我们。"

"上车吧。"外婆说道。她上了车,又是蹲坐着,就像在马路上时那样,抱着孩子,什么也不看——只是随着马车的颠簸摇晃,腿臀也上下左右摇摆着。太阳上山了;我们沿着一个长山丘下了山,开始穿过一片河边低地。

"我要在这儿下车。"她说道。外婆把车停了下来,她下了车。那儿除了茂密的橡胶树和丝柏以及仍是一片阴影的茂密矮树丛之外,压根儿什么也没有。

"你回家去吧,孩子。"外婆说道。她只是站在那儿。"把篮子递过来。"外婆说道。我把篮子递给她,她打开篮子,给了那女人一块面包和一块肉。我们继续前行,开始上山。我回头一看,她仍然站在那儿,抱着孩子,拿着外婆给她的面包和肉。她并没有看着我们。"别的人在低地那儿吗?"外婆问林戈。

"是的,"林戈说道,"她已经找着他们了。不过我想今天晚上她又会与他们失散。"

我们继续前行。我们爬上山,翻过山顶。这一次我回头看时,马路上已是空无一人。这是第六天早晨的事。

2

那天傍晚我们又下着坡;夕阳带来的水平影子和我们搅起的静静尘埃形成了一道弧线,我们绕过这道弧线转了个弯,我看到土墩上的墓地以及在丹尼森姨爹坟墓上的大理石柱身;有一只鸽子在雪松之间飞翔。林戈又在马车基座上盖着帽子睡觉,但我一说话他就醒了,虽说我的话音并不大而且也不是冲着他说的。"到豪克赫斯特了。"我说道。

"豪克赫斯特?"他说着坐起身来,"铁路在哪儿?"他现在双膝跪着在寻找什么东西,他为了与我并驾齐驱必须把它找到,而且他看到时也必须通过道听途说把它认出来:"它在哪儿? 在哪儿?"

"你得等着。"我说道。

"我好像等了一辈子了,"他说道,"我琢磨你接着要说北佬们把它也移走了。"

太阳正在落山,因为我突然看到太阳平射穿过那块本当有房子但房子又不复存在的地方。我并不感到惊讶;这我现在仍记得;我只是为林戈感到遗憾,因为(我当时仅十四岁)如果房子不在了,他们也会把铁路拆走,因为任何人都会宁可要铁路而不要房子。我们并没有停下,只是静静地看着那堆同样的废墟,那同样的四个烟囱在太阳余晖中又萧瑟又阴暗地站立着,就像家里的烟囱一样。我们到大门时,丹尼表弟从马车道朝我们跑来。他十岁;他一直跑到马车面前,眼睛睁得圆圆的,嘴已经张开准备叫喊了。

"丹尼,"外婆说道,"认识我们吗?"

"认识。"丹尼表弟说道。他看了看我,喊道:"过来看——"

"你妈妈在哪儿?"外婆说道。

"在金格斯的小屋里。"丹尼表弟说道;他甚至并没有看着外婆。"他们烧了房子!"他喊叫道,"过来看他们把铁路搞成了什么样子!"

我们跑着,我们三人都跑着。外婆吆喝了一声什么,于是我转过身来,把阳伞放回马车,朝她喊了声"是的!"又接着跑去,在马路上赶上了丹尼表弟和林戈,我们跑着翻过小山,接着铁路就出现在眼前。以前我和外婆到这儿来的时候,丹尼表弟带我看过铁路,不过当时他太小了得让金格斯抱着。那是我所见到的最笔直的东西,笔直、空旷而又静静地穿过在树林中开出的一条又长又空阔的通道,并且也穿过大地,它充满阳光,就像河里的水一样,只不过比随便哪条河都要笔直,枕木被切割得又平整,又光滑,又干净,阳光照射在铁轨上就像照在两条由蜘蛛吐出的丝上,笔直伸向你甚至都不能看到的远方。它又干净又整齐,就像路维尼亚小屋后面的院子在星期六早上她清扫后那样,那两条细丝看上去什么东西都承受不住,它们笔直、迅速又轻快地伸向前方,就好像要加速以便干净利落地跳出这个世界一般。

金格斯知道火车何时开来;他挽着我的手,抱着丹尼表弟,我们站在铁轨之间,他告诉我们火车从哪儿开来,然后告诉我们,当一棵死松树的影子落在他钉在地上的一根木桩子上时,你就会听见汽笛声。于是我们离开铁轨,注视着那个影子,接着听见火车的声音;它响着汽笛,隆隆车轮声愈来愈响,愈来愈急,金格斯走到轨道上,摘下帽子,扬了起来,回过头脸冲着我们,嘴在叫喊道:"看呀!看!"虽然我们由于火车声音太响而不可能听见他的话音,但他还是在喊着;然后火车过去了;它咆哮着过来,又急驶而去;人们在树林中开凿出的那道巨流满是烟雾、喧嚣、火星以及跳跃着的黄铜,然后又是一片空旷,只有金格斯的那顶旧帽子跟在车后面沿着空旷的轨道反弹跳跃着,就好像那帽子活着一般。

但这一次我所见到的,却像一堆堆的黑麦秆,每隔几码远就是一堆,我们跑进林中被砍出的那条通道,就可看见他们把枕木挖出,堆起,然后放火烧掉。可是丹尼表弟仍然在叫喊着,"过来看他们把铁路搞的!"他说道。

铁轨在树林里面;看上去他们有四五个人每人扛着一根铁轨,围着树把它捆上,就像你把绿色的玉米秆捆扎在马车上的栅柱上一样,现在林戈也叫喊起来了。

"那是些什么?"他嚷道,"那是些什么?"

"火车就在那上面跑!"丹尼表弟嚷道。

"你的意思是说它得到这儿来,像只松鼠似的在这些树当中跑上跑下吗?"林戈嚷道。接着我们都立即听见那匹马到来的声音;我们刚来得及看的时候,鲍伯林克就从树林来到马路,穿过铁路,又进入树林,就像一只鸟一样①,德鲁西拉表姐就像男人一样跨骑在马上,腰板直挺,神采飘逸,恰似风中的柳枝一般。他们说她是这一带的最佳女骑手。

"那是德鲁!"丹尼表弟嚷道,"快点来! 她刚才到河那儿看那些黑人去了! 快来!"他和林戈又跑了起来。当我通过烟囱时,他们刚好进入马厩。德鲁西拉表姐已经给鲍伯林克卸下了鞍子,我走进时,她正将它上下擦干净。丹尼表弟仍在嚷道:"你看见了什么? 他们在干什么?"

"回家再告诉你。"德鲁西拉说道。接着她看见了我。她个子并不高,可是站着和行走的样子却显得高大。她穿着长裤,像男人一样。她是这一带的最佳女骑手。战前那次圣诞节我和外婆来这

---

① 鲍伯林克,马名,意为食米鸡。

儿时,加文·布雷克布里奇刚把鲍伯林克送给她,他们真是天生的一对;也用不着金格斯来说他们是亚拉巴马或者密西西比的最漂亮的一对。可是加文在夏伊洛被杀死了,因而他们并未能成婚。她走过来把手放在我肩上。

"喂,"她说道,"喂,约翰·沙多里斯。"她看着林戈。"这是林戈吗?"她说道。

"他们就是这样喊我的,"林戈说道,"那铁路怎么啦?"

"你好啊?"德鲁西拉表姐说道。

"还凑合,"林戈说道,"那铁路怎么啦?"

"这我也在晚上告诉你。"德鲁西拉说道。

"我来替你把鲍伯林克擦干净。"我说道。

"你擦吗?"她说道。她走到鲍伯林克的头前。"巴耶德表弟给你擦身好吗,伙伴?"她说道,"那么,我在家里见你们。"她说道,走了出去。

"北佬们来的时候,她一定是把这匹马藏得好好的。"林戈说道。

"这匹马吗?"丹尼表弟说道,"该死的北佬再也不会耍弄德鲁的马了。"他现在并没有大声叫嚷,不过马上又说了起来:"当他们来烧房子的时候,德鲁抓起手枪跑到这儿——她穿着她的最好的衣服——他们紧随她身后。她跑进来,跳上鲍伯林克的光背,甚至笼头都没有上好,他们有一个人就站在门口吆喝着,'站住。'德鲁说,'滚开,不然我就把你踩倒。'他吆喝着,'站住!站住!'也拿出手枪"——现在丹尼表弟大声嚷起来了——"于是德鲁躬身探向鲍伯林克的耳朵说道:'杀死他,鲍伯。'于是那北佬及时跳到一旁。外面的空地也满是他们的人,于是德鲁把鲍伯林克停下,穿着她那身最好的衣服跳了下来,把手枪抵在鲍伯林克的耳朵上说道:

'我不能把你们都打死,因为我的子弹不够,再说不管怎样这样做也不太好;不过我只需要一粒子弹就可打死这匹马,你们看怎么办好呢?'于是他们烧掉房子走开了!"他现在大声叫嚷着,林戈瞪着大眼看着他,你简直可以用一根棍子把林戈的眼睛从他脸上抠出来。"来!"丹尼表弟叫道,"咱们去听河边那些黑人的事儿!"

"我一辈子都得听黑人的事儿,"林戈说道,"我得听听那条铁路的事儿了。"

我们到家时,德鲁西拉表姐已经谈起来了,主要是讲给外婆听,不过讲的不是铁路。她剪着短发,看上去就像爸爸头发那个剪法,爸爸以前告诉外婆,他和他的人用刺刀互相剪发。她的脸晒成棕红色,两手粗糙,有划破的痕迹,就像一个干粗活的男人的手一样。她主要是讲给外婆听:"房子还在烧着的时候,他们就开始在那边的马路上通过。他们到底有多少,我们也数不过来;男人和女人抱着不会走路的孩子,抬着本该在家里等死的老头老太太。他们唱着歌,在马路上一边走着一边唱着,甚至都不往两边看。有两天的时间甚至尘土都沉淀不下来,因为那一整夜他们都仍在走着;我们坐着听他们的声音,第二天早晨马路上每隔几码就有一个老人,他们再也跟不上了,或者坐着或者躺着,有的甚至爬着,呼喊着叫别人帮忙;而另外的人——年轻力壮的人——并没有住脚,甚至并没有看他们。我想他们甚至没有听见或者看见他们。'我们去约旦,'他们告诉我,'我们去渡过约旦河。'"

"卢什也是这么说,"外婆说道,"他说谢尔曼将军要把他们都带到约旦去。"

"是的,"德鲁西拉表姐说道,"那条河。他们在那儿停下,那情形就像河自身一样,被大坝堵住了。北佬们建了一座桥让步兵和炮兵渡河,一边派出一个旅的骑兵把他们挡回去;在他们到达那儿、看见或者嗅出河水之前，一切都算正常。到了这时他们才发疯了。并没有搏斗；就好像他们甚至看不见马匹在把他们往后推，刀鞘正在打他们，就好像除了河水和对岸之外，他们甚至什么都看不见。他们并不愤怒，并不搏斗，只是男人、女人和孩子们在唱着歌，吟着赞美诗，挣扎着要登上那座尚未建成的桥甚至干脆下水，骑兵则用刀鞘打他们。我不知道他们什么时候吃饭，谁也不知道他们中有些人走了多远。他们只是在这儿通过，没有食物，什么也没有，完全就像当那种精神或那种嗓音或不管是什么告诉他们动身时，他们就撂下所做的不论什么事情站起身来一样。他们白天停下，在树林里休息；然后，到了晚上，他们又动身。我们还会听见他们——我会把你叫醒的——沿着马路前进，直到骑兵队来阻止他们。有一位军官，是个少校，他终于有时间看到我不是他手下的人；他说道：'你能和他们打交道吗？只要他们回家什么条件都可以答应。'但好像他们根本看不见我，也听不见我说话；就好像他们只看见、听见河水和对岸。明天咱们回去时，你可以亲眼看看。"

"德鲁西拉，"路易丝姨妈说道，"明天你不能回去，什么时候也不能回去。"

"部队过河之后，他们要在桥下埋地雷把桥炸掉，"德鲁西拉表姐说道，"那时候谁也不知道他们会干什么。"

"可那不可能是我们的责任，"路易丝姨妈说道，"北佬们自己干的；让他们付出代价。"

"那些黑人并不是北佬，妈妈，"德鲁西拉表姐说道，"起码那儿将会有一个人也不是北佬。"她看了看外婆。"把巴耶德和林戈算进去的话，有四个人。"

路易丝姨妈看了看外婆。"罗莎，你不能去，我不准许你去。

约翰妹夫会为此感谢我的。"

"我想我要去的，"外婆说道，"不管怎么说，我得把银器取来。"

"还有骡子，"林戈说道，"别把它们忘了。你也不用替外婆担心。她决定要做什么事情，就跪下十来秒钟，告诉上帝她要干什么，然后起身去做那件事。而且看上去不会出岔也不会倒霉。不过那条铁路——"

"我想我们最好还是睡觉。"外婆说道。但我们并没睡觉。我也得听铁路的事情；与其说这是硝烟、愤怒、雷电和速度对一个男孩的吸引力，倒不如说是与林戈保持平等的需要（或者甚至是超过他的需要，因为当铁路完好无损时我已经见过了，而他却并未见）。我们在那间奴隶小屋里坐着，那小屋就像家里路维尼亚的小屋一样，也是用悬挂起来的被子给一分为二，在被子的那一边路易莎姨妈和外婆已经上了床，丹尼表弟本来也应该已经上床，但是那天晚上命中注定要听，虽说他并无必要再听一遍，因为事情发生时他正在场并亲眼目睹；——我们坐在那儿，我和林戈，听德鲁西拉表姐讲，都带着那个既吃惊又怀疑的问题盯着对方：当时我们会在什么地方呢？事情发生时，即使在一百英里之外，我们如果不是大吃一惊又精神一振，意识到它，感觉到它，并且停下来互相注视的话，我们又会在干什么呢？因为对我们来说，这就是那回事儿。我和林戈见过北佬；我们立即就开枪了；我们像两只老鼠一样蜷缩着，听见外婆手无寸铁甚至并未从椅子上站起来，就把他们一大群人从藏书室里赶了出去。而且我们听说过战斗厮杀的情况，见过打过仗的人，这不仅仅指的是爸爸，他每年都有一两次连个招呼都不打就会骑着那匹憔悴的大马出现，从林戈确信是田纳西的云雾弥漫地区返回家来，而且也指那些返家时实际上缺胳臂断腿的人。

但又是这么回事儿:人们在锯木厂里缺胳臂断腿;老人们一直对年轻人和孩子们谈着战争和搏斗的事情,然后才发现怎样把它记述下来;而且有关地点场所和时间先后说得模棱两可,又有谁在意或是坚持那种无关紧要的精确呢。现在,老人,请说出真相:你看到了吗? 你果真在那儿吗? 战争就是战争:有炸药时就有那同样的爆炸的炸药,没有铁器的时候却有铁器的那种刺杀推挡——一个故事,一个讲述,与后一个或前一个故事完全一样。因而我们知道存在着一个战争;我们得相信它,就像我们得相信我们过去三年过的那种生活的名字叫艰难困苦一样。然而对此却并无证明;事实上,甚至连并无证明也不如;我们把证明的肮脏而又不可避免的对应面推进我们的脸上,那对应面目击爸爸(还有别的人)返家,像流浪似的步行着,或者骑着如乌鸦诱饵似的马,穿着褪了色的打了补丁的(有时显然是偷来的)衣服,身前既无旌旗招展,也无号角齐鸣,身后甚至都没有两个人紧随其后,上衣并没有金色穗带发出的夺目光彩,刀鞘里无刀空空如也,实际上几乎是溜回家中待上两三天或是七天,在家里所做的事情不仅没有光荣可言(犁地,修栅栏,为熏制厂宰杀牲口),而且也没有技巧可言,只是有那种迫切的必须,那是活计无人做所带来的后果,而且他们返家时并未对此带来证明——在笨拙干活过程中,爸爸的整个风度(在我们看来,对我和林戈来说)似乎流溢出一种谦恭和歉意,好像他是在说,"相信我,孩子们;相信我的话:它比这事更重要,不管它看上去会是什么样子。我不能够证明它,因而你们只是相信我好了。"然后又让它发生,我们本来是可以到那儿亲眼目睹,却又并没有这样做:而且这并不是充斥着一切战争故事的汗淋淋的骑兵的马刀劈来刺去;并没有马蹄奔腾般的隆隆炮响,大炮本应盘旋朝上,准备发射,突然轰击,进入甚至孩子也认得出的恐怖污秽、满是恶魔的地狱;也没有形容憔悴、发出尖叫的步兵在一面褴褛的旗帜下排成的杂乱行列,可在孩子的假想中这却是不可缺少的一部分。因为它是这样:这是一个间歇,一个空间,在这一期间那些蟾蜍般蹲坐着的大炮、气喘吁吁的人们和颤抖着的马匹停了下来,环绕着严阵以待的土地,在烟火的消退的愤怒和微弱的喊叫声的下面,允许那桩拖了三年之久的可悲事情现在凝结成不可逆转的一瞬,成了一种不可逆转的开棋让子以求优势的一着棋,而且又不是由两个团或者两个炮兵连做出的,甚至也不是由两个将军做出的,而是由两个火车头做出的。

德鲁西拉表姐讲着,我们坐在小屋里,小屋有刚粉刷过的气味,甚至还有(隐约可闻)黑人的气味。她大概是告诉我们其原因(她一定知道)——什么战略角度,做出了什么绝望的冒险,那并不是为了保存,因为那种希望已经失去了,但起码是为了拖长,它已经起了这种作用。但这对我们毫无意义。我们并没有听见,我们甚至连听都没听;我们坐在那间小屋里,等待着,注视着那条不复存在的铁路,那铁路现在只是几堆烧焦的枕木,周围绿草已经丛生,只是几根钢棍,捆绑在树干周围,已经长进活着的树皮之中,成为一体,与接受了它的蔓延的莽丛无可区分,可是对我们来说,它仍一如往昔,完好无损,笔直狭窄地奔跑着,如同通向光荣的道路一样,就像我和林戈不在场时它为那些所有目击者们奔跑时那样。德鲁西拉也谈到了;其中有"亚特兰大"和"查塔努加"——那些名字,开端和结尾——但是它们对我们的意义并未超过对其他注视者的意义——黑人和白人,老人,孩子,女人,有数月之久她们尚不知道她们是否已成了寡妇或者没有了子女——他们预先听见了传闻,于是聚集起来,看见不屈不挠的精神由于有三年之久缺乏拒敌在外的肉体而遭受饥饿,发出了转瞬即逝的耀眼闪光。她讲述着

（我和林戈现在看见了；我们也到了那儿）——在亚特兰大存放机车的圆形机车库；我们在那儿，我们是那群人的成员，他们在黑暗中会掉进圆形机车库（一定会掉下去），抚摩着车轮、活塞和铁皮侧面，在黑暗中对它悄声说话，就像情夫对情妇或者骑手对坐骑悄语一样，用甜言蜜语无情地诱使她或它作出一种至高无上的努力，而她或它却因这努力遭到毁灭（而他们又不为此付出代价），甜言蜜语诱惑着，悄声说着话，抚摩着她或它一直到那一个时刻；我们是那群人的成员——老人、孩子、女人——他们聚集在一起注视着，被受压迫者的那种传闻给吸引来和警告着，现在被剥夺了一切，只剩下欺骗的意志和能力，把令人困惑不动声色的神秘面孔转向生活在他们当中的穿蓝衣服的敌人。因为他们知道事情要发生；德鲁西拉也说了：机车一离开亚特兰大他们就似乎多少明白了；就好像穿灰衣服的将军们自己就下了通知，告诉他们，"你们受了三年的罪，现在我们将让你们和你们的孩子们瞥一眼你们因之受罪和遭到摒弃的那个东西。"因为这就是一切。我现在明白了。甚至一百辆挂满车厢的机车的成功通过也不能把形势或其后果改变；当然不是两辆不挂车厢的机车所能改变的了，它们相隔一百码发出尖叫，爬上那昏昏欲睡的孤独轨道，那轨道有一年多时间没有见冒烟没有听见铃响了。我以为它原意并非如此。它就像古时候两位穿铁甲的骑士的决斗，不是为了获取物质利益而是为了原则——被否定的荣誉与荣誉相争，被否定的勇气与勇气相争——业绩的做出并不是为了目的，而是为了做出业绩——相争的两种荣誉和相争的两种勇气遭到极限的检验，结果仅证明最终是死亡，一切努力皆为虚无。这我们看见了，我们在那儿，就好似德鲁西拉的嗓音把我们运送到空间中的那道漫游的光线，光线仍带着那道狂怒的阴影——那一段短轨道，它只存在于一双眼睛的领域之内,别处均不存在,来自乌有之乡,没有目的地也不需要目的地,机车并不是进入视野,而是在人的目力之中似雷霆却又梦幻般的狂怒被吸引了,孤独、神圣而又凄凉,用它的汽笛为珍贵的蒸汽而哭泣,在通过的时候蒸汽本是数秒之间的事,到了旅途的终点又可绵延数英里(这个价格又是便宜十倍)——那闪烁着流泻着烟云的烟突,那摇摆不已的铃;钉在司机室房顶上的 X 形十字架,车轮和闪光的推动杆,杆上的黄铜零件就像金踢马刺一样——这一切然后都不见了,消失了。不过只要有被打败者或者被打败者的后裔讲述它或者听人讲述它,那么它就既没有不见,又没有消失。

"那另外一辆机车,北佬的那辆机车,就在它的身后,"德鲁西拉说道,"可是他们怎么也赶不上它。于是第二天他们来了,把铁路给毁了。他们把铁路毁了,这样我们就再也不能开车了;他们能够毁掉铁路,但却不能抹煞我们曾经开过车这个事实。他们不能从我们夺去这个事实。"

我们——我和林戈——知道她是什么意思;我们在林戈去莉娜小姐的小屋之前,就一起站在门口,林戈要在莉娜小姐的小屋睡觉。"我知道你在想什么。"林戈说道。爸爸说得对,他比我伶俐。"但我听得像你一样明白,你听到的每一个字我都听见了。"

"可是在铁路毁掉以前我看到了,我看到要出事的地方了。"

"不过你看到铁路时并不知道要出事,因而也就别管它了。我听到了。我想他们也不会把它从我这儿带走。"

他朝前走去,我返回房子,在被子后面丹尼已经在草荐子上睡着了。德鲁西拉不在那儿,不过我没有时间想她在哪儿,因为我在想,虽然天色已晚,可我却大概睡不着。然后天色更晚,丹尼在摇着我,我现在记得,当时我想,他似乎也不需要睡眠,虽说他只不过有三四秒的时间暴露在战争之中,可他仅十岁就已获得了爸爸和从前线带回来的其他人所拥有的品质——那种不睡觉不吃饭而做事的能力,只需要那种忍耐的机会。"德鲁说,你如果想听他们通过,那就去门外。"他悄声说道。

她在小屋的外面,甚至衣服都没有脱。我看得见她在星光之下——她那参差不齐的短发和男人的衬衫裤子。"听见他们的声音了吗?"她说道。我们能够再次听见,就像在马车里听见时那样——那急匆匆的脚步声,那就像他们气喘吁吁悄声歌唱时的声音,匆匆从大门前通过,在马路上逐渐消失了。"这是今晚的第三拨,"德鲁西拉表姐说道,"我坐在门口时,有两拨过去了。你太累了,所以我当时没有叫醒你。"

"我想天已很晚了,"我说道,"你甚至还没有上床,是不是?"

"是的,"她说道,"我已经放弃睡眠了。"

"放弃睡眠?"我说道,"为什么?"

她看着我。我和她一般高矮,可我们不能看对方的脸;只见她的头留着参差不齐的短发,就像是她本人剪的似的,连镜子也不用,而且自从上次我和外婆到这儿起,她的脖子已日见瘦削粗糙,好似她的手一样。"我在让一只狗保持安静。"她说道。

"一只狗?"我说道,"我没看见有狗呀。"

"是没有看见。它现在安静了,"她说道,"现在它再也不会招惹谁了,我只不过需要每过上一会儿就让它看看那根棍子。"她在看着我。"现在干吗不醒着呢? 发生这么多事,有这么多可看的,现在谁还想睡觉呢? 你要知道,生活原本是单调的。傻瓜。你住的房子和你父亲诞生的房子是同一栋房子,你父亲的儿女们有同样的黑奴的儿女们需要照料;然后你长大了,爱上合你意的小伙子,到一定时候你就会嫁给他,也许是穿着你妈妈的结婚礼服,用她所接受的同样的银器作为礼物;然后你永远定居下来,有了孩子要喂养,给他们洗澡,穿衣,直到他们也长大成人;然后你和你丈夫静静地死去,安葬在一起,也许是在一个夏日的下午就在晚饭前埋葬的。你瞧,傻瓜。可是现在你可以自己看出是怎么样了。现在可好啦;你现在不用为房子和银器而操心了,因为它们已被烧掉了,带走了;你不用为黑人操心了,因为他们整夜在大路上走,等待着在自己造的约旦河里淹死的机会;你不用为有了孩子得给他们洗澡、喂饭、换衣服而操心了,因为年轻人能够骑马离开,在精彩的战斗中被杀死;而且你甚至都不必独自睡觉,你甚至根本都用不着睡觉;因而,你所需要做的,只不过是过一会儿就让那只狗看看那根棍子,并且说,'谢谢上帝,什么也不为。'懂吗?那儿,他们已经离开了。你最好回去睡觉,这样我们明天一早就能出发。要赶上他们得用很多时间呢。"

"你现在不进屋吗?"我说道。

"还不。"她说道。但我们并没有移动。然后她把手放在我的肩上。"听着,"她说道,"你回到家见到约翰姨爹时,请他让我去那儿,和他的骑兵连一起驰骋。告诉他,我会骑马,而且也许能学射击。好吗?"

"好的,"我说道,"我要告诉他你也不害怕。"

"是吗?"她说道,"我还没有想到害怕不害怕呢。不管怎么说,这无关紧要。只是告诉他我会骑马,我不会累。"她的手搁在我肩膀上,感觉又瘦削又粗糙。"你替我做这件事好吗?请他让我去,巴耶德。"

"好的。"我说道。我又说道:"我希望他会让你去。"

"我也这样希望,"她说道,"现在你睡觉去,晚安。"

我回到草荐子那儿去,倒头便睡;然后又是丹尼把我摇醒;太阳升起时,我们又走在路上,德鲁西拉骑着鲍伯林克,行在马车旁边。但时间并不长。

我们几乎立即就看见了尘土,我甚至相信,虽说在我们之间的距离并未明显减少,但我已能嗅到他们,因为他们的行进速度几乎同我们一样。我们从未赶上他们,正如你不会赶上潮水一样。你只是不停地走着,然后突然明白日没就在你的周围,在你的身下,赶上了你,就好像那缓慢且又无情的力量在最终突然意识到你的存在的时候,就朝回抛开一个触须,一个触角,把你围拢进去,残忍地把你扫荡掉。他们或者独身一人,或者两人一对,或者三五成群,或者以家庭为单位,开始从林中出现,出现在我们的眼前,我们的身旁和身后;他们覆盖在马路上,竟把马路遮蔽了起来,完全如同洪水的渗透一般,遮蔽了马路,然后又遮蔽了我们所乘坐的马车的轮子,我们的两匹马以及鲍伯林克缓缓地搏斗着前进,为大量的头和肩膀所包围——男人和女人抱着婴儿,用手拖曳着稍微大一些的孩子,老头老太们拄着随时做成的木棍和拐杖,很上了年纪的老人坐在路边,甚至在我们通过时还向我们打招呼;有一位老妇人甚至在马车旁走着,倚在车的底座旁,乞求外婆在她死之前起码让她看一眼那条河。

但大体说来他们并没有看我们。我们满可以甚至不到那儿。我们甚至没有请他们让我们通过,因为我们看他们的脸色就知道,他们听不见我们的话。他们还没有唱歌,只是匆匆走着,同时我们的马匹在他们当中缓缓推进着,周围是块结着尘土和汗水的脸,那些茫然的眼睛什么也不注视,我们的马匹在他们当中缓缓地,骇人地搏斗着前进,就好像我们在满是漂浮着的木头的溪流中奋进一般,到处是尘土和他们的气味。外婆戴着康普生太太的帽子,在林戈打着的阳伞下面僵直地坐着,看上去病得愈加重了。时间已是

179

下午,可是我们毫无概念,就像我们并不知走了多少英里一般。然后我们突然来到了河边,骑兵正在桥上阻挡着他们。起初只是有一个声音,就像刮风一样,就像是尘土发出的声音一样。我们甚至直到看见德鲁西拉勒缰调转马头,才明白那是什么声音,她的脸转向我们,在尘土上面显得又苍白又小,她张着嘴以微弱的嗓音喊道:"看呀,罗莎姨妈! 哦,看呀!"

我们好像都同时听见了——我们坐在马车里,骑在马上,他们都在我们四周,在使汗水凝结成块的尘埃之中。他们发出了一声长长的悲号,接着我觉得整个马车飞离地面,朝前冲去。我看到我们的瘦骨嶙峋的老马有那么一刻站在后腿上,接着又折向一侧,德鲁西拉朝前倾了一下身子,像手枪撞针一样绷紧拽住鲍伯林克,我看见男人、女人和孩子在马下面倒了下去,能够感觉到马车在他们身上驶过,我们能听得见他们的尖叫声。可我们却欲停不能,就好像倘若地球倾斜起来把我们都滑进河中的话,那我们只有不能自己那样。

它飞驶着,就像这个样子,就像每个姓沙多里斯或者米勒德的人每次看见、听见或者嗅见北佬时它飞奔的那个样子,好像北佬并不是一种人,不是一种信念,甚至也不是一种行为形式,而是一种沟壑,一种绝壁,每次外婆、林戈和我靠近时,就被狼狈不堪地吸进去。太阳正在落山,树林那边高悬着一片寂静的鲜艳夺目的玫瑰色,并在河面上照耀着,现在我们看清楚了——潮水般的黑人在桥的入口处被一个骑兵支队堵了回来,在精致的拱形桥的下面,河水就像一块玫瑰色的玻璃一样,北佬纵队的后队正在过桥。他们仅现出轮廓,在平静的河水上方人影又小又高;我记得,马头和骡子的头都交混在刺刀当中,炮筒翘起,似乎要缓缓冲过那高高的、和平的、玫瑰色的天空,就像竹衣架在晒衣绳上被猛拽了一下,河岸上下到处都有歌声,女人的嗓音从中冒了出来,又尖又高:"荣耀!荣耀!哈利路亚!"

他们现在打起来了,马匹用后脚站起,推搡着他们,骑兵用刀鞘打他们,把他们赶下桥,同时他们的最后一队步兵开始过桥;突然马车旁来了一位军官,倒拿着他那上鞘的刀,就像拿着根木棍一样,靠在马车旁对我们大叫着。我不知道他是哪儿来的,如何来到我们这儿的,他有一张小白脸,留着短须,脸上有一长道血印,光着头,张着嘴。"回去!"他尖叫道,"回去!我们要炸桥了!"径直冲着外婆的脸喊叫着,同时她也大声回敬,头上戴的那顶康普生太太的帽子被碰到一边,她的脸和那北佬的脸相距不到一码:

"我要我的银器!我是约翰·沙多里斯的岳母!把迪克上校给我叫来!"然后那北佬军官离去了,一边喊叫着一边用军刀打黑人,同时自己的小脸流着血,尖叫着。至于他去了何处,就如同他来自何处一样,我全然不知:他只是仍靠在马车旁时消失了,用军刀四下抽打着,接着德鲁西拉骑着鲍伯林克来到了;她挽住我们左边那匹马的笼头,想把马车转向一旁。我要跳下去帮忙。"待在马车里。"她说道。她并没有喊叫,只是说着。"抓住绳子,往这边扭。"我们把车调过头来以后,停了下来。接下来有那么一会儿,我以为我们是要朝回走,后来看出是黑人们要朝回走。接着我看到骑兵队散开了;我看到那乱糟糟的一团——马匹、骑兵、军刀、黑人——就在最后一队步兵走过大约十秒钟的时候,他们就像决堤一样,滚向桥的一端。接着桥消失了。我正巧在看着它;我看得见在步兵和潮水般的黑人及骑兵之间的清晰空白,在河水上方的空中有一道桥一般的小空线把他们连接起来,接着有一道刺眼的强光,我觉得我的内脏在吮吸着,风啪的一声击着我的脑后。我根本什么也没有听见。我只是坐在马车里,耳际有一种滑稽的嗡嗡声,嘴里有一股滑稽的味道,注视着玩具似的人们和马匹以及一片片木板在河水上方的空中飘浮着。但是我根本什么也没有听见,我甚至连德鲁西拉表姐的话也听不见。她现在就在马车旁,冲我们俯着身子,嘴急切地张大,可是根本没有声音从嘴里发出。

"什么?"我说道。

"待在车里!"

"我听不见你的话!"我说道。这就是我说的,这就是我的想法;甚至那时我也未意识到,马车又移动了。不过接着我就意识到了;就好像那整个长长的河岸转了个弯,在我们下面升起,把我们急送进河水一般,就好像我们坐在马车里,漂浮在由那看不见听不见的面孔构成的另外一条河流之上,朝水中冲去。德鲁西拉表姐又抓住左边那匹马的笼头,我也拽着,外婆站在马车上,用康普生太太的阳伞打着人们的脸,接着那腐烂的笼头整个掉了下来,拎在德鲁西拉表姐的手中。

"走开!"我说道,"马车要漂起来了!"

"是的,"她说道,"它要漂起来。待在里面,看好罗莎姨妈和林戈。"

"是的。"我说道。然后她离开了。我们从她身边通过;她转过身,又像抱着块大石头似的抓住鲍伯林克,俯下身对它说着话,拍了拍它的脸,离去了。接着河岸也许确实塌陷了。我并不清楚。我当时甚至还不知道我们是在河里。那就像地球从马车和人们的面孔下面倒了下去,我们都缓缓地朝下冲去,人们仰面朝天,眼睛瞎了,张着嘴,朝上伸着臂膀。在河对岸的高空中,我看见有一悬崖,上有一大堆火迅速朝一侧蔓延而去;接着马车突然朝一侧疾驶,接着有一匹死马发着光彩出现在尖叫着的面孔当中,又缓缓倒了下去,完全像溺死一般,马上有一个穿着黑军服的人,他被一个马镫挂在马的臀部,接着我意识到那军服是蓝色的,只不过是湿了。当时他们在尖叫着,我能感觉到当他们抓住马车基座时,它都倾斜了,滑动了。外婆现在跪在我旁边,用康普生太太的阳伞打着一张张嘶叫着的面孔。在我们的身后,他们仍然大步沿着河岸走进河中,边走边唱着歌。

3

一个北佬巡逻兵帮助我和林戈把溺死的马的挽具割断,把马车拖上岸来。我们在外婆脸上洒了点水,最后她醒了过来,他们用绳索匆促做成挽具,把他们的两匹马套上。悬崖顶上有一条路,接着我们看得见河岸上有火。他们仍然在河对岸唱着歌,不过现在安静多了。在河这一边巡逻兵仍骑着马在悬崖上爬上爬下,河边有火的地方有一股股步兵。接着我们开始在一排排帐篷当中穿过,外婆倚着我躺着,于是我能够看着她的脸;脸又白又沉静,眼睛也闭着。她看上去苍老,疲惫;我以前竟未意识到,她是多么老,身子又是多么小。接着我们开始在一堆堆大火中间穿过,黑人们穿着湿衣服围着火堆蹲坐着,士兵在他们当中分发食品;接着我们来到一条宽阔的马路,在一顶帐篷前面停了下来,帐篷门口有一个哨兵,里面点着灯。士兵们看着外婆。

"最好是送她去医院。"一个士兵说道。

外婆睁开眼睛,想坐起来。"不,"她说道,"请带我去见迪克上校,到那儿我就会好了。"

他们把她抬进帐篷,把她放在一把椅子上。她并没有移动身子;迪克上校走进时,她正闭着眼睛坐在那儿,一绺湿头发贴在脸上。我以前从未见过他——只是在我和林戈蹲在外婆的裙子底下憋着气的时候听见他的嗓音——但我立即就把他认了出来,他的胡须发亮,眼睛又明亮又严厉,他朝外婆弯下腰,说道:"这场该死的战争。该死的,该死的。"

"他们带走了银器、黑人和骡子,"外婆说道,"我是来取它们的。"

"要是它们在这个军团的什么地方,"他说道,"你尽管带走好了。我要自己见将军去。"他看着我和林戈。"哈!"他说道,"我相信我们以前也见过面。"然后他又离去了。

帐篷里暖热、安静,三只苍蝇围着提灯飞来绕去,帐篷外边军队的声音就像远方刮风一般。林戈坐在地上睡着了,头靠在膝盖上,我的情况也差不多是半斤八两。我突然发现迪克上校回来了,有一个勤务兵正在桌子上写着什么。外婆也是坐着,脸色苍白,眼睛闭上。

"也许你能把它们描述一下。"迪克上校对我说。

"我来说,"外婆说道,眼睛并没有睁开,"银器箱子是用麻绳捆着的,那是根新绳。两个黑人,名叫卢什和费拉德尔菲。骡子名叫老百和廷尼。"

迪克上校转过身来,看着勤务兵写字。"你听明白了吗?"他说道。

勤务兵看了看他写下的东西。"我猜只是为了能把那么多黑人带走,将军也会乐于给他们两倍的银器和骡子。"他说道。

"现在我要去见将军。"迪克上校说道。

接着我们又动身了。我不知道时间过了有多久,因为他们不得不把我和林戈两人叫醒;我们又坐上马车,两匹军马拉着车走在又长又宽的马路上,另外一名军官和我们在一起,迪克上校已经离去了。我们来到一堆箱子和柜子面前,看上去那堆箱子和柜子比山还要高。后面是用绳子结成的围栏，里面全是骡子，站在旁边等着的黑人看上去有千人之多，男人、女人和孩子，湿衣服在身上变干了。外婆坐在马车里，现在睁大了眼睛，中尉读着那张纸，士兵们翻腾着那堆箱子。"十个用麻绳捆着的箱子，"中尉念道，"找着了吗？……一百一十匹骡子①。说是从费拉德尔菲亚来的——那是在密西西比。找出这些密西西比骡子来，给它们系上缰绳。"

"我们没有一百一十匹密西西比骡子。"军士说道。

"把我们有的都搞来，快，"他转向外婆，"那些是你的黑人，夫人。"

外婆看着他，眼睛睁得像林戈的眼睛那么大。她往后缩了一下，手捂在胸前。"可是他们不是——他们不是——"她说道。

"他们不都是你的人吗？"中尉说道，"这我知道。将军说，他还要再敬赠你一百人。"

"可是他们不是——我们并没有——"外婆说道。

"她还要把房子要回来，"军士说道，"我们什么房子也没有，老奶奶，"他说道，"你只得用箱子、黑人和骡子来将就了。不管怎么说，马车上可摆不下栋房子吧。"

我们坐着，他们把那十个箱子装上马车，车刚巧装得下。他们又搞来一些木料和挽具，套上四头骡子。"你们谁能驾两对共轭马，到这儿来。"中尉说道。一个黑人走了过来，与外婆并列坐下；以前我们谁也没有见过他。在我们的身后，他们正把骡子从围栏里赶出来。

"你想让一些女人骑牲口？"中尉说道。

---

① 这两匹骡子一为"老百"（Old Hundred），一为"廷尼"（Tinney），发音与"一百一十"相近。

"是的。"外婆低语道。

"来，"中尉说道，"一人一头骡子。"然后他把那张纸递给我。"给你。河上游大约二十英里的地方有一个浅滩，你们可以在那儿过河。你们最好在更多的黑人决定跟你们去之前就离开这里。"

我们坐着车，马车上载着十只箱子，骡子和黑人大军尾随在后，一直走到天亮。外婆一动也不动，坐在那个奇怪的黑人旁边，头戴康普生太太的帽子，手里拿着阳伞。但她并没有睡着，因为当天亮得可以看得见东西时，她说道："把马车停下来。"马车停了下来。她转过身来看着我。"让我看看那张纸。"她说道。

我们把纸打开，看着那工整的字迹。

司令部令

所有的旅、团及各级指挥官：你们将看到持本命令者充分重新拥有下述财产，即：箱子十只，以麻绳捆绑，内装银器。一百一十头在密西西比的费拉德尔菲亚附近捉住的无主骡子。一百一十名男女黑人，他们属于同一地区并曾在该地区走失。

再者，你们将务必使持本命令者得到必要的食品供应和饲料供应，以加快其向目的地的进程。

田纳西战区

——军团

野战司令部

1863 年 8 月 14 日

我们在灰暗的光线下互相看着。"我想，你得把他们带回去了。"林戈说道。

外婆看着我。"我们也能得到食物和饲料。"我说道。

"是的。"外婆说道，"我当时尽量好好对他们说的，你和林戈是听到的。这是上帝的干预。"

我们停了下来，一直睡到中午。那天下午我们来到那个浅滩。我们已经从峭壁上朝下走，才发现一队骑兵在那儿宿营，要想停下已经来不及了。

"他们一定是发现了，过来拦截我们了。"林戈说道。太晚了，已经有一名军官和两名士兵骑马朝我们走来。

"我要告诉他们真相，"外婆说道，"我们什么也没有做。"她坐在那儿，身子稍微朝后缩了一下，他们骑马过来时，她已经举起了一只手，另一只手把那张纸递了出去。那军官是个红脸大汉，他看了看我们，拿过那张纸，看完就骂起人来。他骑坐在马上骂着，我们则盯着他。

"你们缺多少？"他说道。

"我缺多少什么？"外婆说道。

"骡子！"军官嚷道，"骡子！骡子！难道我是像拥有用麻绳捆着的银器箱子或是黑人的样子吗？"

"难道我们——"外婆说道，手捂在胸前，看着他；我料想是林戈头一个明白了他的意思。

"我们想要五十匹。"林戈说道。

"五十匹，嘿？"军官说道。他又骂了起来，转向身后的一个士兵，又骂起他来。"数数他们的骡子有多少！"他说道，"你以为我会信他们的话吗？"

那个士兵数着骡子；我们动也没动，我想我们当时连气都喘不过来。"六十三匹。"士兵说道。

军官看着我们。"一百一十扣除六十三还差四十七。"他说道，咒骂着。"赶过四十七匹骡子来！快！"他又看着我们，"你们以为你们能坑我三匹骡子吗,嘿?"

"四十七匹就够,"林戈说道,"只不过我想也许我们最好吃点什么,就像纸上提到的那样。"

我们穿过浅滩。我们没有停步,他们一把其余的骡子赶来我们就动身了,又有一些妇女骑上了骡子。我们继续前进。当时太阳已经落山了,可是我们并没有停下。

"哈!"林戈说道,"这是谁的干预呢?"

我们一直走到午夜才停下来。这一次是外婆盯着林戈。"林戈。"她说道。

"我从未说过纸上没有说的事,"林戈说道,"是那个人说的,不是我。我所做的就是告诉他,一百一十匹骡子是咋回事儿,我从未说过我们要那么多。再说,现在为这事祷告也没有用了;谁也说不准在我们到家之前会出什么事。现在的主要问题是,我们得怎么处理这些黑人。"

"是的。"外婆说道。我们把骑兵军官给我们的食物煮熟吃了,然后外婆叫所有住在亚拉巴马的黑人到跟前来。那大约有他们的一半。"我想,你们都想再过一些河去撵北佬军,是吗?"外婆说道。他们站在那儿,在尘土里移动着脚。"什么? 你们谁都不想去吗?"他们只是站在那儿。"那么,从现在起你们要跟谁去呢?"

过了一会儿,他们中一个人说道:"跟你去,小姐。"

"那好,"外婆说道,"现在听我的。回家去。要是我再听说你们有谁又这么七零八落的,我可就不客气了。现在站好队,一个个地过来,咱们分食物。"

到最后一位领完食物时,已经过了好久的时间。我们再次动身时,差不多可以一个人骑一匹骡子,但并非人各一匹,现在是林戈赶车了。他并没有问，只是上了车，径直抓住缰绳，外婆坐在他身旁的座位上；她只不过对他说过一次，要他不要赶得太快。这样我就到了后头，坐在一个箱子上，那天下午睡了一觉；是车停下的声音把我搞醒了。我们刚从山上下来，来到一块平地，这时我看见他们在庄稼地的那边，有十二个人，是身穿蓝服的骑兵。他们还没有看见我们，在疾驰着，外婆和林戈注视着他们。

"他们不值得要弄，"林戈说道，"不过他们有马。"

"我们已经有一百一十匹了，"外婆说道，"那张纸所要求的就是这么多。"

"那好，"林戈说道，"你要继续走吗?"外婆没有回答，坐在那儿，身子稍微朝后缩了一下，手又捂在胸前。"哎呀，你打算怎么办呢?"林戈说道，"你得赶快决定，不然他们就要走了。"他看着她，她一动也不动。林戈从马车上探出身子。"嘿!"他大声叫道。他们迅速回头，看见了我们，于是掉转过马头。"外婆说到这儿来!"林戈吆喝道。

"你，林戈。"外婆低声说。

"那好，"林戈说道，"你想要我告诉他们不要理会这命令吗?"她没有答话，只是从林戈身后瞅着那两个越过庄稼地策马而来的北佬，脸上有那种犹豫不决的神色，手揪住胸前的衣服。那是一个中尉和一个军士，那中尉看上去比我和林戈大不到哪儿去。他看见外婆，摘下帽子。突然她的手从胸前伸出，手里握着那张纸，她把纸递给中尉，一句话也没有说。中尉打开纸，军士探头从他肩上望去，然后军士看着我们。

"这上面说的是骡子，不是马。"他说道。

"只是头一百匹是骡子，"林戈说道，"其余的十二匹是马。"

"该死的!"中尉说道，那声音就像姑娘骂人一样，"我对鲍恩上尉说过,不要用俘获来的马给我们提供装备!"

"你是说你要把马给他们吗?"军士说道。

"我又有什么办法呢?"中尉说道,那样子就像是要哭出来,"这上面有将军本人的签字!"

于是除了十五或二十个人之外,他们都有牲口骑了。我们继续前进。士兵们都站在路边的一棵树下,马鞍和笼头放在身边的地上——除了中尉之外。我们又开始动身的时候,他在马车旁跑着,看上去要哭一般,手里拿着帽子,看着外婆。

"你会在路上遇见部队的,"他说道,"我知道你会的。请你告诉他们我们在什么地方,叫他们给我们送来——马匹或者马车什么的,凡是我们能骑坐的什么都行,好吗? 你不会忘记吧?"

"在后面二三十英里的地方有你们一些人,他们说有三匹多余的骡子,"林戈说道,"不过我们要是再看见他们,我们会告诉他们你们的事的。"

我们继续前进。我们来到一个镇子前,可是却绕了过去;林戈甚至不想停下车来把中尉的口信送去,可是外婆硬叫他停了下来,我们派了一个黑人去送信。

"又有一个人我们不用管饭了。"林戈说道。

我们继续前进。我们现在走得很快,每过几英里就换一次骡子。一个女人告诉我们,我们又来到密西西比,接着,在下午的时候,我们翻过山,只见我们的烟囱在那儿,沐浴在阳光之中,烟囱后面是那间小屋,路维尼亚在洗衣盆上面弯着腰,绳子上挂着的衣服随风摆动,又明亮又宁静。

"把车停下来。"外婆说道。

我们停了下来——那辆马车,那一百二十二匹骡子和马,以及我们从未有时间点数的黑人。

外婆缓缓下了车，转向林戈。"下来。"她说道，然后看着我。"你也下来，"她说道，"因为你什么话也没有说。"我们下了马车，她看着我们。"我们说谎了。"她说道。

"说谎的是那张纸，不是我们。"林戈说道。

"纸上说的是一百一十匹，可我们得到了一百二十二匹，"外婆说道，"跪下来。"

"可是在我们之前，他们先偷了这些牲口。"林戈说道。

"可是我们说谎了，"外婆说道，"跪下。"她先跪了下来，然后我们三人都跪在路边，她祈祷着。晒衣绳上的衣服轻柔地摆动着，又宁静又明亮。接着路维尼亚看见了我们，在外婆祈祷的时候，她已经越过牧场跑来。

（王义国 译）

花 斑 马

一

是啊,先生。弗莱姆·斯诺普斯搞得这一带乡下到处都是花斑野马。白天黑夜都听得见乡亲们的赶马声,又嚷又叫的。有时还听得见野马在小木桥上来回奔跑,声音跟打雷似的。就说今天早上我进城去,快到半路,马慢吞吞地走着,我坐在四轮马车里迷迷糊糊地快要睡着了。突然,从树丛里腾地蹦出一样东西,一下子蹿过大路,蹄子没沾地,从我的骡子身上飞跃过去。这东西足有一张广告牌那么大,活像一只老鹰飞过天空。我整整花了三十分钟才把我的骡子勒住,把乱了套的缰绳和马车收拾好,重新套马赶路。

这位弗莱姆·斯诺普斯真是个人物。他要算不上是个人精,那我就不是人。大约十年前的一个早上,大伙儿刚在凡纳的门廊里坐定下来,打算抽袋烟聊聊天,他从柜台后面走出来,没穿外套,头发从中间对分,就好像他给凡纳当伙计已经有十年了。乡亲们都认识他。他的家族人口很多,住在离河边低地大约五英里外的地方。至少那一年他们是住在那儿的,种着租来的土地。他们从来不在一个地方长住,一年不到就会带着当年出生的孩子,有时还是双胞胎,搬到别处去了。他们就是那么一大家子人,年年生孩子,年年租种别人的土地,事事挺有规律的。除了弗莱姆以外,全家人还是当佃户,年年搬家。可是有一天,弗莱姆在这儿出现了,从乔地·凡纳的柜台后面走出来,似乎他就是店主人。他在店里才干一两年,乡亲们就知道,要是他再给乔地干上十年,乔地就该给他弗莱姆·斯诺普斯当伙计了。这个家伙啊,只要手里有四分钱做本钱,他就能赚五分钱。他同我做过两笔买卖,都赚了我的钱。我这个人够精明了吧,可那个家伙还要厉害。我只是希望他在我之前先发财。我就是这么一个想法。

好吧。弗莱姆就这么待了下来,在凡纳店里当伙计。他东赚五分钱,西赚五分钱,可对谁都一字不提。不,先生。乡亲们从来不知道他什么时候占了别人的便宜,除非上他当的人自己说出来。他总是坐在店堂的椅子里,嚼着烟草,从来不肯谈他自己的事。总得过一星期左右,我们才能打听出来,他不跟人说的原来并不是他的事儿,而是别人的。不过,这得受他骗的那个人气得忍不住说了出来,我们才知道。这就是弗莱姆。

我们估计他得花上十年时间,才能把乔地·凡纳的全部家当拿过来。可是,他根本没有等那么久。我想你们大家都知道比利·凡纳大叔的那个姑娘尤拉。她是凡纳大叔最小的女儿,乔地的妹妹。一到星期天,这一带的所有的黄轮轻便马车就都到了比利·凡纳家,梳刷整齐的马都拴在他家篱笆上。花花公子们坐在门廊里,像蜜蜂围着蜜罐子一样,围着尤拉团团转。她是这里那种身材高大可是模样挺温柔的女孩儿,笑起来比新翻的田地还要可亲。小伙子们谁也不肯首先告辞。他们就这样坐在门廊里,一直坐到半夜三更不得不回家的时候。尽管有的人还得骑马走上十来英里路,第二天一早又得下地干活,可他们总是一齐起身告别。一大伙人三五成群地骑马、坐车到小溪渡口,把梳刷整齐的马和黄轮轻便马车拴好,相互打上一架,然后再上马坐车回家。

大约在一年前,有一天,一辆黄轮轻便马车和一匹梳刷得干干净净的马离开这里。听说这两个人去得克萨斯了。第二天,比利大叔和尤拉还有弗莱姆坐着比利大叔的四轮双座马车进城去。回来的时候,弗莱姆和尤拉已经结了婚。再过一天,我们听说又有两辆黄轮轻便马车走了,可能也是到得克萨斯去了。那是个大地方。

总之,大概在婚礼之后一个来月的时候,弗莱姆和尤拉也到得克萨斯去了。他们走了快一年。上个月尤拉回来了,带着个娃娃。我们仔细琢磨,大伙儿都认为从来没见过三个月的孩子长得这么大的。他都能扶着椅子站起来了。我想得克萨斯是个大地方,那里的人一定长得又大又快。反正,照这样长下去,这孩子到八岁就该会嚼烟叶,能参加投票了。

上星期五,弗莱姆本人也回来了。他是跟另一个人一起坐着大车回来的。那个家伙戴一顶大高帽子,裤子后兜插着一把象牙柄的手枪和一盒姜汁饼干。他们的大车后面拴了大约二十多匹得克萨斯矮种马,用带刺的铁丝拴在一起长长的一大串。它们的颜色花花绿绿像鹦鹉,脾气温顺得像鸽子;可随便哪一匹马都会像响尾蛇那样,一下子就要了你的命。没有一匹马的眼睛是一个颜色的。我猜哪匹马都没见过马鞍子。得克萨斯人下车走到马跟前,想让大伙儿看看,这些马是多么驯顺。有一匹马刺啦一下把他的背心撕了下来,就跟用剃刀刺的一样。

弗莱姆早就无影无踪了。我猜他是看老婆去了,也许还去看看他那个娃娃有没有下地去帮比利大叔犁田。得克萨斯人把马赶到小约翰太太家的场院里。一开始他遇到点小麻烦。那是在马进门的时候;它们从来还没见过篱笆呢。后来他总算把这些牲口全赶了进去,还拿把剪刀把拴马的铁丝都铰断。他把它们轰进牲口棚,在马槽里倒上玉米粒儿。这时候那些马差点没把牲口棚踢翻了。我想它们以为那些玉米粒儿都是虫子。也许是这么回事吧。总之,他把马关起来,宣布第二天清早天一亮就开始拍卖。

那天晚上,我们坐在小约翰太太家的门廊下。你们大伙都记得吧,那天快到月中,月亮有点圆了。我们看得清清楚楚:那些带花斑的畜生就像池塘里的小鱼似的,绕着篱笆在场院来回乱窜。隔一阵子它们就靠着牲口棚挤成一堆,相互又踢又咬,这就是休息了。我们先听见一声长嘶,接着就是一阵用蹄子踢牲口棚的梆梆声,好像手枪在开火,似乎有个人拿把手枪在一窝山猫里从从容容地练枪法。

二

这时候,谁都不知道弗莱姆究竟是不是这些马的主人。大伙儿只知道他们是永远打听不出底细的。就连弗莱姆是否在镇口顺路搭的便车,大伙都没法闹明白。连埃克·斯诺普斯,弗莱姆很亲的堂兄弟,都一无所知。不过,这不是什么稀罕事儿。我们都知道,弗莱姆要是想诈骗埃克的钱财,他会像对付我们一样,绝不留情。

第二天一大清早,人就都来了。有的还是从十几英里外赶来的。他们沿篱笆站着,工装裤的烟荷包里装着本来打算买种子的钱。得克萨斯人吃完早饭,从小约翰太太的旅店里走出来。他爬上篱笆门柱,白手枪柄露在后兜外面。他从口袋里掏出一盒没开封的姜汁饼干,就像咬雪茄烟那样把纸盒盖咬下来,吐掉嘴里的纸,然后宣布拍卖开始。这时候,人们还川流不息地坐着大车,骑着马、骡赶来。他们在大路对面拴好骡、马，走到篱笆跟前。只有弗莱姆还没露面。

可是得克萨斯人鼓不起大伙儿买马的劲头。他开始在埃克身上下功夫，因为头天晚上是埃克帮他把马赶进牲口棚喂上玉米粒的。他还跑得及时，没给马踩死。他就像是堤坝决口时被水冲出来的一块小石子，从牲口棚里蹦了出来，及时跳上大车，躲得正是时候。

正当得克萨斯人动员埃克的时候，亨利·阿姆斯蒂坐着大车赶来了。埃克说他不敢喊价。他怕一喊价，也许真的要他买下来。得克萨斯人说："你瞧不起这些矮种马？嫌它们个儿小？"他从门柱上爬下来，朝马群走去。马四下乱跑，他跟在后面，嘴里喷喷作声，手伸出去好像要抓只苍蝇。终于，他把三四匹马逼到角落，往马背上一跳。接着，尘土飞扬，有好一阵子，我们什么也看不见。尘土像乌云似的遮天盖地。那些目光呆滞、花花斑斑的畜生从灰土里蹦出来，一蹦足有两丈高。它们至少往四十个方向乱跑，你不用数就知道。尘土落了下来，他们又出现了：得克萨斯人和他骑的那匹马。他像对付猫头鹰那样，把马脑袋拧了个个儿。至于那匹马，它四条腿绷得紧紧的，身子像新娘一样瑟瑟乱抖，嘴里直哼哼，好像锯木厂在拉锯。得克萨斯人把马脑袋拧了个个儿，马只好朝天吸气。"好好看个仔细。"他说道。他的鞋跟顶着马身，白柄手枪露在口袋外面，脖子涨得老粗，像一条鼓足气的小毒蛇。他一边咒骂那匹马，一边对我们说话。我们勉强听懂了："前前后后仔细瞧瞧。这个脑袋像提琴的畜生，十四个老子养的崽子。过来骑骑看，把它买下来；了不起的好马……"接着又是尘土飞扬。除了带花斑的马皮和鬃毛，还有得克萨斯人像用线拴着的两个核桃似的皮靴跟外，我们什么也看不见。一会儿，那顶高帽子悠悠地飘过来,活像一只肥胖的老母鸡飞过篱笆。

等飞扬的尘土落下来时,他正从远处篱笆角落里走出来,掸着身上的尘土。他过来捡起帽子,掸掉灰尘,又爬到门柱上去了。他这时气喘吁吁的。他从口袋里拿出姜汁饼干盒,吃了一块,一面直喘粗气。那匹傻马还在绕着场院一圈圈地跑着,跟集市商场上的旋转木马一个样。这时候,亨利·阿姆斯蒂推推搡搡走到篱笆门前。他穿着一条打补丁的工装裤和一件大袖子衬衣。起先,谁也没有注意他来了;我们都在看得克萨斯人和那些马。连小约翰太太都过来看看。她已经在后院洗衣锅下点起一堆火。她到篱笆前站一会儿,回屋去,抱了一堆要洗的东西走出来,又在篱笆前站一会儿。这时候,亨利挤了上来;接着我们看见阿姆斯蒂太太。她紧紧跟在亨利后面,穿着一件褪色的晨衣,戴着一顶褪色的阔边太阳帽,脚上蹬着一双网球鞋。"回大车去。"亨利说。

"亨利。"她说。

"喂,伙计们,"得克萨斯人说,"闪开些,让这位太太过来看看。来吧,亨利,"他说,"你的好机会来了,可以给你太太买一匹她一直想要的驯马了。十块钱,怎么样,亨利?"

"亨利。"阿姆斯蒂太太说。她把手放在亨利的胳臂上。亨利把她的手一把推开。

"我跟你说了,回大车去。"他说。

阿姆斯蒂太太一动也不动。她站在亨利后面,两手裹在衣服里,谁也不看。"他本来为难的事就够多了,不能再买这玩意儿,"她说道,"我们比贫民院的人多不了五块钱。他为难的地方多着呢。"这是真话。他们那块地只够他们勉强糊口。他们还有四个孩子。孩子身上穿的衣服都是靠她晚上等亨利睡下以后借着炉子的火光织布挣来的。"住嘴。回大车去,"亨利说,"你真要我拿根大车杠当街把你揍一顿?"

好啦,得克萨斯人看了她一眼,就又去动员埃克,似乎身边根本没有亨利在场。可是埃克有些害怕:"我可能会白花钱,买个咬人的老鳖或水里的毒蛇。我才不买呢。"

这时,得克萨斯人说,他要送埃克一匹马。"为了这场拍卖好开张,也因为昨天晚上你帮了我的忙。如果你给下一匹马喊个价钱,我就把那匹脑袋长得像提琴的畜生白送给你。"

我真希望你能亲眼看到那伙人。他们站在那里,口袋里揣着本来是买种子的钱,眼睁睁地看着得克萨斯人白给埃克·斯诺普斯一匹活马。不管埃克要不要,人人都打定主意叫他大傻瓜。埃克总算开口了,他要那匹马。"不过我就喊个价钱,"他说,"我用不着再买一匹马,除非没人肯出更高的价钱。"得克萨斯人说,行!埃克就喊价一块钱。亨利·阿姆斯蒂张着嘴站在那里,像疯狗一样瞪眼瞧着埃克和得克萨斯人。"一块钱。"埃克说。

得克萨斯人看看埃克。他的嘴巴也张着,好像刚要讲句话就给噎了回去。"一块钱?"他说,"一块钱?你是说一块钱吗,埃克?"

"去他的,"埃克说,"那就两块钱吧。"

噢,先生。我真希望当时你在场,能亲眼看见那个得克萨斯人。他掏出那盒姜汁饼干,举在眼前,小心翼翼地往里瞧,好像里面有枚金刚钻戒指,要不然就是有只大蜘蛛。他把盒子一扔,拿块印花大手绢擦了擦脸。"好吧,"他说,"好吧,两块钱就两块钱。埃克,你脉搏正常吧?"他问,"你晚上没有打摆子出虚汗吧?""得了,"他说,"我也只好这么办了。不过,你们这些家伙难道真就站在那儿看着埃克用一块钱一匹马的价钱把两匹马全买走吗?"

这句话真管用。这个人的精明能干绝不低于弗莱姆·斯诺普斯;这要不是事实,我就不是人。他话还没说完,这边亨利·阿姆斯蒂就挥起胳臂说:"三块钱。"阿姆斯蒂太太又想拉住他。他推开她的手,挤到门柱跟前。

"先生,"阿姆斯蒂太太说,"我们家里有孩子,哪来玉米喂牲口?我只有五块钱,是天黑以后他在床上呼呼大睡的时候织布挣来的。这钱是要花在孩子身上的。亨利为难的事情已经够多了。"

"亨利出价三块钱,"得克萨斯人说,"埃克,你只要比他再多出一块钱,这匹马就是你的。"

"亨利。"阿姆斯蒂太太说。

"比他多出点钱,埃克。"得克萨斯人说。

"四块钱。"埃克说。

"五块钱。"亨利说,一面挥动拳头。他推推搡搡,一直挤到了门柱底下。阿姆斯蒂太太也盯着得克萨斯人看。

"先生,"她说,"要是你拿走我织布为孩子挣来的五块钱,换给我们一匹那玩意儿的话,老天爷不会饶恕你,你们家世世代代都不得好死。"

不过这番话还是拦不住亨利。他已经挤了上来,对着得克萨斯人直挥拳头。他松开拳头;手里都是些五分和两角五分的硬币,只有一张一块钱的票子,皱皱巴巴像在牛胃里反刍过的。"五块钱,"他说,"哪个人还想抬价就得把我的脑袋砸了。要不然,我就砸他的脑袋。"

"好吧,"得克萨斯人说,"定价五块钱。不过,别对着我挥拳头。"

三

太阳快下山了,最后一匹马才拍卖掉。得克萨斯人只有一次把大家搞得很来劲儿,喊价高到七块两毛五。大多数的马人们只肯出三四块钱。他坐在门柱上,用嘴数落着把马一匹匹挑出来卖。他拍卖的时候,小约翰太太坐在洗衣盆边一上一下搓洗衣服,有时停下来走到篱笆前待一会儿再回去洗衣服。她把该做的事都做了:洗好的衣服晾在后院绳子上,我们也闻到她在煮的晚饭的香味。马终于全都卖掉了;得克萨斯人把最后两匹马加上他的大车换了一辆有弹簧座椅的四轮马车。

我们都有些累了;亨利·阿姆斯蒂的模样更加像是一条疯狗。他买马的时候,阿姆斯蒂太太走回大车坐在两匹瘦骨嶙峋,比兔子大不了多少的骡子后面。那辆大车也好像只要骡子一起步就会马上散架似的。亨利根本没顾上把车赶到路边,大车就在路中央停着。她坐在上面,什么也不看,从早晨起一直坐在那里。

亨利一直站在篱笆门口,现在他走到得克萨斯人跟前。"我买了一匹马,付的是现款,"亨利说,"可你把我撂在这里,让我等你把所有的马都卖了才能领马。现在我要把我的马领出场院。"

得克萨斯人看了看亨利。他说话的口气好像是在饭桌上要一杯咖啡,轻松自在。"把你的马牵走吧。"他说。

亨利不再对得克萨斯人瞪眼。他咽了口吐沫,两手抓住大门。"你不来帮我的忙?"他说。

"又不是我的马。"得克萨斯人说。

亨利再也不看那个得克萨斯人;他谁都不看。"谁肯帮我逮马?"他问道。没有一人说话。"把犁绳拿来。"亨利说。阿姆斯蒂太太走下大车,把犁绳拿了过来。得克萨斯人从门柱上下来;那个女人拿着绳子正要从他身边走过去。

"太太,你可别进去。"得克萨斯人说。

亨利把篱笆门打开。他头都不回。"过来。"他说。

"太太,你可不能进去。"得克萨斯人说。

阿姆斯蒂太太目不斜视。她拿着绳子,两手抱在胸前。"我想我还是得进去。"她说。她和亨利走进场院。马群四散奔跑;亨利和阿姆斯蒂太太在后面跟着。

"把它逼到角落里。"亨利说。他们终于把马逼进角落。亨利拿出绳子,可是阿姆斯蒂太太却让马跑掉了。他们又把马拦住,阿姆斯蒂太太却再次让马跑掉。亨利转过身用绳子抽她。"你为什么不把它拦回去?"亨利说。他又抽了她一下。"为什么?"这时,我四下望望,看见弗莱姆站在一边。

还是那个得克萨斯人干点正经事儿。他个子虽大,动作倒很利索。亨利第三下还没抽打下去,他已经把绳子抓住了。亨利猛地转过身,好像要朝得克萨斯人扑去。不过他并没有那么做。得克萨斯人走过去,拉着亨利的胳臂,把他领出场院。阿姆斯蒂太太跟在后面走了出来。得克萨斯人从口袋里拿出一些钱,放在阿姆斯蒂太太手里。"把他搀到大车上去,送他回家吧。"得克萨斯人说,口气好像在说,他晚饭吃得很满意。

这时弗莱姆走了过来。"贝克,你这是干什么?"弗莱姆问道。

"他以为他买了一匹矮种马,"得克萨斯人说,"把他领得远远的,太太。"

可是亨利不肯走。"把钱还给他,"他说,"我买下了那匹马。即便我得把它打死,我也还要这匹马。"

弗莱姆站在那儿,两手插在口袋里,嘴里嚼着口香糖,好像他凑巧路过这里。

"你拿着你的钱,我要我的马,"亨利说,"把钱还给他。"他对阿姆斯蒂太太说。

"你没有买我的马,"得克萨斯人说,"把他送回家吧,太太。"

这时候亨利看见了弗莱姆。"你跟这些马有关系吧,"他说,"我买了一匹。钱在这儿。"他从阿姆斯蒂太太手里把钱拿过来,递给弗莱姆。"我买了一匹马。你问他。给,这是钱。"他说道,一面把钞票递给弗莱姆。

弗莱姆接过钱。得克萨斯人扔掉他从亨利手中抢过来的绳子。他早就让埃克·斯诺普斯的儿子上小铺替他又买了一盒姜汁饼干。他从口袋里拿出盒子,朝里面看看。盒子空了;他把盒子扔在地上。"斯诺普斯先生明天会把钱给你的,"他对阿姆斯蒂太太说道,"你明天可以向他要。你丈夫没有买我的马。你把他搀回大车,送他回家吧。"阿姆斯蒂太太走回大车坐了上去。"我买的四轮马车在哪儿?"得克萨斯人问道。这时候,太阳已经下山。小约翰太太走到门廊下,摇铃叫寄宿的旅客吃晚饭。

四

我进屋去吃晚饭。小约翰太太不停地进进出出;她端进一盘面包或别的饭菜,到门廊下站上一会儿,再进来报告外边的事儿。得克萨斯人已经把他的骡马套上他用最后两匹马换来的那辆带弹簧座椅的四轮马车;他和弗莱姆都走了。她又进来告诉我们那些没带绳子的人跟着 I. O. 斯诺普斯上店里去买绳子了。篱笆门口已经没有别人,只剩下亨利·阿姆斯蒂,还有埃克·斯诺普斯和他的儿子。阿姆斯蒂太太坐在大路正中的大车里。"那帮蠢货傻瓜给这些畜生踢死多少个,我都不在乎,"小约翰太太说道,"不过我不能让埃克·斯诺普斯把儿子再带进场院。"说着她上篱笆门那儿去了,可是回来时还是只有她一个人。埃克没来,那孩子也没跟来。

"用不着替那小子发愁,"我说,"他有魔法保护。"头天晚上,埃克去帮忙喂马,这孩子一直紧紧跟在他后面。那一大群马都从孩子头上蹿过去,没有一匹伤他一根毫毛。倒是埃克碰了他的皮肉,埃克把他一把拖到大车里,拿起一根绳子,狠狠揍了他一顿。

我吃完晚饭再到房间,正脱着衣服准备上床。第二天我要赶长路,到比惠特里夫还要远的地方去卖一部缝纫机给本德伦太太。就在这个时候,亨利·阿姆斯蒂打开篱笆门,一个人走进场院。他们拦不住他,没法让他等到别人买了绳子回来。埃克·斯诺普斯说,他当时拼命劝亨利等一等,可是亨利不肯。埃克说,亨利一直走到马群跟前,马立刻四下散开,就像干草堆散了垛,都从亨利身上蹿过去。埃克说,他一把抓住他的儿子往边上躲,躲得还真是时候。那些畜生就像小溪发水似的涌出大门,冲进拴在路边的大车和牲口群里,把车辕撞断,缰绳都像钓丝一样纷纷断裂。只有阿姆斯蒂太太还坐在大路中间的大车里,像是木雕泥塑一般。这下子,野马驯骡全都乱跑起来,朝着大路两头上下飞奔,身后拖着一段段缰绳、一棵棵树木。

"爸,我们的马。"埃克告诉我们他儿子喊了起来,"往那儿跑了,进小约翰太太的家了。"埃克说那匹马冲上台阶,冲进屋子,好像是位迟到的房客,急急忙忙赶来吃晚饭。我猜想是这么一回事儿。总之,当时我在自己房间里,穿着睡衣睡裤,手上拿着一只刚脱下来的袜子,另一只袜子还穿在脚上。我听见外面乱哄哄一片骚动,正把身子探出墙外想看个究竟;忽然,我听见有样东西冲进来,撞在走廊里的风琴上,风琴乱响,像是火车车头在轰鸣。紧接着,我的房门飘飘悠悠地倒了进来;那情景就跟你顶风扔个铁皮桶盖一样。我回头一看,只见一个像十四英尺的风车般的东西对着我直瞪眼珠子。我没等它再瞪一下眼珠赶紧跳到窗户外边。

我猜它也挺发怵。我估计它从来没见过带刺的铁丝和玉米粒儿;但是我也敢肯定它从来没见过睡衣睡裤;也许它没见过的是卖缝纫机的推销员。反正,它嗖地转过身去,顺着走廊退回去冲出屋子,正赶上埃克·斯诺普斯和他的儿子拿着绳子进屋来。它又飞快转过身冲过走廊从后门跑出去,赶巧又遇上了小约翰太太。她刚把洗好的衣服收起来,正一手抱着一大堆衣服一手拿着搓板走进后院门廊。马冲到她跟前正要收住脚步转过身去,小约翰太太不假思索就动手了。

"滚出去,畜生。"她说。她用搓板打马脸;搓板整整齐齐裂成两半,跟用斧子劈过似的。马转身跑回走廊时,她用剩下的那一半搓板又揍了它一下;这次打的当然不是脑袋了。"在外面待着,不许进来。"她说。

这时候埃克和他的儿子正走到过道中间。我猜埃克也觉得那匹马像是架风车。"艾德,快他妈的跑出去!"埃克说。可惜已经来不及了。埃克马上趴在地上;而那小子却站着一动不动。这孩子快有三英尺高,穿着一条跟埃克身上的一模一样的工装裤。马从他头上飞跃过去,连根头发都没碰掉。这一切我看得清清楚楚,因为我正从前门台阶走上来,还穿着睡衣睡裤,拿着那只袜子。凑巧,马又来到门廊。它看我一眼便嗖地转过身跑到门廊尽头,像只母鹰越过栏杆和场院的篱笆,落到场院里迅速跑起来。马冲出大门,跳过九十辆倒翻的大车,顺着大路往前跑。那天正是满月当空。阿姆斯蒂太太仍然坐在大车里,像是个给人丢弃遗忘的木头雕像。

那匹马啊,一点儿都没有减慢速度,依旧以四十英里的时速冲上小河上的木桥。本来它可以畅行无阻直冲过去的,偏偏弗农·塔尔也赶在这个时候过桥。他从城里回来;他没听说有拍卖马匹这回事。他和妻子、三个女儿,还有塔尔太太的姑妈都坐在火车上的那种小椅子里。他们都昏昏沉沉睡着了,连拉车的骡子也打着盹儿。那匹野马刚踏上桥板他们就醒了过来。可是塔尔说,他睁眼看见的第一个情景就是骡子想要在桥中央拉着大车调转方向;然后他看见那花斑畜生冲进骡子中间,像只松鼠蹿上大车车辕。他说,他只来得及用鞭杆朝它的脸抽一下,因为就在这个时候,骡子在那座单行桥上把大车调了个个儿,那匹马从一头骡子身上蹿过去,又跳到桥上继续往前跑。而弗农呢,他站在大车里拼命踢这匹马。

塔尔说,骡子转过身来也爬上大车。弗农想把它们打下去,可是缰绳绕在他手腕上了。这以后,他说,他只看见倒翻的椅子,女人的大腿,月光下闪闪发亮的白裤衩,他的几头骡子,还有那匹花斑马像个幽灵似的在大路上飞奔。

骡子把塔尔拽出大车,在桥上拖了一段路缰绳才断开。她们起先以为他死了。她们跪在他周围,给他拔掉身上扎的木刺。这时候,埃克同他的孩子赶来,手上还拿着那根绳子。他们跑得气喘吁吁。"它上哪儿去了?"埃克问。

五

我回屋穿上裤子、衬衫和鞋袜,正好去帮忙把亨利·阿姆斯蒂从场院的乱摊子里抬出来。他脑袋往后耷拉着;月光照在他龇着的牙齿和眼睑下露出的一点眼白,看上去好像死了一样。我说的要是有半点不对,那我就不是人。我们仍然听得见到处狂奔的马蹄声。我猜想,野马对这一带乡下太不熟悉,哪一匹马都还没有跑出四五英里地。所以马蹄声还听得见;不时还听见有人喊:"喂,截住它!"

我们把亨利抬进小约翰太太的屋子。她还在过道里站着发愣,手里抱的衣服还没有放下。她一看见我们就放下裂成两半的搓板,拿起灯,打开一间空屋子。"把他抬到这儿来。"她说。

我们把他抬进去,放在床上。小约翰太太把灯放在梳妆台上。"我说你们这些男人啊。"她说。我们高高投射在墙上的影子蹑手蹑脚地走着;我们连自己出气的声音都听得见。"最好把他的老婆找来。"小约翰太太说。她拿起衣服走了出去。

"我看最好还是去叫他的老婆,"奎克说,"去个人把她找来。"

"你干吗不去?"温德博顿说。

"让欧内斯特去找她,"德雷说,"他是他们家的邻居。"

欧内斯特出去找她。亨利看上去好像断气了;他要是不像个死人,我就不是人。小约翰太太又走进来,提着一壶水和几块毛巾。她开始给亨利擦洗;阿姆斯蒂太太同欧内斯特走进屋来,阿姆斯蒂太太在床脚前站下,两手裹在围裙里,我想,她是在看小约翰太太护理亨利。

"你们男人别在这儿碍手碍脚的,"小约翰太太说,"上外边去,"她说,"去看看还有什么可以玩玩的,可以再让你们送几条命的。"

"他死了吗?"温德博顿说。

"他不死也不赖你,"小约翰太太说,"去叫威尔·凡纳上这儿来。我看人和骡子好多地方没什么两样,只不过骡子也许还更有头脑些。"

我们出发去找比利大叔。皓月当空。我们不时听见四英里外马的奔跑声和人的喊叫声:"喂,截住它!"到处都是马;每座木桥上都有马,它们奔跑过桥好像打雷一样。"喂,它往那边跑了。截住它!"

我们没走出多远,亨利就号叫起来。我想是小约翰太太的水把他救活了;不管怎么样,他没有死。我们还往比利大叔家走去。他家屋子一片漆黑。我们喊了几声。过一会儿,窗户打开了,比利大叔探出脑袋;他精神得很,侧耳细听活像只啄木鸟。"他们还在逮那些该死的兔子吗?"他问道。

他走下楼来,马裤套在睡衣外面,背带耷拉着,手里拿着兽医药包。他歪着脑袋,就像一只啄木鸟。"对了,先生们,"他说,"他们还在追呢。"

我们没到小约翰太太家就听见亨利在呻吟。他啊呀呀地直哼哼。我们在院子里站下来;比利大叔走进屋子。我们听见亨利的叫唤声。我们站在院子里,听见人和马在桥上,在四处奔跑着,"喂,喂!"地直叫喊。

"埃克·斯诺普斯该把他的马逮着了。"欧内斯特说。

"看来他该逮着了。"温德博顿说。

亨利在屋里哼呀咳呀地哼个不停;忽然,他又大声尖叫。"比利大叔动手了。"奎克说。我们往过道一瞧,只看见门缝底下的亮光。小约翰太太走出来。

"威尔要个人帮忙,"她说,"你来,欧内斯特。你就行。"欧内斯特进屋去了。

"听见没有?"奎克问,"这匹马在四里桥。"我们听见了,就像是远处在打雷,隔不多久就有一声呼唤:"喂!"

我们听见亨利直叫唤:"啊呀呀……"

"他们俩都动手了,"温德博顿说,"欧内斯特也干起来了。"

夜还不深。这倒是好事,因为乡亲们要撵上那些畜生,亨利要躺在床上呼天喊地,都需要有个长夜。何况,比利大叔给亨利整治伤腿的时候，根本没有用麻醉剂。所以说，弗莱姆还是挺会体贴人的，天没大黑就让大伙儿忙碌起来。可你猜弗莱姆说些什么来着？

你猜对了。他什么也没有说；他根本不在。得克萨斯人一走，就再没有人见到过弗莱姆。

六

这一切发生在星期六晚上。我估计阿姆斯蒂太太天亮才到家——她回去看她的孩子们。我不知道那些孩子以为她同亨利上哪儿去了。幸好老大是个姑娘，已经十二岁，懂得照料下面小的了。她又照看了两天弟弟妹妹。阿姆斯蒂太太夜里护理亨利，白天在小约翰太太的厨房干活算是顶替她和亨利的膳宿费，下午她赶车回家（大概有四英里的路程）去照料孩子。她煮一大锅吃的放在灶上；她的大女儿闩上大门，哄着弟弟妹妹不哭不闹。我听见小约翰太太同阿姆斯蒂太太在厨房里说话。小约翰太太问："孩子们日子过得怎么样啊？"

"还行。"阿姆斯蒂太太说。

"他们晚上不害怕？"小约翰太太又问。

"英娜·梅在我走的时候把门闩上，"阿姆斯蒂太太说，"她床头放了一把斧子。我想她能对付。"

我也相信他们能对付的。我还想，阿姆斯蒂太太在等着弗莱姆回镇上来。今天早上总算有人见到他了。得克萨斯人说弗莱姆替她保管着钱；她得等他回来问他要那笔钱。没错，我看她是在等弗莱姆。

总而言之，今天吃早饭的时候我听见阿姆斯蒂太太在厨房里同小约翰太太聊天。小约翰太太告诉她弗莱姆回来了。小约翰太太说:"你可以向他要那五块钱了。"

"你看他会还给我吗?"阿姆斯蒂太太问道。

小约翰太太在洗盘子,粗手粗脚的像个男人,好像盘子都是铁打的。"不会还的,"她说,"不过他要一下总没有什么坏处。这也许会使他觉得不好意思。我想他是不会还钱的,当然也可能还的。"

"要是他不肯把钱还给我,我去找他也没有用。"阿姆斯蒂太太说。

"随你便,"小约翰太太说,"这是你的钱。"

我听见盘子的磕碰声。

"你看他会不会把钱还给我?"阿姆斯蒂太太问道,"得克萨斯人说,他会给我钱的。他说,我以后可以从斯诺普斯先生那里把钱取回来的。"

"那你就去向他要。"小约翰太太说。

我听见盘子砰砰乱响。

"他不会还我的。"阿姆斯蒂太太说。

"好吧,"小约翰太太说,"那就别去向他要。"

我听见盘碟乱响;阿姆斯蒂太太在帮忙。"你看他不肯还钱的,是吗?"她问道。小约翰太太没有做声。她好像在把盘子往盘子上扔。阿姆斯蒂太太说:"也许我该跟亨利商量一下。"

"要是我,我早就跟他商量了。"小约翰太太说。她好像在拿着两个盘子对砸。要是听起来不像是这么回事儿,那我就不是人。"这样亨利就可以再买一匹五块钱的马了。说不定他下次买的马会痛痛快快一脚把他踢死的。我要是早想到这一点,我会掏自己腰包给你这笔钱的。"

阿姆斯蒂太太说:"我想我还是先跟他商量的好。"接着一片砰砰乱响,好像小约翰太太把所有的盘子都拿起来朝炉灶上砸。我就走了出来。

这是今天早上的事儿。早饭前,我已经去过本德伦太太家。回来后,我想事情多少该告个段落了吧。于是,吃过早饭我就上乔地·凡纳的商店去。弗莱姆在店里,坐在店堂椅子上削着木头①,好像从他给乔地·凡纳当伙计以来还没挪过窝呢。I. O. 靠门站着。他穿件衬衫,头发从中间分开,打扮得跟从前弗莱姆当伙计时一个样儿。斯诺普斯家的人有一点很有意思——他们长得像极了,可是他们中间没有人肯承认彼此是亲兄弟;他们总说是堂兄弟。弗莱姆和埃克还有 I. O. 就都是堂兄弟。埃克也在店门外。他和他的儿子靠墙蹲着,从一个口袋里掏干酪和饼干吃。别人告诉我,埃克还没回过家。而朗·奎克索性连镇都不回了;他赶着一辆大车,带上宿营的东西,一直追到山姆森林。埃克总算逮到他的那匹马。马跑到弗里曼村的一条死胡同里;埃克和他的儿子在胡同口拦了一条绳子,拦在大约三英尺高的地方。那匹马跑到胡同底转过身没停步又跑回来。埃克说,那马根本没有看见绳子。他说那马看上去很像圣诞节时卖的玩具风车。"这马不想再跑了吗?"我问道。

"不跑了,"埃克说,一面从刀尖上咬一口干酪,"只是踢蹬了几下。"

"踢蹬了几下?"我说。

"它脖子折了。"埃克说。

唉,他们一伙人大约有五六个,蹲在那儿聊天议论弗莱姆,可是谁都不知道弗莱姆在这笔卖马的交易中有没有股份。最后,还

----

① 这是南方农村人的一种消遣。

是我直截了当地问他。我说："弗莱姆骗过我们大家，骗了不少钱，我们都为他骄傲。跟我们明说了吧，弗莱姆。你和得克萨斯人在这些马身上挣了多少钱？说给我们听听。咱们这些人中间只有埃克买了一匹马，别的买马的人都没有回镇上呢。埃克是你的嫡亲堂兄弟；他听了也会为你骄傲的。说吧，你们俩一共赚了多少钱？"

他们都削着木头不看弗莱姆，好像都在研究木头该怎么削；门廊里安静得连掉根针都听得见。至于 I.O.，他本来一直在门上一上一下蹭他的背，现在他停下来，像一只追到猎物的猎狗直瞪瞪地瞧着弗莱姆。弗莱姆削光木棍上的刺，他往门廊外大路上啐了口唾沫说："那不是我的马。"

I.O.格格地笑了，像只老母鸡似的，两只手拍打着大腿。"你们这帮人算了吧！你们甭想斗得过弗莱姆。"

咳，就在这个时候，我看见阿姆斯蒂太太从小约翰太太家大门里出来，顺着马路走过来。我只装着没看见，一字不提。我说："唉，做买卖的时候谁要是照顾不了自己，他就不能埋怨那个占他便宜的人。"

弗莱姆一言不发削他的木头。他没有看见阿姆斯蒂太太。"就是这么回事，先生们，"我说，"拿亨利·阿姆斯蒂来说，像他那样的人埋怨不到别人头上，只能怨他自己。"

"当然他怪不到别人头上。"I.O.说。他并没有看见阿姆斯蒂太太。他接着又说："亨利·阿姆斯蒂生来就是个笨蛋，一向傻极了。就算弗莱姆没有赚他的钱，别人也会把他的钱骗走的。"

我们看看弗莱姆，他纹丝不动。阿姆斯蒂太太沿着大路走上来。

"说得对，"我说，"不过，仔细想想，亨利并没有买过马。"我们朝弗莱姆看看,店里安静得连掉根火柴也听得见。"得克萨斯人让阿姆斯蒂太太第二天从弗莱姆那里取回五块钱。我想弗莱姆早就去过小约翰太太家把钱还给了阿姆斯蒂太太。"

我们看着弗莱姆。I.O.又停下在门上蹭背了。半晌,弗莱姆抬起头往门廊外面尘土里吐痰。I.O.像只母鸡似的格格笑了起来。"他这个人城府很深,让人难以捉摸,是吧?"I.O.说。

阿姆斯蒂太太越走越近。我一边不停地说话,一边注意弗莱姆的一举一动,看他会不会抬起头来看见她。不过他一直没有抬头。我又提起凡纳,说他打算控告弗莱姆。然而弗莱姆只是坐着削木棍,除了说过一句马不是他的,从此不再开口。

I.O.随便四下望望,正好看见阿姆斯蒂太太。"糟了。"I.O.说。弗莱姆抬起头来。"她来了,"I.O.说,"你从后门出去。我就对她说你今天进城了。"

不过弗莱姆声色不动。他还是坐在那儿削木头。我们大家看着阿姆斯蒂太太走上门廊;她仍然戴着那顶褪色的阔边太阳帽,穿着那件晨衣,脚上的网球鞋走在门廊地上吱吱直响。她走上门廊停住脚步,两手裹在胸前衣服里,对谁都不瞧一眼。

"他星期六说,"她开口说,"他的马没卖给亨利。他说我可以向你要钱。"

弗莱姆抬起头来,小刀不停地削着,削掉一根木刺,好像他还是在一面看一面削似的。他说:"他走的时候把那笔钱带走了。"

阿姆斯蒂太太对我们谁都不看;我们也不去看她。只有埃克的儿子,手里拿着一块吃了一半的饼干,一面嚼,一面看着她。

"他说亨利没有买过马,"阿姆斯蒂太太说,"他让我今天向你要钱。"

"我想他忘了这件事,"弗莱姆说,"他星期六把钱带走了。"他又削了起来。I. O. 慢慢地又蹭起背来,舐舐嘴唇。过了一会儿,那个女人抬头看看大路,这条路通上山一直通到坟地。她看着路,看了好一阵子;埃克的儿子望着她,I. O. 在门上慢慢蹭他的背。她转身朝台阶走去。

"我想我该去做饭了。"她说。

"今天上午亨利好些吗,阿姆斯蒂太太?"温德博顿问道。

她看看温德博顿,放慢脚步。"他歇着呢,谢谢你关心。"她说。

弗莱姆站起来,推开椅子,放下刀子,朝门廊外面唾了一口。"等一等,阿姆斯蒂太太。"他说。她停步不走了,但是也不去看他。弗莱姆走进店铺里面。I. O. 不再蹭背,伸着脖子去看弗莱姆。阿姆斯蒂太太站在一边,两手裹在衣服里,什么都不看。一辆大车赶过来,经过商店门口又远去了;这是弗里曼进城去。弗莱姆走出来,I. O. 直盯着他。弗莱姆手里拿着一个小小的带条纹的口袋,乔地·凡纳的糖果口袋。我敢打赌,他至今还欠着乔地买糖的五分钱。他把口袋放在阿姆斯蒂太太手里,好像是在往树墩空心里放东西。弗莱姆朝门廊外唾了一口。"一点点糖果,给孩子们吃吧。"他说。

"你真好心。"阿姆斯蒂太太说。她拿着糖口袋,谁都不看。埃克的儿子在一旁看着,盯着那个口袋,手里拿着咬了一半的饼干,但顾不上嚼了。他看着阿姆斯蒂太太把糖果口袋裹在围裙里。"我想我该回去帮忙做饭了。"她说。她转身走过门廊回去了。弗莱姆又在椅子上坐下打开小刀。他朝门廊外唾了一口,痰从阿姆斯蒂太太身边飞过去;她还没有走下台阶。她朝前走着,她的帽子和衣服都已经褪成一个颜色。她顺着大路朝小约翰太太家走回去。她走路不像个女人,看不出她裙子在摆动。她像是一根杆在水里的老树杈子,顺着潮水在移动。我们看着她走进小约翰太太家,渐渐地看不见她的人影了。弗莱姆削着木头。I.O.又开始在门上蹭他的背。他格格地笑起来,真像是只该死的老母鸡。

"你们这伙人别枉费心机了,"I.O.说,"你们甭想占他的上风。你们对付不了他。他真是个人物,不是吗?"

他要不是个人物,我就不是人。要是我弄一群山猫子到镇上来卖给左邻右舍、亲戚朋友,他们肯定会用私刑把我杀了。他们不杀我那才怪呢,先生。

（陶　洁 译）

烧 马 棚

治安官借了杂货店在坐堂问案,杂货店里有一股乳酪味。捧着帽子、蜷着身子坐在人头济济的店堂后边的孩子,觉得不但闻到一股乳酪味,还闻到了别的味儿。他坐在那里,看得见那一排排货架上密密麻麻地摆满了罐头,看上去都是矮墩墩、结结实实、神定气足的样子,他暗暗认过罐头上贴的招牌纸,可不是认招牌纸上的字,他半个大字也不识,他认的是那上面画的鲜红的辣子烤肉和银白色的弯弯的鱼。他不但闻到了乳酪味,而且肚子里觉得似乎还嗅到了罐头肉的味儿,这两股气味不时一阵阵送来,却总如昙花一现,转瞬即逝,于是便只剩下另一股老是萦回不散的味儿,不但有那么一股味儿,而且还有那么一种感觉,叫人感到有一点恐惧不安,而更多的则是伤心绝望,心口又跟从前一样,觉得一腔热血在往上直冲。他看不见治安官当做公案的那张桌子,爸爸和爸爸的仇人就在那桌跟前站着呢。(他就是在那种绝望的心情下暗暗地想:那可是我们的仇人,是我们的!不光是他的,也是我的!他是我的爸爸啊!)虽然看不见他们,却听得见他们说话,其实也只能说听得见他们两个人在说话,因为爸爸还没有开过口。

"哈里斯先生,那你有什么证据呢?"

"我已经说过了。他的猪来吃我的玉米。第一次叫我逮住,我送还给了他。可他那个栅栏根本圈不住猪。我就对他说了,叫他防着点儿。第二次我把猪关在我的猪圈里。他来领回去的时候,我还送给他好大一捆铁丝,让他回去把猪圈好好修一修。第三次我只好把猪留了下来,代他喂养。我赶到他家里一看,我给他的铁丝根本原封不动卷在筒子上,扔在院子里。我对他说,他只要付一块钱饲养费,就可以把猪领回去。那天黄昏就有个黑鬼拿了一块钱,来把猪领走了。那个黑鬼我从来没有见过。他说:'他要我关照你,说是木头干草,一点就着。'我说:'你说什么?'那黑鬼说:'他要我关照你的就是这么一句话:木头干草,一点就着。'当天夜里我的马棚果然起了火。牲口是救了出来,可马棚都烧光了。"

"那黑鬼在哪儿?你找到了他没有?"

"那黑鬼我以前从来没有见过,没错儿。我不知道他跑到哪儿去了。"

"这可不能算是证据。不能算证据,明白吗?"

"把那孩子叫来问问好了。他知道的。"孩子起初也只当这是指他的哥哥,可是哈里斯马上又接着说:"不是他。是小的一个。是那个孩子。"蜷缩在后边的孩子,看见他和那桌子之间的人堆里立刻裂开一条道儿来,两边两排铁板的脸,道儿尽头就是鬓发半白、戴着眼镜的治安官,没戴硬领,一副寒酸相,正在那里招手叫他。孩子矮小得跟他的年纪很不相称,可也跟他父亲一样矮小而结实,打了补丁的褪色的工装裤穿在他身上都还嫌小,一头发根直竖的棕发蓬松稀乱,灰色的眼睛怒气冲冲,好像雷雨前的狂风。他看见招手叫他,顿时觉得光秃秃的脚板下像是没有了地板;他一步步走去时,那两排一齐扭过头来冲着他看的铁板的脸分明似千斤重担压在他身上。他爸爸穿着体面的黑外套(不是为了出庭听审,是为了搬家),直挺挺地站在那里,对他一眼也不瞅。那种要命的伤心绝望的感觉又梗在心头了,他心想:他是要我撒谎呢,这个谎我不能不撒了。

治安官问了:"孩子,你叫什么名字?"

孩子低声答道:"'上校沙多里斯'·斯诺普斯。"

"啊?"治安官说,"大声点说。'上校沙多里斯'? 在我们本地用沙多里斯上校的名字做名字的人,我想总不能不说实话吧?"孩子没有吭声,心里一个劲儿地想:仇人! 仇人! 眼睛里一时竟什么都看不见了,所以他没有瞧见那治安官的神色其实倒很和蔼,也没有听出治安官是以不高兴的口气问这个叫哈里斯的人的:"你要我问这个孩子?"不过这句话他倒是听见了,随后的几秒钟过得好慢,这挤满了人的小店堂里除了紧张的悄声呼吸以外,再没有一丝声息,他觉得就像抓住了一根葡萄藤的梢头,像打秋千一样往外一荡,飞到了万丈深涧的上空,就在荡到这最高点时,地心似乎霎时失去了吸力,于是他就一直凌空挂在那里,感觉不到时间的流逝。

"算了算了!"哈里斯暴跳如雷,气势汹汹地说道,"活见鬼! 你打发他走吧。"于是孩子立刻觉得那流体般的时间又在他脚下飞快流去,那乳酪味和罐头肉味,那恐惧和绝望,那由来已久的热血上涌的苦恼,又都纷至沓来,在一片纷纭之中还传来了人声:

"这个案子就这样了结了。我虽然不能判你的罪,斯诺普斯,但是我可以给你提个劝告。你还是离开本地,以后不要再来了。"

爸爸第一次开了口,声音冰冷而刺耳,平平板板,没有一点轻重:"我是要搬走了。老实说有的地方我也真不想住下去,尽碰到些……"接下去的话真下流得无法落笔,不过这话却不是冲着哪一个说的。

"这就好。"治安官说,"天黑以前就赶着你的大车走吧。现在宣布,本案不予受理。"

爸爸转过身来,于是孩子就跟着那硬邦邦的黑外套走去。爸爸虽然是个精悍个子,走路却不太灵便,那是因为三十年前偷了匹马逃跑时,脚后跟上吃过南军纠察队的一颗枪弹。一转眼他的面前突然变成了两个背影,原来他哥哥不知从哪儿的人堆里钻了出来,哥哥也只有爸爸那么高,可体格要粗壮些,成天嚼那嚼不完的烟叶。他们走过了那两排面孔铁板的人,出了店堂,穿过破落的前廊,跨下凹陷的台阶,迎面只见一些小狗和不大的孩子踩在那五月的松软的尘土里。正当他走过时,听见有个声音在悄悄地骂:

"烧马棚的贼!"

他猛地转过身去,可眼睛又看不清东西了;只觉得一团红雾里有一张脸儿,好似月亮,却比满月还大,那脸儿的主人则比自己还要矮上一半,他就对准那张脸儿往红雾里扑去,虽然脑袋撞了个嘴啃泥,却觉得并没有挨打,也并不害怕,就爬起来再纵身扑去,这次还是一拳也没挨,也没有尝到血的滋味,等到再一骨碌爬起来,只见那个孩子已经没命地逃跑了,他拔起腿来追了上去,可是爸爸的手却一把把他拉了回来,那刺耳的冰冷的声音在他头顶上说:"去,到大车上去。"

大车停在大路对面一片刺槐和桑树丛中。他那两个腰圆身粗的姐姐都是一副假日打扮,妈妈和姨妈则身着花布衣,头戴遮阳帽,她们早已都上了大车,坐在家具杂物堆中。连孩子都记得,他们先后已经搬过十多次家了,搬来搬去就只剩下这些可怜巴巴的东西——旧炉子,破床破椅,嵌贝壳的时钟,那钟还是妈妈当年的嫁妆呢,也记不得从哪年哪月哪日起,就停在两点十四分左右,再也不走了。妈妈这会儿正在淌眼泪,一瞧见孩子,赶紧用袖子抹了下脸,就要爬下车去。爸爸却叫住了她:"上去!"

"他弄破啦。我得去打点水,给他洗一洗……"

爸爸却还是说:"回车上去!"孩子爬过后挡板,也上了车。爸爸爬到赶车的座儿上,在哥哥身边坐了下来,拿起去皮的柳条,朝瘦骡身上猛抽了两下,不过这倒不是他心里有火,甚至也不是存心要折磨折磨牲畜。这脾气,正仿佛多少年以后他的后代在开动汽车之前总要先让引擎拼命打上一阵空转一样,他总是一手挥鞭,一手勒住牲口。大车往前赶去,那个杂货店,还有那一大堆人板着面孔默默看着,都给丢在后头了,一会儿路拐了个弯,这些就全瞧不见了。孩子心想:永远看不见了。他这该满意了吧,他可不是已经……想到这里他马上打住了,下面的话他对自己都不敢说出口。妈妈的手按在他肩头上了。

"痛吗?"妈妈问。

"不,"他说,"不痛。甭管我。"

"看血都结块了,你干吗不早点擦一擦呢?"

"等今儿晚上好好洗一洗吧。"他说,"甭管我了,放心好啦。"

大车只顾往前赶。他不知道他们要上哪儿去。他们从来没人知道,谁也从来不问,因为大车走上一两天、两三天,总会来到个什么地方,总有一所这样那样的房子等着他们。大概爸爸事先已经安排好了,要换个农庄种一熟庄稼,所以这才……想到这里他又不得不打住了。爸爸总来这一套。不过,只要事情有一半以上的把握,爸爸干起事来就泼辣而有主见,甚至还颇有些魄力。这是很能使陌生人动心的,仿佛他们见了潜藏在他胸中的这股凶悍的猛劲,倒不觉得很可靠,而是觉得,这个人死死认定自己干的事绝错不了,谁只要跟他利益一致,准也可以得到些好处似的。

当夜他们露宿在一个小林子里,那是一片栎树和山毛榉,旁边有一道清泉。夜里还是很冷,他们就生了堆火挡挡寒气,正好附近有一道栅栏,就偷了一根横条,劈成几段当柴烧——火堆不大,堆得很利落,简直有点小家子气,总之,那手法相当精明;爸爸的一贯作风就是只烧这样的小火堆,哪怕在滴水成冰的天气里也是这样。到年纪大些以后,孩子也许就会注意到这一点,会想不透:火堆为什么不能烧得大一些? 爸爸这个人,不仅亲眼见过打仗的破坏靡费,而且血液里天生有一种爱慷他人之慨的挥霍无度的本性,为什么眼前有东西可烧却不烧个痛快呢? 他也许还会进而想到有这么一个理由:在那四年工夫里①,爸爸老是牵了一群群马(爸爸称之为缴获的马)藏在树林里,见人就躲(不管是穿蓝的还是穿灰的),那小家子气的火堆就是他赖以度过漫漫长夜的活命果子。到年纪再大些以后,孩子也许就看出真正的原因来了:原来爸爸心底深处有那么个动力的源泉,最爱的是火的力量,正像有人爱刀枪火药的力量一样,爸爸认为只有靠火的力量才能保持自身的完整,不然强撑着这口气也是白白的活着,因此对火应当尊重,用火也应当谨慎。

不过现在他还想不到这一层,他只觉得他从小到现在,看到的总是这么小家子气的一堆火。他只管坐在火堆旁吃他的晚饭,爸爸来叫他时,他捧着个铁盘子,已经迷迷糊糊快要睡着了,于是只好又跟着那直挺挺的背影,随着那生硬而严峻的颠颠跛跛的步子,上了高坡,来到了洒满星光的大路上,一扭头,只见爸爸背对着星空,看不见脸儿,也辨不出厚薄——就是那么一个一抹黑的剪影,身穿铁甲似的大礼服(分明不是他自己定做的),像白铁皮剪成的人形儿一样扁扁的、死板板的,连声音也像白铁皮一样刺耳,像白铁皮一样没有一点热情:

---

① 南北战争自一八六一年四月爆发至一八六五年四月结束,历时整整四年。北军是蓝色制服,南军是灰色制服,下文所说"穿蓝的"和"穿灰的",即指此而言。

"你打算当堂说了。你差一点就都对他说了。"孩子没应声。爸爸在他脑袋边上打了一巴掌,打得很重,不过却并没有生气的意思,正如在杂货店门口他把那两头骡子抽了两鞭一样,也正如他为了要打死一只马蝇,会随手抄起一根棍子来往骡子身上打去一样。爸爸接下去说的话,还是一点不激动,也一点没冒火:"你快要长成个大人了。你得学着点儿。你得学会爱惜自己的血,要不你就会落得滴血不剩,无血可流。今儿早上那两个人,还有堂上的那一帮人,你看有哪一个会爱惜你?你难道不知道,他们就巴不得找个机会来干我一下子,因为他们知道他们搞不过我。懂吗?"孩子在二十年以后倒是思量过这件事:"我那时要是说他们不过想搞清真相,主持公道,那准又得挨他的打。"不过当时他没有说什么,也没有哭。他就默默地站在那里。爸爸说了:"问你,懂吗?"

"懂了。"他小声说。爸爸于是就转过脸去。

"回去睡吧。明天我们就可以到了。"

第二天果然就到了。过午不久,大车就停在一所没有上过漆的双开间小屋前,孩子今年十岁,十年来大车在这种模样的小屋前就先后停过了十多回,这回也还跟以前的那十多次一样,是妈妈和姨妈下了车,把东西搬下车来,两个姐姐、爸爸和哥哥都一动不动。

"这屋子只怕连猪也住不得呢。"一个姐姐说。

"怎么住不得呢,你住着就喜欢了,包你不想再走了。"爸爸说,"别尽在椅子里坐着啦,快帮你妈搬东西去。"

两个姐姐都是胖大个儿,其笨如牛,爬下车来时,满身的廉价丝带飘拂成一片;一个从乱糟糟的车肚子里掏出一盏破提灯来,另一个则抽出了一把旧扫帚。爸爸把缰绳交给大儿子,不大灵便地从车头上爬了下来。"等他们卸完了,你就把牲口牵到马棚里去喂一喂。"说完他喊了一声,孩子起初以为那还是冲着哥哥说的呢:"跟我来。"

"叫我吗?"孩子说。

"对,叫你!"爸爸说。

"阿伯纳!"妈妈这是喊爸爸。爸爸停了脚步,回过头去——那火性十足的日渐花白的浓眉下,笔直地射出两道严厉的目光。

"从明天起人家就要做我八个月的主子了,我想我总得先去找他说句话。"

他们又返身顺着大路走去。要是在一个星期以前——应该说要是就在昨晚以前——孩子一定会问带他上哪儿去,可是现在他就不问了。在昨晚以前爸爸不是没有打过他,可是以前从来没有打了他还要说明道理的;那一巴掌,那一巴掌以后的沉静而蛮横的话声,仿佛至今还在耳边回响,给他的唯一启示就是人小不济事。他这点年纪实在无足轻重,索性再轻一些倒也可以遵命飞离人世,可偏偏飞又飞不起,说重又不重,不能在人世牢牢地站定脚跟,更谈不上起而反抗,去扭转人世间事情的发展了。

不一会儿他就看见了一片栎杉间杂的小树林,还有其他一些花开似锦的大树小树,宅子按说就是在这种地方,不过现在还看不见。他们沿着一道攀满忍冬和野蔷薇的篱笆走去,来到一扇洞开的大门前,两边有两道砖砌的门柱,他这才看见门后一弯车道的尽头就是那座宅子。他一见就把爸爸忘了,也把心头的恐怖和绝望全忘了,后来虽然又想起了爸爸(爸爸并没有停下脚步),那恐怖和绝望的感觉却再也不来了。因为,他们虽然也先后搬过十多次家,可是以前始终旅居在一个贫苦的地方,无论农庄、田地还是住宅,规模都不大,像眼前这样的一座宅第,他还从来没有见过。大得真像个官府呢——他暗暗想着,心里不觉顿时安定起来,感到一阵欣喜,这原因他是无法组织成言语的,他还太小,还说不上来。

其实这原因就是:爸爸惹不了他们了。生活在这样安宁而体面的世界里的人,他别想去碰一碰;在他们的面前他只是一只嗡嗡的黄蜂,大不了把人蜇一下罢了。这个安宁而体面的世界自有一股魔力,就算他想尽办法放上一把小小的火,这里大大小小的马棚牛棚也决烧不掉一根毫毛。……他又望了望那直挺挺的黑色的背影,看见了那生硬而坚定的颠颠跛跛的步子,他这种安心而欢喜的感觉一时间又消失了。爸爸的身影并没有因为到了这样的宅第跟前而显得矮上三分,因为他到哪儿也没有显得高大过,倒是如今衬着这一派圆柱耸立的宁静的背景,反而越发显出了那种我自无动于衷的气概,仿佛是怀着铁石心肠从白铁皮上剪下的一个人形儿,薄薄的一片,斜对着太阳的话简直连个影子都不会有似的。孩子冷眼看着,发觉爸爸只顾朝一个方向走去,脚下绝不肯有半点偏离。车道上拴过马,有一堆新鲜马粪,爸爸明明只要挪一挪脚步,就可以让过,可是他看见那只不灵便的脚却偏偏不偏不斜一脚踩在粪堆里。不过那种安心而欢喜的感觉过了片刻就又恢复了。他一路走去,简直叫这座宅第给迷上了,这么一座宅第给他的话他也要的,不过没有的话他也并不眼红,并不伤心,更不会像前面那一位那样——他不知道前面那个穿着铁甲般的黑外套的人,却是妒火中烧,真恨不得一口吞下肚去呢。孩子这时候的心情,可惜他也无法用言语来表白:或许爸爸也会感受到这股魔力呢。他先前干那号事,可能也是身不由己,或许这一下就可以叫他改一改了。

他们穿过了门廊,现在他听见父亲那只不灵便的脚像时钟一样一板一眼的一下下蹬在地板上,声音跟身子的移动幅度一点也不相称,这雪白的门也并没有使爸爸的身影矮上三分,仿佛爸爸已经憋着一腔凶焰恶气,把身子缩得不能再缩了,说什么也不能再矮上一分一毫了——他不在乎头上那宽边黑帽已经瘪了,不在乎身上那原是黑色的地道细呢外套已经磨得泛出了绿稀稀的亮光,好像过冬的大苍蝇一般,不在乎抬起臂膀就显得袖管太大,也不在乎举起手来就活像拳曲的脚爪。门开得快极了,孩子知道那黑人一定早就在里面看着他们的一举一动了。那是个黑老头,花白的头发梳得整整齐齐,身上穿一件亚麻布夹克,他一开门出来就用身子把门口堵住,说道:"白人,你把脚擦一擦再进来。少校现在没在家。"

"滚开,黑鬼。"爸爸的口气里还是没有一点火气,说着把那黑人连人带门往里一推,帽子也没摘下就走了进去。孩子看见那只不灵便的脚已经在门框边上留下了脚印,看见那机器一样从容不迫的跛脚过处,浅色的地毯上出现了一个个脚印,似乎压在那脚上的分量(也就是一脚踩下去的分量)足有他体重的两倍。那黑人不知在背后什么地方狂喊:"萝拉小姐! 萝拉小姐!"孩子看见这光洁优雅的一弯铺毯回梯、这顶上熠熠耀眼的枝形吊灯、这描金画框的柔和光彩,早已被一股暖流淹没了,随着喊声他听见了一阵匆匆的脚步声,也看见了这位小姐。像这样的一位贵妇人,他恐怕也是从来没有见过的:身上穿一件光亮柔滑的灰色长袍,领口绣着花边,腰里系一条围裙,卷起了袖子,大概正在揉面做糕饼,所以一边拿毛巾擦着手上的生面,一边来到穿堂里,可是一进来她的眼光却不是看着爸爸,而是直盯着那浅色地毯上的一串足迹,一副神气吃惊得像是不敢相信自己的眼睛。

"我拦他没拦住。"那黑人急得直叫,"我叫他……"

"请你出去好不好?"贵妇人的声音都发抖了,"德·斯班少校不在家。请你出去好不好?"

爸爸没有再开过口。他也不再开口了。他对那贵妇人连一眼都没有看。他就那样戴着帽子,直挺挺地站在地毯的中央,只见那鹅卵石色的眼睛上边,两撇灰白的浓眉微微抽动了一下,似乎此刻他才谨慎了点,把屋子仔细打量了一番。然后他又同样谨慎地转过身来;孩子看见他是以那条好腿作为支点,用那只不灵便的脚费劲地画了个圆弧,这才转了过来,在地毯上最后留下了一道长长的淡淡的污迹。爸爸对自己留下的脚印看也不看,他始终没有低头朝地毯上看过一眼。那黑人把门拉开了。他们刚跨出门去,后边门就关上了,还传来一声女人歇斯底里的号叫,却听不分明。爸爸走到台阶前停了一下,就着台阶边把靴子擦擦干净。到大门口他又停了下来,在那里站了一会儿,一只脚不灵便,站着也显得硬僵僵的。他回头望着那所宅第,说道:"雪白的,很漂亮,是不是?那是汗水浇成的,黑鬼的汗水浇成的。也许他还嫌白得不够,不大中意呢。也许他还想浇上点白人的汗水呢。"

两小时以后,孩子在小屋后边劈木柴,妈妈、姨妈和两个姐姐则在屋里生火做饭(他知道这准是妈妈和姨妈的份儿,那两个大姑娘哪里肯动手呢;离得这么远,还隔着垛墙,照样还觉得她俩那无聊的大声聒噪散发出一股不可救药的怠惰的气息)。孩子正劈着木柴,忽然听见了马蹄声,看见一匹极好的栗色母马,马上坐着个只穿衬衣的人——他一看这人就明白了,果然立刻又看见后面跟着一匹肥壮的红棕色的拉车大马,骑马的年轻黑人腿前有一卷地毯。他看见前面那人怒火直冒,脸涨得通红,飞快地直驰而来,一下子就消失在屋前,爸爸和哥哥这会儿正好搬了两张歪椅子在屋前歇着呢;才一眨眼工夫,简直连斧头都还没来得及放下,他就又听见马蹄声起,眼看那匹栗色母马从院子里退了出去,早又撒开四蹄疾驰如飞了。接着爸爸就大声喊起一个姐姐的名字来,一会儿这姐姐就拉住那卷地毯的一头,一路顺地拖着,从厨房门里倒退着走了出来,另一个姐姐跟在地毯后面。

"你要不肯抬,就去把洗衣锅架起来。"前面那个姐姐说。

"嗨,沙尔蒂①!"后面那个姐姐马上喊道,"快把洗衣锅架起来!"爸爸闻声来到门口,如今他背后完全是一副破落光景,跟刚才他面前的一派富贵风流景象不可同日而语,不过这些反正都影响不了他。他肩后露出了妈妈焦急的脸。

"快去抬起来。"爸爸说。两个姐姐弯下腰去,一副臃肿相,有气无力;她们弯着腰,看去就像一块奇大无比的白布,系着一条条花里胡哨的丝带,飘成一片。

"我真要把块地毯当做宝贝,老远的从法国弄来,我就决不会铺在那种碍脚的地方,叫人家一进门就得踩上。"前面那个姐姐说。她们终于把地毯抬起来了。

妈妈说:"阿伯纳,让我去弄吧。"

"你回去做饭,"爸爸说,"我来看着。"

孩子一边劈木柴,一边就这样看了他们一下午,只见地毯摊平在地上的尘土里,旁边是泡沫翻滚的洗衣锅,两个姐姐老大不愿意地懒洋洋伏在地毯上,爸爸毫不容情地铁板着脸,时而盯着这个,时而盯着那个,尽管再也没有吭声,却盯得很紧。孩子闻到了他们锅里的那一股刺鼻的土碱液味儿,看见妈妈有一次来到门口,探头朝他们那边张望了一下,妈妈现在的神情已经不是焦急,而很像是绝望了。他看见爸爸转过身去,等他又抡起斧头时,从眼梢角里还瞟见爸爸打地上拾起一块扁扁的碎石片儿,仔细看了看,又回到锅边,这一回妈妈说的竟是:"阿伯纳,阿伯纳,请别这么干。我求求你,阿伯纳。"

后来他的活儿也干完了。天已薄暮,夜鹰早已啼过几遍。他

---

① 沙多里斯的爱称。

闻到屋里飘出一股咖啡香,平日到这时候他们往往就吃一些午饭吃剩下的冷菜冷饭,可是今天一进屋去,却看见他们又在喝咖啡了,大概是因为炉子里有火的缘故吧。炉子跟前摆着两张椅子,那摊开的地毯就架在两个椅背上。地毯上已经看不见爸爸的脚印了。原来沾着脏迹的地方,如今是长长的一摊摊水浸的残痕,像是有一台小小的割草机在上面东割了一块、西割了一块似的。

他们吃冷饭的时候,地毯照旧搭在那儿,后来大家都去睡觉了,而地毯还是搭在那儿。两间屋里到处是横七竖八的床铺,没有一点秩序,床铺也没有一定的主儿。一张床上睡着妈妈,待会儿爸爸也就睡在那里,另一张床上睡的是哥哥,他和姨妈以及两个姐姐则打地铺睡草荐。不过爸爸还没有去睡。孩子临睡前看见爸爸戴着那顶帽子、穿着那件辨不出厚薄的外套的刺眼的剪影正俯伏在地毯上;他依稀觉得自己蒙蒙眬眬似乎还没有合眼,那黑影却已经矗立在他身旁了,背后的炉火差不多已经熄灭了,那只不灵便的脚也来踢醒他了。"去牵头骡子来。"爸爸说。

孩子牵了骡子回来,看见爸爸站在黑乎乎的门洞里,卷拢的地毯扛在肩上。孩子说:"你不骑吗?"

"不骑。把脚伸上来。"

孩子屈起膝头,让爸爸用手托住,只觉得一股惊人的强劲的力量缓缓地透体而入,带着他升腾而起,把他送到了那没鞍的骡背上(他记得他们过去也有过一副鞍子,不过记不得那是何时何地的事了)。接着爸爸又同样轻而易举地抱起地毯往上一甩,一下子就送到了孩子的腿前。借着星光,他们又顺着白天的老路走去,走过忍冬遍生、尘土满地的大路,进了大门,沿着那黑坑道一般的车道,来到了上下一片漆黑的宅第跟前。孩子坐在骡子上,觉得那毛里毛糙的地毯在大腿上一擦就不见了。

他低声说:"要我帮忙吗?"爸爸没有应声,于是他又听见那只不灵便的脚一声声蹬着空荡荡的门廊,还是那样不慌不忙却又那样刻板生硬,还是那样劲头大到简直放肆的地步。孩子在黑地里也看得出来,爸爸肩上的地毯不是扔下去的,而是推下去的,地毯在墙角上一弹又落到了地板上,声音大得真叫人不敢相信,好像打了个响雷,接着又是那脚步声,从容不迫,响得出奇。宅子里随即亮起了一抹灯光,孩子坐在骡子上,内心紧张起来,呼吸倒还均匀平静,就是快了一点。可是听那脚步声却始终没有加快节奏——脚步声这时候已经从台阶上下来了;一会儿孩子就看见爸爸到了跟前。

他低声问:"你不骑上来吗? 这下子两个人都能骑了。"正说着,宅子里的灯光有了动静:先是倏地一亮,随即又暗了下去。他心想:那人下楼来了。他早已把骡子赶到了踏脚台①旁;一会儿爸爸就上来坐在他的背后,他把缰绳理齐叠起,朝骡脖颈上一抽,可是牲口还没有来得及撒开快步,那瘦细而结实的胳膊已经从他身边伸了过来,只觉得那节疤累累的结实的手把缰绳一拉,骡子立刻又慢慢儿走了。

天边刚刚吐出火红的霞光,他们就已经在地里给骡子套犁了。这次那栗色母马来到地里,孩子可是一点响声都没有听见;那骑马人没戴硬领,连帽子都没戴,浑身直震,说话的声音都发了抖,跟昨儿大宅子里那个女人一个样;爸爸正在扣轭棒,只抬头望了一眼,又弯下腰去干他的了,所以那个骑马人是冲着他弯倒的背在说话:

"你可得放明白点儿,地毯已经叫你给弄坏了。这里没有人了吗? 连个女人都没有吗?"……他打住了,浑身还是震个不停,

---

① 用木头或石头做的小台,供上马下马时垫脚用。

孩子只顾看着他，哥哥这时也从马棚门里探出了身来，嘴里嚼着烟叶，慢悠悠地不断眨巴着眼，显然并不是因为有什么事叫他看得吃惊。"这张地毯值一百块钱，可是你自出娘胎还不曾有过一百块钱。你也永远休想有一百块钱，所以我要在你的收成里扣二十蒲式耳①玉米作为赔偿。这一条要在文契里补上去，回头你到粮库去，就去签个字。这虽然消不了德·斯班太太的气，却可以教训教训你：下次再到她的公馆里去，可要把你的脚擦干净点儿。"

说完他就走了。孩子看了看爸爸，爸爸还是一言不发，连头也没有再抬一下，他此刻是在那里埋头弄销子，要把轭棒套套结实。

孩子叫了声："爹！"爸爸望了他一眼——还是那副莫测高深的脸色，两道浓眉下灰色的眼珠闪着冷冷的光。孩子突然急步向爸爸奔去，可又同样突然地站住了。他嚷道："你洗得也算用心的了！他要是不喜欢这样洗，上次为什么不说说明白该怎么洗呢？这二十蒲式耳玉米可不能赔给他！屁也不能赔给他！到时候收了庄稼就都藏起来！我来守着好了……"

"我叫你把割草刀还跟那堆理好的家伙放在一起，你去放好了吗？"

"还没有，爹。"他说。

"那么快去放好。"

那是星期三的事。从这天起他就一个劲儿地干活，不停地干到周末；干得了的活儿他干，有些干不了的活儿他也一样干，用不到逼着他，也用不到催促他，他干的就是这样勤奋；他这都是学的妈妈，不过他跟妈妈却也有些不一样：他干的活儿，至少有一些是他喜欢的，比如他就喜欢拿那把小斧头去劈木头——这把小斧头

---

① 二十蒲式耳约合七百公升。

还是妈妈和姨妈挣得了钱(也可能是从哪儿省下了钱),买来作为圣诞礼物送给他的。他跟两位老太太一起(有一天下午连一个姐姐也来参加了),把猪圈和牛栏搭了起来,因为爸爸跟地主订的文契里也有养猪牧牛这两条。有一天下午,爸爸骑了一头骡子不知上哪儿去了,孩子看爸爸不在,就到地里去干活。

　　他们这一回使的是一把双壁犁,哥哥扶着犁柄,他牵缰绳。他跟着拼足了劲的骡子在一旁走,破开的肥沃的黑土落在光脚背上,觉得又凉又湿,他心里想:说不定这一下倒可以彻底解决了。为了这么一张地毯赔上二十蒲式耳,虽然好像有点难受,可是只要他能从此改掉那个老脾气,再也不像从前似的,花上二十蒲式耳说不定还划得来呢。想着想着,不觉想入非非了,弄得哥哥只好对他猛喝一声,叫他当心骡子。他幻想连连:也许到时候一算账,都抵了个精光,那就玩儿完了——什么玉米,什么地毯,干脆来一把火!可怕啊!痛苦啊!简直像被两辆四挂大车两边绑住,两头一齐往外拉!——没指望了!完蛋了,永远永远完蛋了!

　　转眼到了星期六。他正在埋头给骡子套犁,从骡肚子底下抬头一看,只见爸爸穿起了黑外套,戴上了帽子。爸爸说:"不要套犁,套车!"过了两个钟头,爸爸和哥哥坐在车前,他坐在车厢里,车子最后拐了个弯,他就看见了那饱经风雨的漆都没上的杂货店,墙上贴着些破破烂烂的香烟广告和成药广告,廊下停着马车,拴着坐骑。他跟在爸爸和哥哥的后面,登上那踏出了洼的台阶,于是又遇上了那两排看着不出一声的脸,中间又让出一条道儿来让他们爷儿三个走过。他看见木板桌后面坐着的那个戴眼镜的人,不说他也知道那是位治安官;前面还有一个人,就是他生平只见过两次,两次都骑着快马的那一个,这一回却戴上了硬领,还打起了领带,脸上的表情倒不是怒气冲冲,而是惊奇得不敢相信,孩子不可能晓得,那人是不信天下竟有这样岂有此理的事:他的佃户居然敢来告他的状。孩子摆出一副势不两立的神气,狠狠地、得意地瞪了他一眼,走上前去,紧挨爸爸站着,向治安官大声嚷道:"他没干呀! 他没烧呀……"

"快回大车上去。"爸爸说。

"烧?"治安官说,"你是说这张地毯已经烧啦?"

"谁说烧来着?"爸爸说,"快回大车上去。"可是孩子没有去,他只是退到了店堂的后边,这店堂也跟上次那个店堂一样挤,今天更是连个坐的地方都没有,他只好挨挨挤挤地站在一动不动的人群中间,听着堂上的问答:

"那么你是认为要你拿二十蒲式耳玉米赔偿他地毯的损失,数目太大了点?"

"他把地毯拿来给我,要我把上面的脚印洗掉。我就把脚印洗掉了,给他送了回去。"

"可是你给他送回去的地毯却已经不是你踩上脚印以前的那个原样了。"

爸爸一言不发,室里悄悄地听不到一点响动,持续了足有半分钟之久。唯一的声息就是呼吸——聚精会神侧耳静听的那种轻微而均匀的深长的呼吸。

"你拒绝回答吗,斯诺普斯先生?"爸爸还是一声不吭。"我就判你败诉了,斯诺普斯先生。我裁定,德·斯班少校的地毯是你损坏的,应该由你负责赔偿。不过根据你目前的境况,要你赔偿二十蒲式耳玉米似乎未免太苛刻了点。德·斯班少校说他这块地毯值一百块钱。到十月里玉米的价格估计是五毛钱左右。我看,德·斯班少校的东西是过去买的,九十五块钱的损失就由他承担了吧,你的钱还没有挣到手,那就让你承担五块钱的损失。我裁定,到收获季节你应该在契约规定以外,另从收成中提出十蒲式耳玉米缴付给德·斯班少校作为赔偿。退堂!"

这堂官司总共没审多少工夫,看看天色还只是清早。孩子心想他们该回家了,也许该回去犁地了吧,因为庄稼人家早已都下了地,他们已经晚了。可是爸爸并没有上车,却从大车后边走了过去,只是用手打个手势,叫哥哥牵着大车跟在后边,他自己就穿过大路,向对面的铁匠铺走去。孩子紧跟着爸爸,追到爸爸身旁,抬头冲着褪色的旧帽子底下那张泰然自若的严厉的脸,喊喊喳喳说:"十个蒲式耳也甭给他。连一个都不要给。咱们……"爸爸低头瞥了他一眼,脸上的神情还是若无其事,两撇花白的眉毛乱蓬蓬地遮在冷静的眼睛上,说话的声气简直很和蔼,很轻柔:

"是吗? 好吧,反正到十月里再说吧。"

修修大车也要不了多久,无非有一两根辐条要校校正,还有轮箍得紧一紧,等到轮箍弄好以后,就把大车赶到铁匠铺后面的小水洄里,让车子就停在那儿。骡子不时把鼻子伸进水里,孩子手捧着缰绳坐在车前的座儿上,抬眼望着斜坡顶上那黑烟囱一般的打铁棚里,只听那里铁锤丁当,一声声不慌不忙,爸爸也就坐在那边一个竖起的柏树墩子上,好不自在,时而说上两句,时而听人讲讲,一直到孩子拉着湿淋淋的大车从小洄里出来,在铁匠铺门前停好,爸爸还是坐在那儿没动。

"牵去拴在阴头里。"爸爸说。孩子拴好就回来了。原来爸爸同铁匠,还有一个蹲在门口里边的人,正在那儿聊天,谈庄稼,谈牲口;孩子也就在这满地发臭的尘土、蹄皮和锈屑之中蹲了下来,听爸爸原原本本、慢慢悠悠地讲他当年做职业马贩子时代的一段故事,那个时候连哥哥都还没有出世呢。后来孩子走到杂货店的那一头,看见墙上有去年马戏团的一张残破的海报,那一匹匹枣红大马、那些蝉纱衣女郎和紧身衣女郎的惊险姿态和盘旋绝技,还有那红鼻子白脸的丑角的鬼脸媚眼,正叫他默默地看得出神,不防爸爸却来到了他身边,对他说:"该吃饭啦。"

可是这天的饭却不是回家吃的。他靠着临街的墙,蹲在哥哥的旁边,看爸爸打杂货店里出来,从一只纸袋里掏出一块干乳酪,小心翼翼地用小刀一分为三,又从纸袋里掏出几把饼干。爷儿三个就蹲在廊下,一声不响,慢慢地吃;吃完又到店里,借只长柄锡勺喝了点不热的水,水里有一股杉木桶的气味,还有一股山毛榉树的气味。喝过了水还是没回家。这次又到了一个养马场上,只看见一道高高的栅栏,栅栏上坐着人,栅栏外站着人,一匹又一匹的骏马从栅栏里牵出来,到大路上先是遛遛蹄、跑跑步,随后就往来不绝地奔驰,就这样慢条斯理地谈着买马和换马的交易,一直谈到太阳渐渐平西,而他们爷儿三个却一直看着听着,哥哥两眼蒙眬,嘴里的烟草照例嚼个不停,爸爸不时对一些牲口评头品足,可并不是说给谁听的。

直到太阳下山以后,他们才到了家。在灯光下吃过了晚饭,孩子坐在门前的台阶上,看夜幕终于完全罩上了。他正在听夜鹰的啼叫和那一片蛙鼓,忽然听见了妈妈的声音:"阿伯纳!干不得!干不得!哎呀,天哪!天哪!阿伯纳呀!"他急忙站起来扭头一看,从门里看见屋内灯光换过了,如今桌上一只瓶子的颈口里点着一个蜡烛头。爸爸依然戴着帽子穿着外套,显得又正经又滑稽,仿佛是打扮得齐齐整整,好彬彬有礼地去行凶干坏事似的;他把灯里的油重又全部倒进那贮油的五加仑火油桶里,妈妈拼死拉住了他的胳膊,他只好把灯递到另一只手里,胳膊一甩,并不粗暴也并不凶悍,但是劲头很猛,一下子就把她摔到了墙上,她张开双手扑在墙上,好容易才没有倒下,嘴巴张得大大的,满脸是那种生望断绝、走投无路的神气,跟她刚才的口气完全是一个味儿。正在这时,爸爸看见孩子站在门口。

"到马棚里去把大车加油用的那罐油拿来。"爸爸说。孩子没动,半晌才开得出口来。

"你……你要干什么?……"他嚷了起来。

"去把那罐油拿来。"爸爸说,"去!"

孩子终于挪动了腿,一到屋外就拔脚向马棚里奔去,敢情那老脾气又来了,那古老的血液又涌上来了。这一腔古老的血,由不得他自己选择,也不管他愿不愿意,就硬是传给了他;这一腔古老的血,早在传到他身上以前就已经传了那么许多世代——谁知道那是怎么来的?是多少愤恨、残忍、渴望,才哺育出了这样的一腔血?孩子心想:我要是能一个劲儿往前跑就好了。我真巴不得能往前跑啊,跑啊,再也不要回头,再也不用去看他的脸。可是不行啊!不行啊!他提着生了锈的油罐奔回家去,罐里的油一路泼剌剌直响;一到屋里,就听见了里屋妈妈的哭声。他把油罐交给了爸爸,嚷着说:

"你连个黑鬼都不派去了吗?上次你至少还派了个黑鬼去啊!"

这一回爸爸没有打他。可是比上回的巴掌来得还快的是只爪子:爸爸的手刚刚小心翼翼地把油罐在桌子上放好,忽然就如一道电光冲他一闪,快得他根本都没法看清;他还没有看见爸爸的手离开罐子,爸爸的手早已抓住了他的衬衫后襟,一把抓得他脚跟都离了地。那冲他俯着的脸一股凶气,寒峭逼人,那冷酷阴沉的声音向他背后桌上靠着的哥哥说了一声(哥哥还是像牛一样,怪模怪样的,左嚼右嚼,嚼个不停):

"把这罐油倒在油桶里,你先走,我马上就来。"

哥哥说:"最好还是把他绑在床架上。"

"叫你干啥你就干啥。"爸爸说。话音刚落,孩子的身子就已经在动了,只觉得那只精瘦而强劲的手在他两块肩胛骨之间一把揪着衬衫,提着他几乎脚不沾地地从外间到了里间,擦过了摆开粗壮的大腿、对着没火的炉子坐在椅子里的那两个姐姐,直拖到妈妈和姨妈那里。姨妈正搂着妈妈的肩头,两个人肩并肩坐在床上。

爸爸说了声:"揪住他!"姨妈一惊,手就一动。爸爸说:"不叫你。伦妮,你把他揪住。你千万要把他揪住。"妈妈抓住了孩子的手腕。"不行,要抓得牢一点。要是让他跑了,你知道他要去干啥?他要上那边去!"说着把脑袋朝大路那头一摆。"恐怕还是把他绑起来保险一点。"

"我就揪住他好了。"妈妈低声说。

"那就交给你啦。"爸爸说完就走了,那不灵便的脚在地板上踩得很重,不紧不慢,好一阵才消失了。

孩子就挣扎了起来。妈妈两条胳膊把他紧紧抱住,他把妈妈的胳膊又是撞,又是扭。他知道,扭到头来妈妈总是弄不过他的。可是他没有时间磨工夫了。他就嚷起来:"放我走! 要不,伤着你我可就不管啦!"

"放他走!"姨妈说,"老实说,他就是不去我也要去呢!"

"我怎么能放他走呀?"妈妈哭叫着说,"沙尔蒂! 沙尔蒂! 别这样! 别这样! 来帮帮我呀! 莉齐!"

突然他挣脱了。姨妈来抓他也来不及了。他扭头就跑,妈妈跌跌撞撞地追上去,膝头一屈,扑倒在孩子脚跟后边,她向近旁的一个姐姐叫道:"抓住他,耐特! 抓住他!"可是也来不及了,那个姐姐根本还没有打算从椅子里站起来,只是把头一转,侧过脸来,孩子就已经飞一般地过去了。在这一瞬间他只觉得看见了一个奇大无比的年轻妇女的脸盘儿,脸上竟没有一点惊异之色,只是流露出一种不大感到兴趣的神气(两个姐姐是同时同刻生的双胞胎,尽管这样两大堆肉占地大、分量重,一个人足足可抵家里两个人,可是此时此地姊妹俩竟好像根本就不存在似的)。孩子一下子冲出了里间,冲出了屋门,跑到了那洒满星光、蒙着松软的尘土、密密层层攀满忍冬的大路上。他一路奔去,只恨这脚下的淡白色带子拉开得太慢,好容易才到了大门口,马上一拐弯,气急心慌地顺着车道向那亮着灯光的大宅子奔去,向那亮着灯光的门奔去。他连门也不敲,就一头闯了进去,抽抽搭搭地喘不过气来,半晌开不出口;他看见了那个穿亚麻布夹克的黑人的吃惊的脸,也不知道那人是什么时候出来的。

"德·斯班!"他气喘吁吁地喊道,"我找……"话没说完,他看见那个白人也从穿堂那头的一扇白门里出来了。他就大叫:"马棚!马棚!"

"什么?"那白人说,"马棚?"

"对!"孩子叫道,"马棚!"

"逮住他!"那白人大喝一声。

可是这一回还是没抓住他。那黑人倒是抓住了他的衬衫,可是衬衫袖子早已洗得发了脆,一拉就撕了下来。他又逃出了那扇门,又奔到了车道上,事实上他就是冲着那白人嚷嚷的当儿也没有停下过脚来。

他听见那白人在他背后喊叫:"备马!快给我备马!"他起初想抄近路,穿花园,翻篱笆到大路上去,但是他不识花园的路径,也不知道那挂满藤蔓的篱笆究竟有多高,他不敢冒这个险。所以他还是只顾顺着车道奔去,只觉得血在奔腾,气在上涌;一会儿就又到了大路上,不过他看不见路。他也听不见声音;那疾驰而来的母马快要踩到他身上他才听见,可他还是照旧往前跑,仿佛他遭受苦难到了这样危急的关头,只要再过片刻就自会叫他插翅高飞似的。他直挨到最后一秒钟,才向边上纵身一跃,跳到路旁长满野草的排水沟里,后面的马呼的一声冲过,飞驰而去,映着这初夏的恬静夜空,映着这满天星斗,还留下了一个暴跳如雷的身影,转眼就没了。可是就在那人影马影尚未消逝的当口,夜空里像是突然狠狠地泼上了一摊墨污,不断向上扩大——那是不绝冲天而起的一团团浓烟,惊心动魄,却又阒寂无声,把天上的星星都抹掉了。孩子跳了起来,他连忙又爬到大路上,再撒腿奔去,他知道已经来不及了,可他还是一个劲儿往前奔,听见了枪响也还是往前奔,一会儿又是两声枪响,他不知不觉地就停了下来,叫了两声:"爹! 爹!"又不知不觉地奔了起来。他跌跌撞撞的,叫什么东西绊了一跤,赶紧又连跑带爬地从地上起来。起来后匆匆回头望了下背后的火光,就又在看不见的树木中间只管奔去,一路气喘吁吁、抽抽噎噎地喊着:"爸爸呀! 爸爸呀!"

午夜时分,孩子坐在一座小山顶上。他不知道现在已是午夜,也不知道自己到了多远的地方。不过如今背后已经没有火光了,如今他坐在这儿,背后是他好歹住了四天的家,前面是一片黑沉沉的树林子,他打算歇息歇息以后,就到这片树林子里去。这小小的孩子,就抱着那少了袖子既薄又脆的衬衫缩成一团,在凉飕飕的黑暗里抖个不住,如今那伤心绝望的心情已经不再夹着惊恐忧虑,光剩下一片伤心绝望了。他在心里念叨:爸爸呀,我的爸爸呀! 他突然叫出声来:"他是好样儿的!"这话他说出了声,但是声音不大,简直不过是耳语。"好样儿的! 到底打过仗! 不愧是沙多里斯上校的骑马队!"却不知道那次打仗他爸爸其实并不是一名士兵,只能说是一名"好汉",他爸爸根本不穿制服,根本不效忠于哪一个人、哪一支军队、哪一方政府,也根本不承认谁的权威;他爸爸去打仗的目的完全跟麦尔勃鲁克①一般无二,是为了猎取战利品——缴获敌人的也罢,自己打劫的也罢,反正在他看来都无所谓,压根儿无所谓。

天上渐渐星移斗转。回头天就要亮了,再过些时候太阳也要出来了,他也就要觉得肚子饿了。不过那反正是明天的事了,现在他只觉得冷,好在走走就会不觉得冷的。他现在气也不喘了,所以就决定起来再往前走,到这时候他才发觉自己原来是打过盹了,因为他看出天马上就要亮了,黑夜马上就要过去了。他从夜鹰的啼声中辨得出来。如今山下黑沉沉的树林子里到处是夜鹰的啼鸣,拉着调子,此起彼伏,接连不断,让位给晨鸟的时刻越来越近了,夜鹰的啼鸣也就越发一声紧接着一声。他就站起身来。他觉得身子有点儿发僵,不过那走走也就会好的,正像走走就可以不冷一样。何况太阳也就要出来了。他就向山下走去,向那一片黑沉沉的树林子里走去,从树林子里不绝传来一声声清脆的银铃般的夜鹰的啼叫——暮春之夜的这颗响亮的迫切的心,正在那里急促地紧张地搏动。他连头也不回地去了。

(蔡 慧 译)

---

① 十八世纪早期法国一支歌曲中的人物。这支歌曲的第一句是"麦尔勃鲁克去打仗"。

明　天

　　加文舅舅不是一直当县政府律师的。不过,那是二十多年前的事儿,而且他不当县政府律师的时间很短,短得只有上了年纪的人才记得。就是上岁数的老人也不是个个都想得起来有这么回事。因为他当时只承办了一件案子。

　　当时,他是个年轻人,才二十八岁,离开州立大学法学院才一年。他在外公的建议下才在读完哈佛和海德堡两所大学回家以后,又去上了州立大学法学院。他是主动接管这件案子的,还劝外公不要插手,让他一个人来负责。外公照办了,因为人人相信,这案子简单得很,只走走形式就能了结。

　　于是,他受理了这一案件。多年以后他还说,无论在他当私人律师还是当公诉人期间,这是他坚信正义和公理在他手里而又偏偏输掉的唯一一件案子。其实,他不能说是输掉了——因为在秋季法庭受审期内,这案子算是误判,第二年春季法院受审期做出无罪释放的决定。被告是个体面的富裕农民、丈夫和父亲,叫布克赖特,来自我们县偏远的东南角的一个叫法国人湾的地方;受害人是个爱说大话趾高气扬的暴徒,他自称巴克·桑普,不过,那些在他待在法国人湾的三年里被他用拳头征服的年轻人叫他"喷鼻息的公羊"①;他无亲无故,一夜之间,不知从什么地方冒了出来,他是个惹是生非好打架的人,是个赌棍,大家都知道他私自酿造威士忌酒。还有一次,他赶着一群偷来的牲口去孟菲斯,半道上被人发现,牲口主人马上拿出证据证明谁是牲口的主人。他拿出一张出售牲口的票据,但县里没人认识单据上签了名的那个人。

那件事本身是个古老而毫无新意的故事:一个十七岁的乡下姑娘,被小伙子的吹嘘、勇武、大胆和他那张能说会道的嘴挑逗得想入非非;做父亲的给她讲道理,跟一般做父母的遇到这类事时表现得完全一样;接下来便是禁令、封锁、不得出门和不可避免的午夜私奔;于是,第二天凌晨四点钟,布克赖特叫醒治安法官、区首席官员威尔·凡纳,把手枪交给凡纳,并且说:"我来自首。两小时以前,我杀了桑普。"最早赶到现场的名叫奎克的邻居发现桑普手里有一把拔出一半的手枪;孟菲斯的报纸对这件事作了报道;一周以后,有个自称是桑普妻子的女人来到法国人湾,她出示结婚证书表明身份,一心想领取他也许留在身后的钱财或家产。

我还记得大陪审团发现居然真有申诉状时的惊讶;法庭书记员宣读起诉书时,人们打赌说,陪审团用不了十分钟便能做出决定,赌注高达二十比一。区检察官居然不出面,让一个助手来出庭。不到一小时,一切证据都陈述完毕。于是,加文舅舅站了起来,我记得他当时望着陪审团的神情,他看了看十一位农民和店主,也看了看第十二个人,那个断送他胜诉机会的人,他也是个农民,一个瘦小的人,头发花白而稀疏,一副山里农民的长相——看上去,瘦弱憔悴、劳累过度却又让人觉得他是摧不垮压不断的,他似乎刚过五十就进入耄耋之年,因而能抵挡时光的销蚀。加文舅

---

① 巴克,原文的 Buck 在英语里有"公羊"的意思,此绰号指巴克好斗成性。

舅的声调很平静,几乎有点单调,不像刑事法庭里常能听到的拿腔拿调的叫嚷;只是他的词句跟他在以后生涯中用的不太一样。不过,就在那时候,尽管他才干了一年,他已经知道该怎么讲话了。我们乡下所有的人,无论是山里人、黑人还是平原地区有钱的种植园主,都听得懂他在说些什么。

"我们这片土地上的人,所有的南方人,从一生下来便受到教育,知道有几件事情是高于一切的。其中的第一件——并不是最了不起的一件;只是首要的事情中的一件——便是:如果有人伤害了一条生命,他只能以命相抵;所以一人死亡只是事情的一半。如果是这样的话,我们本来可以在那天夜里在被告离家以前阻止他,从而拯救两条生命;我们至少可以拯救一条生命,即使我们不得不为了阻止被告而夺去他的生命。只是,我们并没有及时了解一切。而这正是我要讲的内容——不是关于死者,死者的品德和他所干的那件事的道德性;不是关于自卫,论证被告是否有充分理由把问题发展到伤害生命的地步。我要谈的是关于我们这些没有死的人和我们不知道的事情——关于我们大家,本心想做得正确的人,不想伤害别人的人;有着错综复杂的强烈的激情、感情和信念的人,我们在接受或拒绝这些复杂的激情、感情和信念问题上无可选择,无论我们有还是没有这一切,我们都尽力而为——这位被告,也是一位有着同样的错综复杂的激情、本能和信念,他遇到了一个问题——他女儿必然会遇到的苦难。他的女儿,由于年轻人的刚愎自用和愚蠢——这也是她跟别人一样并没有主动要求继承的亘古以来的复杂的激情、本能和信念——没有能力保护自己。于是,他尽他最大的能力和信念解决了这个问题,他没有要求别人帮忙,默默地接受他自己的决定和行动所带来的后果。"

他坐下了。区检察官的助手仅仅站起来,向法庭鞠躬致意,然后又坐下了。陪审团出去了,我们大家并没有离开屋子。连法官都没有退席。我记得,长凳上方的时钟走过十分钟,又走过半小时,法官示意叫过来一个法警,悄悄跟他说了句话,法警走了出去又走了回来,稍稍地对法官说了几句,法官站起身,小木槌一敲,宣告休庭。人们长长地吐了一口气,某样东西传遍整个屋子。

我急急忙忙跑回家,吃了饭又赶回城里。办公室还空荡荡的一个人都没有。外公一向不管谁给绞死了,谁没有给绞死,他吃过饭总要睡午觉,可他第一个回来了。三点钟过了,全镇的人都知道,加文舅舅的陪审团由于一个人而不能做出一致的决定,十一个人赞成无罪释放,一个人反对。这时候,加文舅舅匆匆走了进来,外公说:"唉,加文,至少你及时把说的话停了下来,只让你的陪审团没做出一致决定,而没让你的委托人给绞死①。"

"说得对,先生。"加文舅舅说。他看着我,目光明亮,面庞消瘦、敏感,蓬乱的头发开始花白了。"过来,契克,"他说,"我找你有点事。"

"请弗雷泽法官允许你撤回你的演说吧,让查利替你做总结。"外公说。可我们已经走出屋子,下了楼梯。加文舅舅走了一半停了下来,我们站在楼梯中央,离上面和下面都一半的地方,他的手放在我肩上,他的眼睛更加明亮,更加聚精会神了。

"这没有什么不光明正大的,"他说,"很多时候,正义是通过经不起检验的方法而得以实现的。他们把陪审团的人挪到朗丝韦尔太太做饭的后屋去了。那间屋子正对着那棵桑树。要是你能溜进后院而不给人发现,爬树的时候要小心——"

---

① 原文中的"hang"既有"绞死",又有"使……不能做出一致决定"的含义,在这里是双关语。

没有人看见我进院子。可我能透过随风摇曳的桑树叶子向屋里望去，不仅看见还听见——在房间的那一头九个气呼呼的带厌恶神情的人懒散地靠坐在椅子里；工长霍兰先生和另外一个人站在那个瘦小、憔悴、干瘪的男人的椅子前面。他叫芬奇雷。我记得他们每个人的名字，因为加文舅舅说过，在我们这地方你要想当个成功的律师或政客的话，你不需要能说会道，连头脑都用不着，唯一需要的是好记性，能记得住人的名字而不出差错。不过，我总是会记住他的名字的，因为他叫石壁·杰克逊①——石壁·杰克逊·芬奇雷。

"难道你不承认他要带着布克赖特十七岁的女儿逃跑？"霍兰先生说，"难道你不承认他们发现他的时候，他手里拿着枪？难道你不承认他刚一入土就来了个女人证明她是他的妻子？难道你不承认他不光是个无赖还是个危险人物；如果布克赖特没杀了他，迟早会有别人这么干的，只不过布克赖特运气不好倒了霉。"

"你说的都对。"芬奇雷说。

"那你还想要什么？"霍兰先生问道，"你想干什么？"

"我实在没办法，"芬奇雷说，"我不能投票赞成布克赖特先生应获得自由。"

他果然没投赞成票。当天下午，弗雷泽法官解散了陪审团，宣布案子在下一个法院受审期内重新审理。第二天早上，我还没吃完早饭，加文舅舅就来找我了。

"告诉你妈，我们可能得在外面过夜，"他说，"告诉她我保证不让你挨枪打、挨蛇咬，也不让你灌太多的果味汽水……因为我一

---

① "石壁"（Stone wall）是美国内战时期南军著名将领托马斯·杰克逊（1824—1863）的外号。南北战争期间，他用一个旅的兵力组成坚强防线抗击了优势北军的进攻，赢得了著名的"石壁"绰号。

定得弄个明白。"他说。我们现在把车开得飞快,过了东北路,他目光明亮,并不迷茫,只是坚定而又热切。"他在县的另一头,离法国人湾三十英里的地方出生、长大,一辈子没离开过那个地方。他宣誓时说他以前从来没见过布克赖特。你看他一眼就会明白他从来没时间摆脱苦活去学会撒谎。我猜他以前连布克赖特这个名字都没听说过。"

我们开车赶路快到中午时分。我们现在是在山里了,离开了富饶的平地,到了松树和蕨丛里面,这里土地贫瘠,小块小块偏斜的瘦田里长着枯萎的玉米和棉花,不知怎么回事,它们活了下来,就像它们供衣穿供食用的人多多少少熬了下来一样。我们驱车走过的路连小道都不如,弯弯曲曲,又狭又窄,坑坑洼洼,尘土遍地,汽车多半时候只能挂二挡。后来,我们总算看见信箱了,看见简陋粗略的几个大字:G. A. 芬奇雷;信箱后边是一幢两间房间带露天门廊的小木屋,连我,一个十二岁的小男孩都一眼看出,这里已经很多年没有女人的照料了。我们走进大门。

这时候,一个声音喊了起来,"站住! 站住,不许过来!"我们先头并没看见他——一个小老头,光着脚,胡子雪白、粗短而蓬乱,穿着一身带补丁的、洗得发白、跟脱脂牛奶颜色差不多的劳动布衣服,个子比他儿子还要瘦小。他站在破败的门廊边上,胸前端着一杆猎枪,浑身哆嗦,因为生气,也许是因为年纪太大而不由自主。

"芬奇雷先生——"加文舅舅说。

"你们纠缠他折磨他够厉害了!"老头说。他气坏了;他的嗓门仿佛突然升高,更为凶狠,带着难以控制的火气:"出去! 不许上我地里来! 滚!"

"来吧。"加文舅舅平静地说。他的眼睛依然明亮、热切、坚定而严肃。我们现在不开快车了。不出一英里,我们便又见到了一

244

个信箱。这一次,那房子是粉刷过的,台阶两边种的是喇叭花,周围的土地要肥一些,而且,这一回,那个男人从门廊里站起来,走下台阶到大门口。

"你好,史蒂文斯先生,"他说,"这么说来,杰克逊·芬奇雷让你的陪审团悬而不决。"

"你好,普鲁伊特先生,"加文舅舅说,"看来他让他们没法做出一致的意见。告诉我,怎么回事?"

于是,普鲁伊特先生把一切告诉了他,尽管那时候,加文舅舅有时候会忘了注意他的讲话,会倒回去用哈佛大学甚至海德堡大学的语言。大家好像一看他的脸便知道,他提出问题不是为了满足自己的好奇心,也不是为了个人的私利。

"只有妈比我知道得还多。"普鲁伊特说,"上门廊里来吧。"

我们跟着他走进门廊,一位胖乎乎的白头发老太太,戴着一顶干干净净的条纹布的宽边遮阳女帽,穿一身干干净净的条纹布女裙,围了条洁白的围裙,正坐在矮摇椅里往一个木碗里剥紫花豌豆。"这位是史蒂文斯律师,"普鲁伊特说,"史蒂文斯上尉的儿子,从镇上来的。他想打听杰克逊·芬奇雷的情况。"

于是,我们也坐了下来,他们两人讲了起来,儿子和母亲轮流着讲。

"他们那块地,"普鲁伊特说,"你从大路上可以看到一点。你看不到的那一片并不好多少。他爸和他爷爷都种这块地,养活了自己和一家老小,付了税还从来不欠人钱。我不知道他们是怎样做到这一切的,不过,他们做到了。杰克逊小时候刚长到够得着犁把扶手时就下地帮忙干活了。不过,他后来没长高多少。他们个子都不高。我猜这是他们能靠地养家付税不欠债的原因。到了一定的时候,杰克逊管起了这块地,他在地里干到快二十五岁,可看上去像是四十岁的人了。他不求人照顾，也不结婚，什么都不是，光是他和他爸两人住在一起，自己做饭，自己洗洗涮涮。他和他爸两人才有一双鞋，他怎么结得起婚？如果真值得找个老婆的话，那地方已经害死了他妈和他奶奶，她俩都没到四十岁就去世了。有天晚上——"

"胡说八道，"普鲁伊特太太说，"你爸和我结婚的时候，我们头上没有一片自己的瓦，住的是租来的房子，耕的是租来的地——"

"好吧，"普鲁伊特说，"有天晚上，他来找我说他在法国人湾找了个锯木厂的工作。"

"法国人湾？"加文舅舅说，他的眼睛更明亮、更机敏，也很专注。"说吧。"他说。

"一个按日计工资的工作，"普鲁伊特说，"不是去发财；只是去也许多挣一点钱，冒个险花掉一两年的时间多挣一点钱，不再过他爷爷、他爸那样的生活，他爷爷一直种地种到有一天倒在犁把扶手中间，他爸也过着这种苦日子，也会一直过到有一天倒在玉米地的犁沟里断了气，接下来就该轮到他了，而他连个能来地里把他从土里抱起来的儿子都没有。他雇了个黑人在他不在的时候帮他爸种田。我能不隔些时候去他家看看他爸？"

"你去了。"普鲁伊特太太说。

"我走到离他家不远的地方，"普鲁伊特说，"我总是走到离田不远的地方去听他咒骂那黑鬼动作不够快，看那黑鬼拼命想跟上他。我总想杰克逊没找两个黑鬼来帮他种地真是做得对极了，因为那老头——他当时快六十岁了——要是在阴凉地的椅子里坐上一天，手里不拿把锄头或斧子干点活的话，那他一定等不到太阳落山就死掉的。于是，杰克逊走了。他是走着去的。他们只有一头

246

骡子。他们什么也没有，光有一头骡子。路不算远，只有三十英里。他走了有两年半的样子。后来有一天——"

"头一个圣诞节的时候，他回来过。"普鲁伊特太太说。

"对了，"普鲁伊特说，"他走了三十英里路回到家，过了圣诞节，又走了三十英里地回到锯木厂。"

"谁的锯木厂?"加文舅舅问。

"奎克的，"普鲁伊特说，"贝·奎克老人的锯木厂。第二个圣诞节他没回来。后来，大约在三月初，就在法国人湾的河滩地开始干涸，可以沿滑木轨道运送木材的时候，就在你以为他会安顿下来干第三年的锯木活的时候，他回家来长住了。这回，他不是走回家的。他坐着一辆雇来的四轮轻便马车。因为他抱回来一只羊和一个娃娃。"

"等一等。"加文舅舅说。

"我们一直不知道他是怎么到家的。"普鲁伊特太太说，"因为他回家一个多星期以后我们才发现他有了个娃娃。"

"等一等。"加文舅舅说。

他们望着他，等待着，普鲁伊特坐在门廊栏杆上，普鲁伊特太太还在把豌豆从长长的、一碰就破的豆荚里剥出来，她边剥边望着加文舅舅。他的眼睛并不显得喜出望外，它们以前也并不显得困惑或狐疑好奇;它们只是更加明亮了，仿佛眼睛后面的某样东西突然燃烧起来，沉着而更为凶猛，但还是很安静，仿佛它走得要比讲述的快得多。

"对，"他说，"告诉我吧。"

"等我听说了上他们那儿去的时候，"普鲁伊特太太说，"那娃娃还不到半个月大。他怎么养活这娃娃，光靠羊奶——"

"我想你们并不知道，"普鲁伊特说，"羊跟牛不一样。你得两个来小时挤一次羊奶。这就是说夜里也得挤。"

"就是嘛,"普鲁伊特太太说,"他连尿布都没有。他只有几块撕开的面粉口袋布,产婆教他怎么放尿布。所以,我做了几块尿布,我上他那儿去;他留下那黑鬼帮他爸在地里干活,他做饭,洗衣服,照料孩子,挤羊奶喂孩子。我总说:'让我来照顾他。至少到他可以断奶的时候。你想的话,也住到我家里来。'而他总是看看我——一个又瘦又小,早已筋疲力尽的人,一辈子都没有坐下来好好吃个够的人——对我说:'多谢您了,太太。我能对付。'"

"这话不错,"普鲁伊特说,"我不知道他锯木活儿干得好不好。他从来没个农场让他发现自己干农活的本领。可他确实把孩子养大了。""是啊,"普鲁伊特太太说,"我老提醒他,'我们从来没听说你结婚了。'我说。'是的,太太,'他说,'我们去年结的婚。孩子生下来,她死了。''她是谁?'我问他,'是法国人湾的姑娘吗?''不,太太,'他说,'她是南边人。''她姓什么?'我又问。'史密斯小姐。'他说。"

"他可没时间不干苦活去学撒谎。"普鲁伊特说,"不过他养活了那男孩。秋收以后,他让黑鬼回家,第二年开春,他跟老头像从前一样干活。他做了个像印第安人常用的那种小背包来背孩子。地里还冰凉的时候,我有时候去他那儿看杰克逊和他爸犁地砍柴枝,小背包挂在篱笆上,那娃娃坐在里面睡得呼呼的,好像背斗是鸭绒垫的眠床。那年春天他学会走路了,我常常站在篱笆边上,看着那个一丁点儿大的家伙在犁沟中间拼命想追上杰克逊。杰克逊犁到拐弯的地方会停下来,走回去,把他举起来让他骑在脖子上,然后扶起犁杖接着犁地。夏天快完的时候,他已经会满地走了。杰克逊用根小棍和一小块木瓦给他做了把小锄头。你能看得见杰克逊在齐大腿高的地里割棉花,可你根本看不见那孩子;你只看到他待的地方棉花在摇晃。"

"杰克逊还给他做衣服呢。"普鲁伊特太太说,"他亲自缝的,用手一针针缝的。我做了几件褂子,拿了过去。我只做了一次。他收下衣服,还谢谢我。不过,你看得出来的。他好像连土地都妒忌,因为它提供娃娃吃食让他能活下来。我还劝杰克逊带孩子去教堂,给他受洗礼。'他已经取了名字了。'他说,'他的名字叫杰克逊与朗斯特里特①•芬奇雷。爸两个名字都合适。'"②

"他哪儿都不去,"普鲁伊特说,"因为杰克逊走到哪儿,那孩子跟到哪儿。要是他是在法国人湾把孩子偷来的,那他不可能把他藏得更贴身了。就连去汉文山商店买东西都是由老头去买。每年只有一次杰克逊和那孩子真正分开一小会儿,那便是杰克逊骑马去杰弗生付税。我第一次见到那孩子的时候,我觉得他像一头塞特种小猎犬。有一天,我听说杰克逊去杰弗生镇付税了。我就上他们家去了。那孩子躲在床底下,不吵也不闹,只是缩到一个角落里,朝外看着我。他没眨一下眼睛,简直就像有人头天晚上抓到的狐狸崽子或狼仔子。"

我们看着他从口袋里掏出一盒鼻烟,往盒盖里倒了一点鼻烟,把鼻烟倒进下嘴唇里,小心翼翼地敲敲盒盖,让烟丝一点不落地都倒进嘴里。

"好了,"加文舅舅说,"后来呢?"

"没有了。我都讲了。"普鲁伊特说,"第二年夏天,他跟孩子都不见了。"

---

① 朗斯特里特(James Longstreet, 1821—1904),美国内战时期南军将领,与李将军(Robert Edward Lee, 1807—1870)一起投降。

② 美国人给孩子起名字时常用长辈的名字表示纪念或敬意。这里也许指老芬奇雷也是这名字。

"不见了?"加文舅舅说。

"对,不见了。一天早上,他们俩都没了。我不知道他们什么时候走的。有一天,我实在憋不住了,就上他家去了,可屋里没人。我就到地里去。老头儿在犁地。开始,我以为犁把扶手中间的横档断了,他用棵小树绑了起来。可他看见我就把小树一扔,我才发现那是管猎枪。我估计,他对我讲的话跟今天你们在那儿时对你们讲的差不多。第二年,老头又把那黑鬼找来帮他干活。后来,大约过了五年吧,杰克逊回来了。我不知道他什么时候回家的。有天早上,他就在那儿。那黑鬼又走了。他跟他爸又像从前那样种地干活。有一天,我又憋不住了,又上他那儿去了。他在犁地,我就站在篱笆边上。过了一会儿,他犁到篱笆边上,可他正眼都不瞧我一下;他犁着地,从我身边走过去,走了有十英尺远,还是没看我一眼,后来,他转过身子走了回来。我说:'杰克逊,他死了吗?'这时候,他抬起头看看我。'那孩子。'我说。可他只说了一句,'什么孩子?'"

他们请我们留下来吃饭。

加文舅舅谢谢他们。"我们带了些点心。"他说,"这儿到凡纳商店有三十英里,从那儿去杰弗生又是二十英里。我们这儿的路又都不大合适开汽车呢。"

因此,我们正好在太阳落山的时候赶到法国人湾村的凡纳商店。又有一个男人从空荡荡的门廊里站起身,走下台阶,来到我们的汽车旁。

"我一直在等你。"他说,"看来你白费劲了。"他对加文舅舅眨了下眼睛。"那个芬奇雷。"

"就是嘛。"加文舅舅说,"你干吗不早告诉我?"

"我自己都没认出来。"奎克说,"我听说你的陪审团没能做出一致决定,而且只有一个人反对,我这才把他们的名字联系在一起了。"

"名字?"加文舅舅问,"什么名——没关系。说吧。"

于是,我们坐在上了锁的、空无一人的商店门廊里。树上的知了尖利地叫个不停,尘土飞扬的大路上萤火虫一闪一闪地飞来又飞去。奎克懒散地坐在加文舅舅边上的长凳上,浑身松松垮垮的,好像一动就会散架了。他用懒洋洋的嘲讽的口吻说话,好像他有整整一晚上的时间来讲这件事,而且讲这件事就需要整整一晚上。可是,他没花那么长的时间。就他讲的内容来说,他花的时间实在不够长。不过,加文舅舅说,要总结任何一个人的一生的经历,你并不需要太多的字;有人已经用十二个字概括了:他生了下来,他受了苦,他死了。

"是爸雇他的。不过,等我打听出来他是哪儿的人,我就知道他会干活,因为那儿乡下的人除了干苦活外没时间学别的事情。我还知道,由于同样的原因,他一定老实可靠:他们乡下没什么东西能让人想得不得了只好学会偷盗。不过,我当时估计不足的是他的爱心。我想我当初认为,他从那么样的地方出来,他从来就是一无所有,而且出于跟前面说的同样的原因——就连对爱的理解也在他以前早八辈子就消失了,从他第一个来这儿在老祖宗要对追求爱情还是想方设法生存下去这两者之中做出最后选择的时候开始,他们就顾不上考虑爱心了。

"他就这样来我家干活了,跟黑鬼干一样的活,拿一样的工资。一直到秋末,河滩地积水了,我们打算关门过冬的时候,我发现他已经跟爸达成协议,他留下来当巡夜人和看守人,一直当到第二年春天,只放三天假回家过圣诞节。他就这么待下来了。第二年开工的时候,他已经学会很多东西而且还在不断学习。夏天没过,他已经能够一个人照管锯木厂的全部活计。到了夏末,爸根本不上锯木厂去了,我只是高兴去才去,也许一星期去个一次两次的。到秋天,爸都说他打算给他盖个小棚屋,不让他再住在锅炉房里,睡用苞叶做的褥子,使破旧的坏厨灶。那年冬天他还留在厂里。他那年圣诞节什么时候回的家,他什么时候走的又什么时候回来的,我们一点都不知道,因为连我过了秋天都没去过他那里。

"二月里,有天下午——有几天天气比较好,我想我有点心神不定——我骑马去他那里。我看到的第一样东西便是她,这也是我第一次在他那儿看见她——一个年轻女人,也许在她身体健康的时候,她还挺漂亮的;我说不上来。因为她不光是瘦,她是骨瘦如柴。她有病,并不只是看上去挨过饿,尽管她还能走动,还没有躺倒;这也不是因为她出不了一个月就会生孩子。我说:'她是谁?'他看着我说:'她是我老婆。'我说:'你什么时候娶的?去年秋天你还没老婆呢。那孩子不到一个月就要生了。'他说:'你要我们走吗?'我说:'我干吗要你们走?'现在我要告诉你的是根据我现在知道的事,根据三年以后她两个弟弟拿了法院批件来找我之后我打听出来的事。这不是根据他告诉我的话,因为他什么都没对人说。"

"好的,"加文舅舅说,"说呀。"

"我不知道他在哪儿找到她的。我不知道是他在某个地方找到她,还是有一天或者有一个晚上,她自己走进锯木厂,他抬起头看见了她。这有点像有人说的——没有人知道什么地方什么时候闪电或爱情会击打过来;不过,有一点是明白的,它不会击打两次,因为它用不着击打两次。我也不相信她当时是在寻找那个遗弃了她的丈夫——很可能她一说她怀孩子了,他就丢下她逃跑了——我还不相信她出于害怕或羞愧而不敢回家,因为她兄弟、她父亲都曾想过办法不让她嫁给那个男人的。我想那是因为一种黑皮肤的,并不特别聪明的人的相当冷酷的血缘傲气。她的两个兄弟后来在这儿的一个来小时里也充分表现了这种傲气。

"总而言之,她待在那儿。我猜她知道她快要临产了,他对她说:'我们结婚吧。'她说:'我没法嫁给你。我已经有了个丈夫。'她临盆的时候到了,她躺了下来,躺在用玉米苞叶编的褥子上,他很可能用勺喂她吃饭,我猜她知道自己再也不会起来了,他找来产婆,娃娃生了下来,很可能产婆和她都知道她再不会从褥子上坐起来,也许她俩最后把他也说服了,也许她知道这起不了作用,她说好吧,他便牵出爸让他留在锯木厂的骡子,骑了十英里地,赶到惠特菲尔德牧师家,在天亮前把牧师领到锯木厂,惠特菲尔德给他们举行了婚礼,她死了,惠特菲尔德和他把她给埋了。当天夜里,他来我家,告诉爸他辞工不干了,并且把骡子留了下来,过几天,我去锯木厂,发现他已经走了——那儿只有玉米苞叶做的褥子和那口灶,还有妈妈给他的盆子和长柄平底煎锅,都洗得干干净净的,整整齐齐地放在架子上。第三年夏天,那两个兄弟,两个桑普家的人——"

"桑普。"加文舅舅说。他的嗓门并不高。天黑得挺快,我们这儿天黑起来总挺快的,我根本看不见他的脸了。"说呀。"他说。

"跟她一样,黑黑的——最小的那个看上去真像她——他们坐着四轮马车上这儿来,还带了个不是副治安官便是法警一类的人,还有写得清清楚楚、盖了图章、加了大印的文件。我说:'你们不能这么干。她是自己上这儿来的,生着病,一无所有,是他收留了她,给她饭吃,照料她,还找人帮她生孩子,找了牧师把她安葬入土;她死以前,他们还成了亲。牧师和产婆都可以作证。'那个大弟弟说:'他不能娶她。她已经有丈夫了。我们已经找过他。'我说：'就算这样，当初没人要那娃娃的时候，是他收养了他。他给他吃给他穿，养了他两年多了。'那个大一点的兄弟从口袋里掏出个钱包，掏出一半又放了回去。'我们会认真处理的——等我们见到那孩子的时候。'他说，'他是我们家的人。我们要他，我们一定会找到他。'当时我想，这世道真不是应该有的模样。那可不是我第一次想到世道不该如此。我说：'他家离这儿有三十英里呢。我想你们要住一宿，让马也歇一宿。'大弟弟看着我说：'马不累。我们不打算停下来。''那我跟你们一起去。'我说。'欢迎你来。'他说。

　　"我们走到半夜才停下来。我想，即便我没东西可骑，我还是有了个机会。可等我们卸了马，躺了下来，那大弟弟一直没睡。'我不困，'他说，'我要坐会儿。'所以，一点用也没有，我睡着了，太阳出来了，一切都太晚了。大约八九点钟，我们到了那个信箱，信箱上的字很大，谁都不会错过这地方，房子空荡荡的，看不见人也听不见有人说话。后来我们顺着斧子砍木头的声音走到房后边。他从柴火堆里抬起头看见了我猜三年来每天太阳出山他就想要看到的景象。因为他没有停下来。他对小男孩说，'快跑，快到地里去找爷爷。快跑呀。'他对着那大弟弟冲了过来，手里的斧子已经举了起来而且已经在往下砍。我一把抓住斧子把，那大弟弟抓住了他，我们俩把他举了起来，紧紧抱住他，或者说，努力想抱住他。'住手，杰克逊！'我说，'住手！他们带了法警来的！'

　　"有个小东西又踢又抓我的腿；是那个小男孩，他一声不吭，只是在我和那兄弟边上转，用一块芬奇雷刚才在劈的木头使劲往上够着打我们。'抓住他，把他抱到马车上去。'大的那个弟弟说。于是年轻的那个弟弟抓住那孩子，他跟芬奇雷一样抱不住，即使他给抱了起来，他还是又踢又打，纵身想往下跳，可他还是一声不响。

芬奇雷使劲挣扎着拼命往前扑,一直到小弟弟和那孩子走得看不见了。接着,他全身软瘫了下来,好像他浑身骨头都变成了水,我和那大弟弟把他放下来,放在他劈柴用的墩子上,好像他身上根本没有骨头,他靠着他刚劈好的柴堆,喘着粗气,嘴角上冒出点白沫子。'这是法律呀,杰克逊。'我说,'她丈夫还活着。'

"'我知道。'他说,声音轻极了,'我一直等着这一天。也许这就是为什么我会大吃一惊。我现在没事了。'

"'我很抱歉,'那兄弟说,'我们一直到上星期才知道。不过,他是我们家的人。我们要他回家。你待他好。我们很感谢。他母亲也感谢你的。给你。'他从口袋里掏出那个钱包,放在芬奇雷的手里。然后,他转过身子走掉了。过了一会儿,我听见马车调过头下山回去了。后来,马车声听不见了。我不知道芬奇雷听见没有。

"'这是法律,杰克逊。'我说,'不过,法律也有两个方面。我们进城去跟史蒂文斯上尉谈谈。我跟你一起去。'

"他从木墩子上坐起身子,慢慢地、艰难地坐了起来。他气喘得不那么厉害了,脸色也好看一些,只是眼睛不对头,眼神迷乱,恍恍惚惚的。他抬起拿钱包的手,开始用钱包擦脸,好像那是块手绢。我相信他在擦脸以前根本不知道手里有东西,因为他把手放下来,盯着钱袋看了大约有五秒钟,然后随手一扔——他并没有使劲地扔出去;他只是随手一扔,就像你扔掉你在研究可以干什么用的一把土——把钱包扔到木墩子后面,然后他站起来,穿过场院朝树林走去,走得笔直但并不太快,看上去不比那小男孩大多少,他走进了树林。'杰克逊。'我喊了一声。但他没有回头。

"我在鲁福斯·普鲁伊特家里过了一夜,向他借了头骡子;我只说我想到处走走,因为我不想跟人说话。第二天早上,我把骡子拴在大门口,沿着小路走了进去。起初,我根本没看见老芬奇雷站在门廊里。

"我看见他时，他动作飞快迅疾，我还不知道他手里拿的是什么，那玩意儿已经轰的一声炸开了。我听见子弹把我头上的树叶打得嚓嚓直响，鲁福斯·普鲁伊特的骡子拼命挣扎，不是想挣断拴它的缰绳就是想吊死在大门柱子上。

"喷鼻息的公羊上我们这儿来酗酒、打架、拿别人的牲口玩把戏以后，过了半年吧，有一天，他坐在这门廊里，喝得醉醺醺的，在胡吹乱说，身边围了六七个人，都是他不时看紧急情况用不正当手段或者偶尔用正当手段打得半死不活的人。他每次停下来喘口气的时候，他们便哈哈大笑。我正好抬起头，看见芬奇雷在路那边，骑着一头骡子。

"他就那么坐在骡子背上，三十英里的尘土跟骡子的汗水凝结在一起。他望着桑普。我不知道他来了多久了，他一言不发，只是坐在骡背上望着桑普；后来，他调转骡子沿着进山的大路往回走。他这辈子实在不该走出那山地的。也许，正如有人说的，天下没有一个地方能躲过闪电或爱情的。我不知道是怎么回事。我一直没把这两个名字联系起来。我知道桑普这名字听起来有点耳熟。不过，那是二十年前的事了，我早就忘了。等我听说你的那个陪审团没能做出一致的决定，我才想了起来。他当然不肯投票让布克赖特获得自由……天黑了。咱们去吃饭吧。"

不过，这儿到镇上只有二十二英里，我们可以走公路，沙砾石铺的路；我们在一个半小时之内可以到家；有时候，我们开车可以一小时走三十到三十五英里呢。加文舅舅说，总有一天，密西西比州的主要道路会铺得跟孟菲斯的街道一样好，美国每家人家都会有辆汽车。我们现在开得挺快了。

"当然他不会投这一票的。"加文舅舅说，"人间谦卑而不可战胜的人——苦熬、苦熬又苦熬，明天、明天又明天。当然他不会投票赞成让布克赖特获得自由的。"

"我会的，"我说，"我会让他获得自由的。因为巴克·桑普是个坏蛋。他——"

"不，你不会的。"加文舅舅说。他一手抓住我的膝盖，尽管我们的车开得很快，黄色的灯光束和黄色的土地平行。虫蛾一团团撞入光柱又四散地飞出去。"他想的不是巴克·桑普，那个长大了的男人。如果他处在布克赖特的境地，他也会像布克赖特一样很快地开枪打死那个男人。那是因为布克赖特杀死的那具丧失人格的兽性的躯体里还保留着那个小男孩，也许不是他的精神，至少是对他的记忆，那个小男孩，那个杰克逊和朗斯特里特·芬奇雷，尽管那个男人，那个小孩长成的大人并不知道这一切，只有芬奇雷知道。你也不会投赞成票的。别忘记这一点。永远不要忘记。"

（陶　洁　译）

大 黑 傻 子

1

　　他穿着仅仅一个星期之前曼妮亲自为他洗净的褪色的旧工裤,站在那里,听到了第一团土块落在松木棺材上的声音。紧接着,他自己也抄起了一把铁锨,这把工具在他手里(他是个身高六英尺多、体重二百来磅的彪形大汉),就跟海滩上小孩用的玩具铲子一样,它抄起的足足半立方尺泥土轻快地给扔出去,仿佛那只是小铲子扔出去的一小撮沙土。锯木厂里跟他同一小组的一个伙伴碰碰他的胳膊,说,"把铁锨给我吧,赖德。"他理也不理,只是把一只甩出去一半的胳膊收回来,往后一拨拉,正好打在对方的胸前,使那人往后打了个趔趄,接着他又把手放回到甩动着的铁锨上。他正在火头上,扔土一点也不费劲,那个坟丘也就显得是自己长出来似的,好像不是一铲土一铲土堆上去的,而是眼看它从地里长出来的,到后来,除了裸露的生土之外,它已经与荒地上所有别的散乱的坟丘,那些用陶片、破瓶、旧砖和其他东西做标志的坟丘毫无区别了。这些做标志的东西看上去很不起眼,实际上却意义重大,是千万动不得的,而白人是都不懂这些东西的意义的。接着,他挺直身子,用一只手把铁锨一扔,使它直直地插在坟墩上,还颤颤地

258

抖动着，像一支标枪。他转过身子，开始往外走去。坟丘旁稀稀拉拉地站着几个亲友，还有几个老人，打从他和他死去的妻子出生，这些老人就认得他们了。这圈人中走出一位老太太，一把拽住他的胳膊。这是他的姨妈。他是姨妈拉扯大的，他根本记不得自己父母是什么模样了。

"你上哪儿去？"她说。

"俺回家去。"他说。

"你别一个人回那儿去，"她说，"你得吃饭。你上我那儿去吃点东西。"

"俺回家去。"他重复了一句，甩掉她的手，走了开去，他的胳膊像铁铸似的，老太太那只手按在上面，分量仿佛只有一只苍蝇那么重。他担任组长的那小组里的工人默默地分开一条路让他过去。可是还不等他走到围栏那儿，就有一个工人追了上来；他不用问就知道这是来给他姨妈传话的。

"等一等，赖德，"那人说，"我们在树丛里还藏有一坛酒呢——"接下去那人又说了一句他本来不想讲的话，说了一句他从没想到自己在这样的场合会讲的话，尽管这是每一个人都知道的老生常谈——死者还不愿或是还不能离开这个世界，虽然他们的肉身已经回进大地；至于说他们离开世界时不仅仅不感到遗憾，而且是高高兴兴地去的，因为他们是走向荣耀，这样的话还是让牧师去说，去一遍一遍地说，去强调吧。"你现在先别回去。她这会儿还醒着呢。"那工人说。

他没有停住脚步，只是朝下向对方瞥了一眼，在他那高昂的、稍稍后仰的头上，靠鼻子的眼角有点充血。"别管我，阿西，"他说，"你们这会儿先别来打扰我。"接着便继续往前走，连步子的大小都没改变，一步就跨过了三道铁丝拦成的栅栏，穿过土路，走进树林。等他从树林里出来,穿过最后一片田野,又是只一步便跨过了那道围栏,走进小巷,天已经擦黑了。在星期天黄昏这样的时刻,小巷里阒无一人——没有去教堂的坐在大车里的一家一家的人、马背上的骑者、行人和他搭话,或是在他走过时小心翼翼地抑制住自己不朝他的背影看——在八月天粉末般轻、粉末般干燥的灰白色的尘埃里,漫长的一个星期的马蹄和车轮印已被星期天不慌不忙闲逛的脚印所覆盖,但是在这些脚印底下的某些地方,在那踩上去令人感到凉飕飕的尘土里,还牢牢地留下了他妻子那双光脚的狭长的、足趾张开的脚印,它们虽已不清晰但并没有完全消失;每个星期六的下午,就在他洗澡的时候,她总要步行到农庄的小铺去,把下星期吃用的东西都买回来;这里还有他的,他自己的脚印,他一面迈着大步,一面在沙土里留下了足迹,他的步子挪动得很快,几乎跟一个小个子小跑时差不多,他的胸膛劈开了她的身躯一度排开的空气,他的眼睛接触到她的眼睛已经看不见的东西——那些电杆、树木、田畴、房舍和山冈。

他的房子是小巷尽头最后的那一幢,这不是他自己的,而是从这儿的白人地主卡洛瑟斯·爱德蒙兹手里租来的。房租是预先一次付清的,虽然他只住了六个月,但是已经给前廊重新换了地板,翻修了厨房,重换了厨房的屋顶,这些活儿都是他在星期六下午和星期天在他妻子帮助下亲自完成的,他还添置了火炉。这是因为他工钱挣得不少:他从十五六岁长个儿那阵起就在锯木厂里干活,现在他二十四岁,当着运木小组的组长,因为他的小组从日出干到日落,总比别的小组多卸三分之一的木头,有时,为了炫耀自己的力气大,他常常一个人去搬一般得两个人用铁钩子搬的那种原木;从前,即使在他并不真正需要钱的时候,他也总有活儿干,那时,他想要的一切,或者说他需要的一切,都不必花钱去买——那些肤色从浅到深、满足他各种说不出名堂的需要的女人,他不必花钱就能弄到手,他也不在乎自己身上穿的是什么衣服,至于吃的,一天二十四小时他姨妈家里现成的都有,他每星期六交给她两块钱,他姨妈甚至都不肯收——因此,唯一要花钱的地方就是星期六和星期天的掷骰子和喝威士忌了。直到六个月之前的那一天,他第一次正眼看了看他从小就认识的曼妮,当时他对自己说:"这样的日子俺也过腻了。"于是他们结了婚,他租下了卡洛瑟斯·爱德蒙兹的一所小木屋,在他们新婚之夜,他给炉子生了火,因为据说爱德蒙兹最老的佃户路喀斯·布钱普大叔四十五年前也是在他的新婚之夜点上火的,这火一直到现在也没熄灭;他总是在灯光照耀下起床、穿衣、吃早饭,太阳出来时走四英里到锯木厂去,然后,正好在太阳下了山的一个小时之后,他又回到家中,一星期五天都是如此,星期六除外。星期六中午一点钟之前,他总是登上台阶敲门,既不敲门柱也不敲门框,而是敲前廊的屋檐,然后走进屋子,把白花花的银币像小瀑布似的哗哗地倒在擦得锃亮的厨房餐桌上,而他的午餐正在炉灶上嘶嘶地响,那一铅桶热水、那盛在发酵粉罐头里的液体肥皂、那块用烫洗过的面粉袋拼成的毛巾,还有他的干净的工裤和衬衫,都等他去享用呢,而曼妮这时就把钱收起来,走半英里路上小铺去买回下星期的必需品,把剩下的钱去存在爱德蒙兹的保险箱里,再走回家,于是两人就不慌不忙地又吃上一顿忙了五天之后的舒心饭——这顿饭里有腌肉、青菜、玉米面包、冰镇在井房里的脱脂牛奶,还有她每星期六烤的蛋糕,现在她有了炉子,可以烤东西吃了。

可是如今,当他把手放到院门上去时,他突然觉得门后面空空的什么都没有。这房子反正本来就不是他的,今天,连那新安上去的地板、窗台、木瓦以及壁炉、炉子和床,也都成了旁人记忆中的一部分,因此,他仿佛是个在某处睡着突然醒来发现自己在另一个地方的人,在半开的院门口停下脚步,出声地说:"我干吗上这儿来呢?"说完这句话,他才往里走。这时他看见了那条狗。他早就把它丢在脑后了。他记得自从昨天天亮之前它开始嗥叫以来,就再也没有见到过它,也没有听到过它的声音——这是一条大狗,是一条猎犬,却不知从哪儿继承来一点儿獒犬的血统。(他们结婚一个月之后他跟曼妮说:"俺得养一条大狗。不然,一整天,有时还得一连好几个星期,家里陪着我就只有你一个。")这条狗从门廊底下钻出来,走近他,它没有奔跑,却是像在暮色中飘浮过来的,一直到轻轻地偎依在他的大腿旁,昂起了头,好让他的手指尖刚能抚触到它,它面对屋子,没有发出一点声音;与此同时,仿佛是这只畜生在他不在家时控制着、保护着这所房子,直到这一刻才消除了魔法似的,在他面前的由地板和木瓦组成的外壳变硬了,充实了,有一瞬间他都相信自己不可能走进去了。"可是我得吃呀,"他说,"咱俩都得吃东西呢。"他说,接着便朝前走去了,可是那条狗并不跟着,于是他转过身来,呵叱它。"快过来呀!"他说,"你怕啥?她喜欢你,跟我一样。"于是他们登上台阶,穿过前廊,走进屋子——走进这充满暮色的单间,在这里,那整整六个月都浓缩成为短暂的一刻,使空间显得非常局促,令人感到呼吸都很困难,这整个六个月也挤缩到壁炉前面来了,这里的火焰本该一直点燃,直到他们白头偕老的;在他还没有钱购置炉灶那会儿,他每天走四英里路从锯木厂赶回家中,总能在壁炉前找到她,见到她狭长的腰背和她蹲坐着的腿与臀,一只狭长的手张开着挡在面前,另一只手捏着一只伸在火焰上的长柄煎锅;从昨天太阳出山时起,这火焰已变成一摊又干又轻的肮脏的死灰——他站在这里,那最后一缕天光在他那有力地、不服输地跳动着的心脏前消隐,在他那深沉地、不间断地起伏着的胸膛前消隐,这跳动与起伏不会因为他急遽地穿越崎岖的林地和田野而加快,也不会因为一动不动地站在这安静、晦暗的房间里而减慢。

这时候那只狗离开了他。他大腿旁那轻微的压力消失了;他听见它窜走时爪子落在木头地板上的嗒嗒声与吱吱声,起先他还以为它逃走了呢。可是它一出大门就停了下来,待在他这会儿可以看得见的地方,它把头朝上一扬,开始嗥叫起来,这时候,他又看到她了。她就站在厨房门口,望着他。他纹丝不动。他屏住呼吸,并不马上说话,一直等到他知道自己发出的声音不至于是不正常的,他还控制好脸上的表情免得吓着了她。"曼妮,"他说,"没关系。俺不怕。"接着他朝她走过去一步,走得很慢,甚至连手也不抬起来,而且马上又停住脚步。接着他又跨过去一步。可是这一回他刚迈步她的身影就开始消失了。他马上停住脚步,又屏住呼吸不敢出气了,他一动也不动,真想命令自己的眼睛看见她也停住不走。可是她没有停。她还在不断地消失与离去。"等一等,"他说,声音温柔得像他曾听见自己对女人发出过的最温柔的声音,"那就让我跟你一块儿走吧,宝贝儿。"可她还是在继续消失。她现在消失得很快,他确实感觉到了横在他们当中的那道无法逾越的屏障,这屏障力量很大,足足可以独自背起通常怎么也得两人才能搬动的原木,这屏障有特别结实的血肉和骨骼,连生命都无法战胜,而他现在至少用自己的眼睛看到了一次,知道即使在一次突如其来的暴死中,倒不是说一个年轻人的血肉和骨骼,而是说这血肉和骨骼想继续活下去的意志,实际上有多么坚强。

这时她消失不见了。他穿过她方才站着的门口,来到炉子前。他没有点灯。他并不需要灯光。这炉子是他亲自安下的,他还打了放碟子的架子,现在他摸索着从里面取出两只盘子,又从放在冷炉灶上的一只锅子里舀了一些食物在盘子里,这些食物是昨天他的姨妈拿来的,他昨天已经吃了一些,不过现在已不记得是什么时候吃的,也不记得吃下去的是什么了,他把两只盘子端到那唯一的一扇光线越来越暗的小窗户下的白木桌上,拉出两把椅子,坐下来,再次等待,直到他知道自己的声音会符合要求时才开口。"你现在过来吧,"他粗声粗气地说,"到这儿来吃你的晚饭。俺也没啥好——"他住了口,低头看着自己的盘子,使劲地、深沉地喘着气,胸膛起伏得很厉害,但他不久就镇定下来,大约有半分钟一动也不动,然后舀了满满一调羹黏稠的冷豌豆送进自己的嘴里。那团凝结了的、毫无生气的食物似乎一碰到他的嘴唇就弹了回去。连嘴巴里的体温也无法使它们变得温热些,只听见豌豆和调羹落在盘子上所发出的嗒嗒声;他的椅子猛地朝后退去,他站了起来,觉得下腭的肌肉开始抽搐,迫使他的嘴巴张开,朝上牵引他脑袋的上部。可是还不等自己发出呕吐的声音,他就把它压了下去,重新控制住自己,一边迅速把自己盘子里的食物拨到另一只盘子里去,拿起盘子,离开厨房,穿过另一个房间和前廊,把盘子放在最底下的一级台阶上,然后朝院门走去。

那条狗不在,可是还没等他走完半英里路它就撵了上来。这时候月亮升起了,人和狗的影子支离破碎、断断续续地在树丛间掠过,或是斜投在牧场的坡地或山丘上久已废弃的田垄上,显得又长又完整,这人走得真快,就算让一匹马在这样的地面上走,速度也不过如此,每逢他见到一扇亮着灯光的窗子,就调整一下前进的方向,那狗紧跟在他脚后小跑,他们的影子随着月亮的上升而变短,最后他们踩着了自己的影子,那最后一点遥远的灯火已消失,他们的影子开始朝另一个方向伸长,它还是紧跟在他脚后,纵然一只兔子几乎就从这人的脚底下窜出来,它也没有离开,接着它在蒙蒙亮的天光下挨着那人卧倒的身躯躺下,偎依着他那吃力地一起一伏的胸膛,他那响亮刺耳的鼾声倒不像痛苦的呻吟,而像一个长时间与人徒手格斗的人的哼哼声。

当他来到锯木厂时,这里什么人都没有,除了一个锅炉工——这个上了点年纪的人正从木堆边上转过身来,一声不吭地瞧着他穿过空地,他步子迈得很大,仿佛不仅要穿过锅炉棚,而且还要穿过(或是越过)那锅炉似的,那条昨天还是干干净净的工裤拖曳在地,给弄脏了,露水一直湿到他的膝部,头上那顶布便帽歪在一边,帽舌朝下,帽檐压在耳朵上,跟他平时的架势一样,眼白上有一圈红丝,显得焦急而紧张。"你的饭盒在哪儿?"他说。可是还不等那锅炉工回答,他就一步越过他身边,把一只锃亮的原来盛猪油的铁皮筒形饭盒从柱子的一根钉子上取下来。"俺光想吃你一块饼。"他说。

"你全都吃掉好了。"那锅炉工说,"午饭时俺可以吃别人饭盒里的东西。你吃完就回去睡觉吧。你脸色不好。"

"俺不是上这儿来让人瞧脸色的。"他说,在地上坐了下来,背靠着柱子,开了盖子的饭盒夹在双膝间,两只手把食物往嘴里塞,狼吞虎咽起来——仍然是豌豆,也是冷冰冰的,还有一块昨天星期天炸的鸡、几片又老又厚的今天早上炸的腌肉、一块婴儿帽子那么大的饼——乱七八糟,淡而无味。这时候小组工人三三两两地来到了,只听见锅炉棚外一片嘈杂的说话和活动声;不久,那白人工头骑了匹马走进空地。黑汉子没有抬起头来看,只把空饭盒往身边一放,爬起身来,也不朝任何人瞧一眼,就走到小溪旁俯身躺下,把脸伸向水面,呼噜呼噜地吸起水来,那劲头与他打鼾时一样,深沉、有力而困难,也跟他昨天傍晚站在空荡荡的屋子里用力呼吸时一样。

接着一辆辆卡车开动了。空气中搏动着排气管发出的急促的劈啪声和锯片的呜呜声、铿锵声，卡车一辆接一辆地开到装卸台前，他也依次爬上一辆辆卡车，在他即将卸下的原木上平衡好自己的身体，敲掉楔木，松开拴住原木的铁链，用他的铁钩拨拉一根根柏木、胶树木和橡木，把它们一根根地拖到坡道前，钩住它们，等他小组里的两个工人准备好接住它们，让它们滚到该去的地方，就这样，弄得每卸一辆卡车都带来长时间的隆隆滚动声，而人的哼声与喊声则是分隔开这隆隆声的标点符号，随着上午一点点过去，人们开始出汗，一声声号子此起彼伏。他没有和大伙儿一起吟唱。他一向难得吟唱，今天早上就不会跟其他早上有所不同——他又挺直了身子，高出在众人的头顶之上，他们的眼光都小心翼翼地避开，不去看他，他现在脱光了上身，衬衫脱掉了，工裤的背带在背后打了个结，除了脖子上围了一块手帕之外，上身全部裸露着，那顶扣在头上的便帽却紧压在右耳上，逐渐升高的太阳照在他那身黑夜般乌黑的一团团一股股布满汗珠闪闪发亮的肌肉上，成为钢蓝色，最后，中午的哨声吹响了，他对站在卸台下的两个工人说："注意了。你们躲开点儿。"接着他便踩在滚动的原木上从斜木上下来，挺直身子平衡着，迅速地踩着往后退的小碎步，在雷鸣般的轰隆轰隆声中直冲下来。

　　他的姨夫在等候他——那是个老人，身量和他一般高，只是瘦些，也可以说有点羸弱，他一只手里拿着一只铁皮饭盒，另一只手托着一只盖好的盘子；他们也在小溪旁树阴底下坐了下来，离那些打开饭盒在吃饭的工人有一小段距离。饭盒里有一只糖水水果瓶装的脱脂牛奶，用一块干净的湿麻袋布包着。放在那只盘子里的是一块桃子馅饼，还是温乎的呢。"她今儿上午特地为你烙的，"姨夫说，"她说让你上俺家去。"他没有回答，身子微微前俯，两只

266

胳膊肘支在膝头上,用两只手捏住馅饼,大口大口地吞食着,满含糖汁的饼馅弄脏了他的脸,顺着下巴往下淌,他一面咀嚼,一面急急地眨着眼,眼白上红丝更多也更密了。"昨儿晚上我到你家去过,可你不在。你姨妈叫我来的。她让你上俺家去。昨儿晚上她让灯亮了一夜,等着你去呢。"

"俺挺好的。"他说。

"你一点也不好。上帝给的,他拿回去了呗。你要好好相信他。① 你姨妈会照顾你的。"

"怎么个相信法?"他说,"曼妮干了什么对他不起的事啦? 他多管什么闲事,来瞎搅和俺跟……"

"快别这么说!"老人说,"快别这么说!"

这时候卡车又开始滚动了。他也可以不用对自己编造为什么呼吸这么沉重的理由了,又过了一会儿,他开始相信他已经忘掉呼吸这回事了,因为现在原木滚动时发出不断的轰隆轰隆声,他都没法透过噪音听见自己的呼吸了;可是他刚以为自己已经忘掉,又明白其实并没有,因此,他非但没有把最后一根原木拨到卸板上去,反而站起来,扔掉铁钩,仿佛那是一根烧过的火柴似的,在方才滚下去的那根原木的正在消失的余音中用手一撑,跳到了两块卸板之间,面朝着仍然躺在卡车上的那根原木。他过去也这样干过——从卡车上拉过一根原木,用双手举起,平衡一下,转过身子,把它扔在卸板上,不过他还从来没有举过这么粗的原木,因此,在一片寂静中,现在出声的只有卡车排气管的突突声与空转的电锯的轻轻的呜咽声了,因为包括白人工头在内的所有人的眼睛都在

---

① 《圣经·约伯记》第 1 章第 21 节:"我赤身出于母胎,也必赤身归回。赏赐的是耶和华,收取的也是耶和华。耶和华的名是应当称颂的。"姨夫这里是用俚俗语表达的。

盯着他，他用胳膊肘一顶，把原木顶到车帮边上，蹲下身子，把手掌撑在原木底部。一时之间，所有的动作都停了下来。那没有理性、没有生命的木头好像已经把自己的基本习性，惰性，传染了一部分给这个人，使他进入了半睡眠状态。接着有一个声音静静地说："他抬起来了。木头离开卡车了。"于是人们看见了缝隙和透出来的亮光，看着那两条顶紧地面的腿以难以察觉的速度在伸直，直到双膝顶在一起，通过腹部的往里收缩，胸脯的往外挺，脖子上青筋的毕露，那原木一点点极其缓慢地往上升，这过程中他一口白牙紧锁，上唇上抬，整个头部往后仰，只有那双充血、呆滞的眼睛没有受到影响，接着，那根平衡着的原木经过他的双臂和正在伸直的胳膊肘，终于高过他的头。"不过，他可没劲儿举着木头转身了，"说话的还是方才的那个声音，"要是他想动手把木头放回到卡车上，准会把他弄死。"可是没有一个人动弹。这时——倒也看不出他在拼命使劲——那原木仿佛突然自动地从他头上往后跳去，它旋转着，轰隆轰隆地从卸板上一路滚下去；他转过身子，只一步就跨过了斜斜的滑道，从人群中穿过去，人们纷纷闪开，他一直穿过空地朝树林走去，虽然那工头在他背后不断地喊道："赖德！喂，赖德！"

太阳落山时他和他的狗来到四英里外河边的沼泽地——那里也有一片空地，它本身并不比一个房间大，那儿还有一间小房子，是间一半用木板一半用帆布搭成的窝棚，有一个胡子拉碴的白人站在门口，瞧着他走近，门边支着一杆猎枪，他伸开手掌，上面有四枚银元。"给俺来一坛酒。"他说。

"一坛酒？"白人说，"你是说一品脱吧。今天是星期一。你们这个星期不是全都在开工吗？"

"俺不干了，"他说，"俺的那坛酒呢？"他站在那儿等候，目光

茫然,显然并不在看着什么东西,高昂的头稍稍后仰,充血的眼睛
迅速地眨着,接着他转过身子,那只酒坛挨着大腿挂在他那只钩起
的中指上,这时,那白人突然警惕地朝他的眼睛看去,仿佛是第一
次看到似的——这双眼睛今天早上还在很使劲很急切地瞪视,现
在却像什么也看不见了,而且眼白一点儿也没露出来——白人说:

"喂。把那只坛子还我。你喝不了一加仑①。我会给你一品
脱的,我给你就是了。完了你快点走开,再别回来。先别回来,等
到……"白人说到这里,伸出手去一把抓住坛子,对方把坛子藏在
身后,用另一条胳膊往外朝上一拨,正好打在白人的胸口上。

"听着,白人,"他说,"这酒是俺的。俺钱都付给你了。"

那白人咒骂了他一句:"不,还没有呢。你把钱拿回去。酒坛
给我放下,黑鬼。"

"这可是俺的,"他说,声音很平静,甚至很温和,脸上也很平
静,只有两只充血的眼睛在迅速地眨着,"俺已经付过钱了。"他转
过身去,背对着这个人和那支枪,重新穿过空地,来到小路旁,那只
狗在那儿等他,好再跟在他脚后走。他们急急地趱行在两面由密
不通风的芦苇形成的墙垣当中,这些芦苇给黄昏添上了一抹淡金
的色彩,也和他家的墙壁一样,多少让人感到压抑,感到憋气。可
是这一回,他没有匆匆逃离这个地方,却停住脚步,举起酒坛,把塞
住气味很冲而不够陈的烈性酒的玉米轴拔出,咕嘟咕嘟地一连喝
了好多口像冰水般又辣又凉的酒,直到放下酒坛重新吸进空气,他
都没有觉出酒的滋味与热劲儿。"哈,"他说,"这就对啰。你倒试
试俺看。试试看,大小子。俺这儿有足足可以打倒你的好东
西呢。"

---

① 1 加仑(合 4.5 公升)等于 8 品脱。

他刚从洼地让人透不过气的黑暗中走出来,马上又见到了月亮,他喝酒时,他那长长的影子和举起的酒坛的影子斜斜地伸开去,在咽下好几口银白色的空气之后,他才缓过气来,就对酒坛说:"现在看你的了。你总是说俺不如你。现在要看你的了。你拿出本领来呀。"他又喝酒,大口大口地吞咽着那冰冷的液体,在他吞咽的过程中,酒的滋味与热劲儿都像是变淡了似的,只觉得一股沉甸甸的、冰冷的液体带着一团火泻下肚去,经过他的肺,然后围裹住这正在不断地猛烈喘息的肺,直到那些肺叶也突然伸张收缩得自在起来,就像他那灵活的身躯在周围那堵银色的空气的厚墙里跑动时一样自在。他现在舒服得多了,他那跨着大步的影子和那条一路小跑的狗的影子像两团云影,在小山腰上迅速滑影;当他那一动不动的身躯和举起的酒坛在山坡上投下斜斜的长影时,他看见他姨父那孱弱的身影在蹒蹒跚跚地爬上小山。

"他们在锯木厂对俺说你走了,"老人说,"俺知道到哪儿去找你。回家吧,孩子。酒可帮不了你的忙。"

"它已经帮了俺一个大忙了,"他说,"俺已经回到家了。俺现在是给蛇咬了,连毒药也不怕了。"

"那你去看她呀。让她看看你。她只要求你做到这一点:让她看看你……"可是他已经在走动了。"等一等!"老人喊道,"等一等!"

"你可追不上俺。"他说,朝银色的空气讲话,用胸膛劈开那银色滞重的空气,这空气正开始在他身旁往后迅速地流动,就像在一匹疾驰的马身边流过一样。老人那微弱无力的声音早已消失在夜晚的广漠之中了,他和狗的影子很轻松地掠过了几英里路,他那深沉有力的呼吸也变得很轻松了,因为现在他身体舒服多了。

这时,他再次喝酒,却突然发现再没有液体流进他的嘴巴。他吞咽,却没有任何东西泻下他的喉咙,他的喉咙和嘴里现在梗塞着一根硬硬实实、一动不动的圆柱体,它没有引起反应,也不让人感到恶心,圆鼓鼓的、完整无缺,仍然保持着以他的喉管为外模的形状,从他的嘴里跳出来,在月光底下闪着亮,崩裂成碎片,消失在发出喃喃絮语的沾满露珠的草丛里。他再次喝酒。他的嗓子眼里又仅仅塞满了发硬的东西,弄得两行冰凉的涎水从他嘴角流淌出来;紧接着又有一条完整无缺的银色圆柱体蹦跳出来,闪闪烁烁的,这时他喘着气把冰冷的空气吸进喉咙,把酒坛举到嘴边,一边对它说:"好嘛。俺还要把你试上一试。你什么时候决心老老实实待在我让你待的地方,俺就什么时候不再碰你。"他喝了几口,第三次用酒灌满自己的食道,可是他刚一放下坛子,那闪亮的完整无缺的东西又出现了,他气喘吁吁,不断地往肺里吸进冰凉的空气,直到能够顺畅地呼吸。他小心翼翼地把玉米轴塞回到酒坛上去,站直身子,喘着气,眨巴着眼睛,他那长长的孤独的影子斜斜地投在小山冈上和小山冈后面,散开来融进那为黑暗所笼罩的整个无垠的夜空。"好吧,"他说,"俺敢情是判断错了。这玩意儿已经帮了俺的大忙。俺这会儿挺好的了。俺也用不着这玩意儿了。"

　　他能看见窗子里的灯光,这时他正经过牧场,经过那咧开银黑色口子的沙沟,小时候,他在这里玩过空鼻烟罐头、发锈的马具扣和断成一段段的挽链,有时候还能发现一只真正的车轮;接着他经过菜园,以前,每到春天,他总在这里锄草,他姨妈也总是站在厨房窗户里监督他;接着他经过那个不长草的院子,他还没学会走路那会儿老是在这儿的尘土里匍匐打滚。他走进屋子,走进房间,走到灯光圈子里,在门口停住脚步。脑袋稍稍往后仰,仿佛眼睛瞎了似的,那只坛子还挂在他弯起的手指上,贴着他的大腿。"阿历克姨夫说你要见俺。"他说。

"不光是要见你，"他姨妈说，"是要你回家，好让我们照顾你。"

"俺挺好的，"他说，"俺用不着别人帮忙。"

"不。"她说。她从椅子里站起来，走到他身边，抓住他的胳膊，就像昨天在坟墓边那样。这胳膊又像昨天那样在她手里硬得像铁了。"不！阿历克回家告诉俺你怎样在太阳还没有平西就从锯木厂出走，那时候，俺就明白是什么原因和怎么回事了。喝酒可不能让你好过些。"

"它已经让俺好过多了。俺这会儿挺好的了。"

"别跟俺撒谎，"她说，"你以前从没向俺撒过谎。现在也别跟俺撒谎。"

这时他说实话了。那是他平时的声音，既不悲哀也不带惊奇的口气，而是透过他胸腔的激烈的喘气平静地说出来的，而在这房间的四堵墙里再待一会儿，他的胸口又会感到憋气了。不过他很快就会出去的。

"是的，"他说，"喝酒其实并没有让俺觉得好过些。"

"它永远也不会！别的什么也没法帮助你，只有**他**能！你求**他**嘛！把心里的苦恼告诉**他**嘛！**他**是愿意倾听，愿意帮助你的！"

"如果**他**是上帝，也用不着俺告诉**他**了。如果**他**是上帝，**他**早就知道了。好吧。俺就在这里。让**他**下凡到人间来给俺行行好吧。"

"你得跪下！"她大声喊道，"你跪下求**他**！"可是与地板接触的并不是他的膝盖，而是他的两只脚。有一会儿，他可以听见在他背后，她的脚也在门厅地板上挪动着，又听见从门口传来她叫自己的声音："斯波特！斯波特！"——那声音穿过月色斑驳的院子传进他的耳朵，叫唤的是他童年时代和少年时代用的名字，当时他还没有和许多汉子在一起干活,也还没有跟那些浅棕色的记不起名字的女人厮混,他很快就把她们忘得一干二净,直到那天见到了曼妮,他说:"这种日子俺可过腻了。"从这时候起,人们才开始叫他赖德。

他来到锯木厂时,半夜刚过。那只狗已经走开了。这一回他记不得它是在什么时候和什么地方走开的了。最初,他仿佛记得曾把空酒坛朝它扔去。可是后来发现坛子还在他手里,而且里面也还有些酒,不过现在他一喝就会有两道冰凉的酒从他嘴角沁出来,弄湿他的衬衫和工裤;到后来,虽然他已不再吞饮,只顾走着,那走了味、没了劲儿、不再有热力与香味的液体却总使他感到彻骨的寒冷。"再说,"他说,"俺是不会朝它身上扔东西的呀。踢它一脚嘛倒是可能的,那是在它骨头痒痒又挨俺太近的时候。可是俺是不会朝哪条狗扔东西伤害它的。"

他来到空旷地上,伫立在悄然无声、堆得老高、在月光照耀下变成淡金色的木料堆当中,那只酒坛仍然在他手里。这时影子已没有什么东西来阻挠了,他站在影子中央,又像昨天晚上那样踩在它上面了,他身子微微晃动,眼睛眨巴眨巴地瞅着等候天明的木料堆、卸木台和原木堆,以及在月光下显得特别文静特别洁白的锅炉房。接着,他觉得舒服些了。他继续往前走。可是他又停了下来,他在喝酒,那液汁很冷,流得很快,没什么味道,也不需要费劲吞咽,因此他也搞不清楚到底是灌进了肚子呢还是流到了外面。不过这也没什么关系。他又继续往前走,那只酒坛现在不见了,他也不知道是在什么时候和什么地方丢掉的。他穿过空旷地,走进锅炉房,又穿了出来,经过定时开动的环锯的没有接头的后尾部分,来到工具房的门口,看到从板壁缝里漏出一丝微弱的灯光,里面黑影幢幢,有几个人在嘟嘟哝哝地说话,还听见发闷的掷骰子和骰子滚动的声音,他伸手在上了闩的门上重重地捶打着,嗓门也很大:"快开门,是俺呀。俺给蛇咬了,注定要死了。"

接着他走进门来到工具房里。还是那几张熟悉的脸——三个他那个装卸小组的工人、三四个管锯的工人,还有那个守夜的白人,后裤兜里插着一把沉甸甸的手枪,有一小堆硬币和旧钞票堆在他面前的地板上,还有就是他自己,大伙儿管他叫赖德,实际上也确是个赖德①,正站在蹲着的人群之上,有点摇晃,眼睛一眨一眨的,当那个白人抬起头来瞪着他时,他脸上僵硬的肌肉挤出了一副笑容。"让开点,赌棍们,"他说,"让开点。俺给蛇咬了,再来点毒也不碍事。"

"你喝醉了,"那白人说,"快滚开。你们哪个黑鬼打开门把他架出去。"

"好得很,头儿,"他说,声音很平静,那双红眼睛虽然在一眨一眨,下面的脸却一直保持着一丝僵硬的微笑,"俺没有喝醉。俺只不过是走不出去,因为你的那堆钱把俺吸引住了。"

现在他也跪了下来,把上星期工钱里剩下的那六块钱掏了出来,放在面前的地板上,他眨巴着眼睛,仍然冲着对面那个白人的脸微笑,接着,脸上仍然堆着微笑,看那骰子依次从一个人传到另一个人手里,这时那白人正在跟着别人下同样的赌注,他眼看白人面前那堆肮脏的、被手掌磨旧的钱在逐渐不断地升高,看这白人掷骰子,一连赢了两次双份,然后输了一盘,两角五分,这时骰子终于传到他手里,那只小盅在他握拢的手里发出发闷的嗒嗒声。他往众人中间甩去一枚硬币。

"押一块钱。"他说,接着就掷起来,看那白人捡起骰子扔回给

_____

① 赖德(rider),亦有"大个儿"的意思。

他。"俺要押嘛,"他说,"俺给蛇咬了。俺什么都不在乎。"他又掷了,这一次是一个黑人把骰子扔回来的。"俺要押嘛。"他说,又掷起来,白人一动他马上就跟着行动,不等白人的手碰到骰子就一把将他的手腕捏住,两人蹲着,面对着面,下面是那些骰子和钱,他的左手捏住白人的右腕,脸上仍然保持着僵硬、死板的笑容,口气很平静,几乎是毕恭毕敬的:"有人搞鬼俺个人倒不在乎。可是这儿的几位兄弟……"他的手不断使劲,直到白人的手掌刷地摊开,另一对骰子嗒嗒地滚到地板上,落在第一对骰子的旁边,那白人挣脱开去,跳起来退后一步,把手朝背后裤兜里的手枪摸去。

在他的衬衫里两片肩胛骨之间用棉绳挂着一把剃刀。他手一动,从肩后拉出剃刀,同时打开刀片,把它从绳子上拉下来,再把剃刀张开,让刀背贴紧他拳头的骨节,用大拇指将刀把往握紧的手指里塞,因此,不等拔出一半的手枪打响,他就确实用挥舞的拳头而不是用刀片打在那白人的咽喉上,同时乘势一抹,动作真干脆,连那人喷出来的第一股血都没有溅上他的手和胳臂。

2

事情结束之后——到结案一共也没有花多少时间;人们第二天就找到了那个凶犯,他给吊在锯木厂二英里外一所黑人小学的钟绳上,验尸官从一个或几个不知姓名的人手里接过他,作出已死的证词,把尸体交给他最亲的亲属,一共没用去五分钟——正式负责办理这个案子的副保安官在向他的妻子讲述事情的经过。他们是在自己的厨房里。副保安官的妻子在做晚饭。自从昨天半夜前不久监狱被劫、副保安官从床上被人叫醒投入行动以来,他忙个不停地跑了许多地方,由于缺乏睡眠,在不适当的时刻匆匆进食,如今已精疲力竭,正坐在炉子旁的一把椅子里,也变得有点歇斯底里了。

"那些臭黑鬼,"他说,"我向上帝发誓,咱们过去在这上头没出太多乱子,真可以算是奇迹。为什么这么说呢?因为他们本来就不是人。他们外表像人,也跟人一样站起来用后肢走路,而且会说话,你也听得懂,于是你就以为他们也能听懂你的话了,至少是有时候听得懂。可是要论正常的人的感情和情绪,那他们简直是一群该死的野牛。就拿今天的这个来说吧——"

"但愿如此。"他妻子粗暴地说。她是个胖墩墩的女人,以前挺漂亮,现在头发已经花白,脖子显得特别短,她看上去一点也没有手忙脚乱的样子,倒是很镇静从容,不过脾气很暴躁。还有,她当天下午刚到俱乐部去打过一次纸牌,赢了头奖,应该得五角钱,可是另一个会员半路里杀出来,硬要重新算分,结果这一局完全不算。"我只希望你别让他进我的厨房。你们这些当官的!就知道整日价坐在法院外面闲聊。难怪两三人就能走进去,从你们鼻子底下把犯人劫走。要是你们有一会儿把双脚和背脊从椅子、办公桌和窗台上挪开,他们可全都会搬走的呢。"

"伯特桑①家的亲戚可不止是两三个啊,"副保安官说,"这一条线上可有四十二张很活跃的选票呢。那天我跟梅丢②拿着选民名单挨个儿数过的。可是,你听我说——"这时他妻子端了一只碟子从炉子那边转身走过来。在她经过自己身边时,副保安官赶紧把两只脚收回来,她走到餐厅去,几乎是跨过他的身子走过去的。副保安官把声音提高一些,好让远处也能听见:"他的老婆是

---

① 伯特桑是被赖德杀死的白人守夜人的姓氏。
② 这是正职保安官的名字。

因为他才死的。是这么回事吧。可是他伤不伤心呢？在葬仪上，他简直成了个了不起的大忙人。人家告诉我，还不等大家把棺材放进坑，他就夺过一把铲了朝上面抢土，速度比一台铲土机还快。这可不算什么——"他的妻子又走回来了。他又把脚往里收，重新调整自己的声音，因为现在距离又近了："——兴许他对她的感情就是这样。没有哪条法律禁止一个男人把老婆匆匆忙忙地埋掉，只要他没干什么来匆匆忙忙地送她的终。可是第二天最早回来上班的就是他，除了那个锅炉工不算，那锅炉工还没把锅炉点着，他倒已经来到锯木厂了，就更不用说把水烧开了；要是再早来五分钟，他甚至可以跟锅炉工一起把伯特桑叫醒，让伯特桑回家去继续睡他的觉呢，或是干脆当时就把伯特桑的脖子给抹了，免得后来给大伙儿增加那么多麻烦。

"就这样，他来上班了，是来得最早的一个，麦克安德鲁斯[①]和别的人原来以为他会给自己放一天假的，因为他刚埋了老婆，连一个黑鬼也没法找到更说得过去的放假理由了，而在这种情况下，白人也得歇一天工以表示他对亡妻的深切哀悼，至于夫妻间感情如何那是另一回事，连一个小孩子也懂得既然工钱照拿，这样的假期不过白不过。可他偏不。他头一个来，不等上班的哨子吹完，就从一辆运木头的卡车上跳到另一辆，独自一个人抄起一根又一根十英尺长的柏树原木，扔来扔去仿佛那是火柴梗似的。然后，当所有的人终于拿定主意随他去，因为他是存心如此做的，他老兄却在下午的半中腰扔下手里的活就走掉了，连对不起、请原谅、明天见什么的都不跟麦克安德鲁斯或任何人说一声，却搞来了整整一加仑'保头疼劲赛骡'的私酿威士忌，径直回到锯木厂，参加掷骰子的

---

① 锯木厂的白人工头。

赌局,在这种赌局中,伯特桑用灌了铅的骰子骗厂里黑鬼的钱都骗了足足十五年了,这个赖德一屁股坐下来耍钱,自从他成了个半大不大的小子,能认清那些做过手脚的骰子上的点数以来,他一向心甘情愿地把工资的大约平均百分之九十九孝敬给伯特桑,可是这一回,五分钟后,他就一刀下去,干净利落,把伯特桑的喉咙一直割到颈骨那儿。"他妻子又经过他身边到餐厅去。他再次把脚缩回来,同时提高了嗓门。

"因此我和梅丢赶紧上现场去。我们倒不指望能帮上什么忙,因为这时候他没准已经过田纳西州的杰克逊了,天都快亮了嘛;再说,要找到他,最简便的办法莫过于盯紧在伯特桑家那些小伙子的后面。当然,等他们找到他之后,也就没什么值得往回带的了,不过至少可以了结掉这桩案子。所以说,我们上他家里去真是偶然又偶然的事;我现在都不记得我们为什么去,反正我们是去了;他老兄居然在家。是坐在插上闩的大门后,一只膝盖上放着把打开的剃刀,另一只上放着支装上子弹的猎枪吗? 不。他睡着了。炉子上有一大锅被他吃得一干二净的豌豆,他呢,正躺在后院大太阳底下,只有脑袋在廊檐下的阴影里,还有一条像熊和截去角的安格斯公牛杂交所生的狗,在后门口叫救火和救命似的没命地叫。我们摇醒了他,他坐起来,说,'没错,白人老兄。是俺干的。不过你们别把俺关起来。'这时梅丢说了,'伯特桑先生的亲戚倒也不想把你关起来。等他们抓到了你,你会呼吸到很多新鲜空气的。'于是他说,'是俺干的。不过你们别把俺关起来。'——他一个劲地劝说、开导保安官别把他关起来;没错儿,事情是他干的,是桩大坏事,可是现在要把他与新鲜空气隔离开来可太不方便了。因此,我们把他装上汽车,这时候来了一个老太婆——是他妈妈或是姨妈什么的——喘着气一路小跑,追了上来,要跟我们一块走,于是梅丢就使劲向她解释,要是伯特桑一伙赶在我们把他关进监狱之前找到我们,她也会吃什么苦头,可她还是要去,后来梅丢也说了,如果伯特桑那伙人真的追上我们,她也在汽车里没准倒是件好事,因为虽说伯特桑用自己的影响帮梅丢去年夏天赢得了那个辖区的选票,干扰法律的执行总是不能原谅的。

　　"因此我们也让她坐上车,把那个黑鬼带进城,稳稳妥妥地关进监狱,把他交给了克特钱①,克特钱带他上楼,那个老太婆也跟上去,一直跟到单人牢房,对克特钱说,'我是想把他带好的。他一直是个好孩子。他以前可从来没闯过祸。他事情做得不对,应该受到惩罚。可是不能让白人把他抢走呀。'克特钱后来烦了,就说,'他不先抹肥皂沫就给白人刮胡子,后果如何,你们俩早先就不会好好琢磨琢磨吗。'于是他把他们俩都关进了牢房,因为他也跟梅丢一样,认为有她在,万一出什么事,没准能对伯特桑家的小伙子们起一些好的作用,而且等梅丢的任期满了,说不定他自己要竞选个保安官或别的什么官儿当当呢。于是克特钱回到楼下去了,紧接着苦役队从外面回来,上楼到大牢房里去了,他就想短时间内不会出什么事,可是就在这时,突然之间,他开始听到喊叫声,倒不是大吼,而是喊叫,不过光有声音没有什么话语,于是他拔出手枪冲上楼梯朝大牢房跑去,苦役队就关在这里,克特钱朝小牢房一看,只见老太婆蹲伏在一个角落里,那个黑鬼把用螺丝拧紧固定在地板上的铁床干脆拔了出来,正站在牢房中央,铁床举在头上,就跟那是只小孩睡的摇篮似的,他对老太婆喊着说,'俺不会伤着你的。'说完便把铁床朝墙上摔去,接着走过来抓住那扇闩上的铁门,把它连砖头带铰链从墙上拽了下来,就走出牢房,把整扇门顶

_____

① 监狱看守人。

在头上，仿佛那是一扇纱窗，他吼叫道：'没事儿。没事儿。俺不想逃走。'

　　"当然，克特钱本来是可以当场开枪打死他的，不过就像他所说的，如果惩罚他的不是法律，那么享受优先权的应该是伯特桑家的小伙子们。因此克特钱没有开枪。相反，他窜到那些从那扇铁门前向后退却的苦役队黑鬼的背后，大声吼道：'抓住他！把他撂倒！'可那些黑鬼起先都缩在后面一动不动，等到克特钱用脚踢、用手枪柄揍他身边的那些黑鬼，他们才向赖德拥去。克特钱说，整整有一分钟，谁冲上去赖德就把谁抓起来扔到房间另一头去，就跟那是破布娃娃似的，一边嘴里还在说，'俺没打算逃走。俺没打算逃走。'到后来，大家终于按倒了他——只见一大堆黑脑袋、黑胳膊、黑腿在地上乱扭乱动，就跟水开了锅似的，可是就算到了这地步，克特钱说还不时会有一个黑鬼从地上给掀起，像一只飞鼠那样摊开着四肢，飞到房间的另一头，眼睛像汽车前灯似的鼓了出来，最后，他们总算按得他不能动了，克特钱就走近去，动手把压在上面的黑鬼一层一层扒开，看见他躺在最底层，还在笑，一颗颗眼泪像小孩玩的玻璃球那么大，顺着脸颊和耳朵边上往下滚，掉在地板上发出吧嗒吧嗒的声音，仿佛有谁在摔鸟蛋，他笑啊笑啊，还说，'你们弄得俺都没法动脑子了。我都没法动脑子了。'你看，这多有趣儿。"

　　"依我看，要是你还想在这个家里吃晚饭，你快给我在五分钟之内把它吃完，"他的妻子在餐厅里说道，"我要收拾桌子了，完了我还要去看电影呢。"

（李文俊　译）

路喀斯·布香

一

他①认识路喀斯·布香——跟任何白人一样知道他。也许除了卡洛瑟斯·爱德蒙兹以外（路喀斯就住在爱德蒙兹离镇十七英里外的农场上），他比别人更认识路喀斯，因为他在他家吃过一顿饭。那是四年前的初冬；当时他才十二岁，那事是这样发生的：爱德蒙兹是舅舅的朋友，他们在同一个时候在州立大学上学。舅舅是从哈佛和海德堡大学回来以后去州立大学的，为的是学到足够的法律知识以便当选做县政府律师。出事的前一天，爱德蒙兹进城来看舅舅谈一些县里的事务并且在他们家住了一夜。那天晚上吃晚饭的时候，爱德蒙兹对他说：

"明天跟我一起上我家去逮兔子吧。"接着对他母亲说，"明天下午我把他送回来。他拿着枪出去的时候我会派个童仆跟着他。"接着又对他说："他有条好狗。"

"他已经有个童仆在伺候他呢。"舅舅说。

然而爱德蒙兹说："他那个童仆也会逮兔子吗？"

---

① 即主人公查尔斯·莫里逊,爱称为"契克"。整个故事采用的是他的视角。

舅舅说:"我们可以保证他不会跟你那个捣乱的。"

于是,第二天早上他和艾勒克·山德跟着爱德蒙兹回家。那天早上天气很冷,是冬天的第一场寒流;灌木树篱挂了霜显得硬邦邦的路边排水沟里的死水结了一层薄冰就连九里溪的活水表面都亮晶晶的像彩色玻璃似的仿佛一碰就会碎从他们经过的第一个农家场院和后来经过的一个一个又一个的场院里传来不带风的强烈的木柴烟味他们可以看见后院里的黑铁锅已经在冒热气还戴着夏天遮阳帽的女人或戴着男人的旧毡帽穿着男人的长外套的女人在往锅底下塞柴火而工装裤外面围着用铁丝系着的黄麻袋片做的围裙的男人在磨刀或者已经在猪圈附近走动圈里的猪呼噜噜地咕哝着不时尖叫着,它们不太惊慌,没有张皇失措只是有点警觉仿佛已经感觉到尽管是模模糊糊地感觉到它们丰富多彩而又与生俱来的命运;到了傍晚时分整个大地将会挂满它们那鬼怪似的完整的油脂色的空荡荡的尸体它们是在脚跟处被固定起来其姿态犹如在疯狂地奔跑,仿佛笔直地扑向地球的中心。①

他并不知道那事是怎么发生的。那个童仆是爱德蒙兹一个佃户的儿子,年纪和个子比艾勒克·山德要大,而艾勒克的个子又要比他大,尽管他们的年纪一般大。那男孩在大屋里等着他们带着他的狗——一条真正的逮兔子的狗,有点猎犬血统,相当多的猎犬血统,也许大部分是猎犬血统,美洲赤提,是体黑而有深褐色或深红色斑点的捕浣熊的猎狗杂交的后代,也许一度还有点那种能指示动物所在地的小猎狗的血统,一条杂种狗,一条黑鬼的狗,一眼就能看出来它的本性跟兔子特别亲近,就像人们说黑人跟骡子特别友好一样——艾勒克·山德已经拿了他的飞镖——一个钉在一小段扫帚把上的拴铁路路轨的粗螺母——艾勒克·山德能把飞镖嗖嗖地头

---

① 由于福克纳是从契克的角度叙述,很多时候表现的是契克的意识流,因此不用标点符号把句子断开。译文试图尽量少用标点以保持原文的风格。

尾相接地旋转着投向在奔跑的兔子,其准确性跟他用猎枪差不了多少——艾勒克·山德和爱德蒙兹的童仆拿着他们的飞镖他拿着枪他们穿过庭园经过牧场来到爱德蒙兹的童仆知道的水面上架有一根木头可以踩着过河的小溪边,他并不知道那事是怎么发生的,那种事情发生在女孩身上也许可以想象甚至可以原谅但在别人身上就不应该也不可原谅,他踩着木头走了一半他根本没把这事放在心上因为他在围栏最上面那根木头上走过许多次而且距离比这个要长两倍突然那熟悉的十分了解的阳光普照的冬天的大地翻了个个儿平展展地倒伏在他的脸上他手里还拿着枪他急速猛扑不是脱离大地而是远离明亮的天空他还能记得冰面破裂时轻微而清脆的碎裂声记得他怎样在落水以后并不觉得震惊倒是在又浮出水面呼吸到空气时才激灵了一下。他把枪掉了只好扎猛子再潜到水里去寻找,离开冰凉的空气又回到水里他还是对水没有感觉,既不觉得冷也不觉得不冷连他湿漉漉的衣服——靴子和厚裤子和毛衣和猎装外套——在水里也不觉得沉重只是有点碍事,他找到了枪又使劲摸找水底然后一只手划着水游到河边一边踩水一边拽住一根杨柳枝一边把枪往上递直到有人接了过去;显然是爱德蒙兹的童仆因为这时候艾勒克·山德正使劲向他捅来一根长木杆,那简直是根原木,刚一捅过来就打在他脚上使他站立不稳把他的脑袋又弄到水底下还差一点让他失手松开了手里抓着的柳树枝后来有个声音说:

"把木杆拿开别挡着他让他好出来"——那只是个声音,并不是因为这不可能是别人的声音只可能是艾勒克·山德或爱德蒙兹的童仆而是因为不管是谁的声音都没有关系:现在他两只手抓着柳枝爬出了水面,薄冰在他胸前喀嚓喀嚓地碎裂,他的衣服像冰凉的软铅他不是穿着衣服在活动而是好像套上了南美披风①或海员

---

① 南美人穿的一种毛毡外套,领口开在中间,穿时从头部套入。

用的油布衣。他往岸上爬先看见两只穿着高筒靴的既不是爱德蒙兹的童仆也不是艾勒克·山德的脚,接着是两条腿上面是工装裤他继续往上爬站了起来看见一个黑人肩上扛了把斧子,身上穿着一件很厚的羊皮外套,戴着一顶他外祖父过去常戴的浅色宽边的毡帽,眼睛正看着他这就是他记忆中第一次看到的路喀斯·布香或者更确切地说他记得这是第一次因为你看见了路喀斯·布香就不会忘记的;他喘着气,浑身哆嗦着,这时才感受到河水的冰凉并为之震惊,他抬起头看见一张脸正在望着他没有怜悯同情或其他表情,甚至没有惊讶:只是望着他,脸的主人根本没做任何努力来帮助他从小溪里爬出来,事实上还命令艾勒克·山德不要去用木杆那唯一的表示有人试图帮助他的象征物——在他看来这张脸也许可能还不到五十岁甚至可能只有四十岁要不是有那顶帽子和那双眼睛还有那黑人的皮肤但这就是一个冻得直哆嗦并且由于震惊和劳累而直喘气的才十二岁的男孩所看到的一切因为望着他的那张脸的表情并没有任何色素,甚至没有白人所缺乏的色素①,不是傲慢,甚至也不是鄙夷:只是自有主见从容自若。然后爱德蒙兹的童仆对这个人说了句话,说了一个名字——有点像路喀斯先生——于是他知道这人是谁了,想起了那个故事的其他部分那是这个地区历史的一个片断,一个部分很少有人比舅舅更了解的历史:这个人是爱德蒙兹的曾外祖父②一个叫老卡洛瑟斯·麦卡斯

---

① 指路喀斯的表情不受他肤色的影响。

② 关于卡洛瑟斯·麦卡斯林家族,请参阅上海译文出版社于1996年出版、李文俊翻译的《去吧,摩西》的《译本序》第 IV 页及谱系图和主要人物表。路喀斯·布香是老卡洛瑟斯·麦卡斯林跟他的黑奴(也是他的女儿)所生的儿子的儿子。但老卡洛瑟斯·麦卡斯林并不是卡洛瑟斯·爱德蒙兹的曾外祖父。爱德蒙兹的曾祖母是老卡洛瑟斯·麦卡斯林的外孙女。福克纳的约克纳帕塔法世系小说中,同样的人物会在不同的小说中出现。但福克纳对有关他们的细节并不很注意,因此常常出现疏漏。

林的人的奴隶（不仅仅是老卡洛瑟斯的奴隶而且还是他的儿子）的儿子，现在他站着一直哆嗦着在他看来又有一分钟的光景那人站着看着他脸上毫无表情。后来那人转过身子，说话时连头都没回，他已经走了起来，甚至没有等一下看看他们是否听见了，更别说看看他们是否会服从他：

"上我家来吧。"

"我回爱德蒙兹先生那里。"他说。那人并不回头。他甚至没有回答他的话。

"拿着他的枪，乔。"他说。

于是他跟在他后面，爱德蒙兹的童仆和艾勒克·山德跟在他的后面，他们成单列沿着小溪朝桥和大路走去。很快他不再哆嗦了；他只是又冷又湿，不过只要他不断走动那冷和湿也会过去的。他们过了桥。前面就是那大门，车道从那里穿过庭园通到爱德蒙兹的家门口。那段路大约有一英里；也许等他走到爱德蒙兹的家宅他的衣服就已经干了身子也已经暖和了即使在他知道他不会拐进去或者在他没有拐进去以后，他还是相信他会在大门口向里拐进去的现在已经走过大门口，他还是对自己说他不进去的理由是，虽然爱德蒙兹是个单身汉家里没有女人，但爱德蒙兹本人很可能在把他送回他母亲身边以前不会允许他再走出他的房子，他一直对自己这么说尽管他知道真正的理由是他无法想象自己会违背那个大步走在他前面的人就像他不能违背他外祖父的旨意一样，并不是害怕他报复也不是由于他威胁要报复而是因为在他前面大踏步地走着的人跟他外祖父一样根本不可能想象一个小孩会表示违抗或藐视。

因此在他们走过大门时他根本没有收住脚步，他甚至连大门都不看一眼现在他们走的不是通往佃户或用人家的经常有人走的保养得很好的留有走路人脚印的道路而是一条崎岖的狭长的洼地半是水沟半是道路通向也带着一种孤独自处独立不羁难以对付的气派的山路然后他看见了那座房子,那个小木屋并且想起了那故事,那神话的其余部分:爱德蒙兹的父亲①怎么立下契约留给他的黑人嫡亲姑表兄弟和他的子孙后代那座房子和周围的十英亩土地——跟信封上的邮票似的永远位于那两千英亩种植园中心的一块长方形的土地——那没有油漆的木头房子,那没有油漆的尖桩篱栅,那人用膝盖撞开篱栅的没有油漆没有门闩的大门还是没有停下脚步也没有回过一次头而是大步走进庭院,他跟着他艾勒克·山德和爱德蒙兹的童仆又跟在他的后面。这里即便在夏天也是寸草不生;他完全能够想象那情景,整个一片光秃秃的,没有野草也没有任何树枝草根,天天早上路喀斯家的某个女人会用柳枝扎成的扫帚打扫尘土,把土扫成一系列复杂的螺旋涡或重叠的环圈这些图形随着白昼的消逝会渐渐地慢慢地被鸡屎和家鸡富有神秘含义的三趾脚印弄得面目全非变成微型的(现在十六岁时才想起来的)像巨蜥时期出现的地貌,他们四人走在不能算是人行道的道路上因为路面是土铺的可又比小径要好,用脚踩实的小道在两边用铁罐空瓶及插进地面的陶瓷碎片组成的边界中间笔直地向前延伸,通向没有上过油漆的台阶和没有上过油漆的门廊门廊边上摆着更多也更大的罐子——过去装糖蜜或者也许是油漆的一加仑容量的罐子和破旧的水桶或牛奶桶和一个削掉上半截的装煤油的五加仑大的罐子和半个从前某家人家(毫无疑问是爱德蒙兹的家)的厨房里的热水罐现在被竖着剖成了香蕉形——夏天里这容

---

① 在《去吧,摩西》中《灶火与炉床》这篇小说里,是爱德蒙兹的祖父而不是父亲为路喀斯"盖了房子专门划了几英亩地"。详见《去吧,摩西》,李文俊译,上海译文出版社,1996年,第101页。

器里长过花草现在里面还有东歪西倒的枯萎的茎梗和干枯的一碰就碎的卷须,它后面便是那房子,灰蒙蒙的久经风吹雨打不是没有上过油漆而是油漆漆不上去不肯接受油漆的摆布结果那房了不仅是那条严酷的没有得到修缮的小道的唯一可能的延续而且还是它的冠顶一如那雕刻的樗树叶子是希腊圆柱的柱头。

那人仍然没有停步,他走上台阶穿过门廊打开大门走了进去他跟了进去然后是爱德蒙兹的童仆和艾勒克·山德。从明亮的外边走进来门厅显得挺阴暗几乎是黑乎乎的他已经能够闻到那种他长这么大从未怀疑过总认为任何有一点黑人血统的人居住的地方必定会有的气味就跟他相信所有姓莫里逊的人都是循道公会的教徒一样,再往里走是卧室:地板是光秃秃的磨损了的相当干净没有上过油漆也没有地毯,房间的一角模模糊糊是一张巨大的有华盖的可能是从老卡洛瑟斯·麦卡斯林家里搬来的大床上面铺着色彩绚丽的百衲被还有一个破旧的廉价的大拉皮兹牌的梳妆台还有当时没看见的别的东西了或者至少没看到什么别的东西;只是在事后他才注意到——或者想起来他看到了——那凌乱的壁炉台上放着一盏有手绘花卉的煤油灯和一个塞满了拧成麻花形的报纸做的纸捻的花瓶壁炉台上面挂着一份平版印刷的三年前的彩色日历画面里波卡洪塔斯①穿着苏人②或奥吉布瓦人部落首领穿着的打褶皱的带流苏的鹿皮服装靠在以规则的几何图形布局的柏树花园上面的意大利大理石的栏杆上床对面的幽暗的角落里有一张彩色平

---

① 波卡洪塔斯(约1595—1617),北美波瓦坦印第安人部落联盟首领波瓦坦之女,曾搭救过英国殖民者约翰·史密斯。1614年跟英国移民约翰·鲁尔夫结婚,1616年去英国,受到上流社会的礼遇。此处福克纳讽刺日历作者不了解印第安人文化把她的服饰搞错了。

② 北美印第安人的一支,美国南部和加拿大北部的印第安人。

版印刷的两个人的肖像笨拙地镶在描金画架的描金木制镜框里。但这肖像他当时还没有看见因为它在他身后边他现在看见的只是那炉火——那用泥抹的大卵石砌的烟囱灰色的灰烬里一根垫底的烧了一半的大木柴红彤彤地闷燃着炉火边摇椅里有样东西他在没看到脸以前觉得是个孩子，后来他确实停了很长的时间好好地看了看她因为他又想起舅舅告诉他的关于路喀斯·布香或至少跟他有关系的另外一件事情，他看着她时才第一次意识到那男人年纪究竟有多大，必定有多老——一个身材娇小几乎像个洋娃娃似的肤色比那男人黑得多的老妇人披着披肩戴着围裙脑袋包着一块一尘不染的白布上面是一顶染色的带有某种装饰品的草帽。但他想不起来舅舅说过的话或告诉过他的事情后来他连他曾经记得舅舅告诉过他这件事都忘记了，他现在只是端端正正地坐在壁炉前面爱德蒙兹的童仆正在用劈开的木柴和松木片把火烧旺起来而艾勒克·山德蹲在地上拽掉他湿透了的靴子又脱掉他的裤子他站起来脱掉了外套毛衣和衬衣，他们两人都得在那男人的身前身后甚至脚下躲闪着而他又开双腿背对着火站在壁炉前面仍然穿着他的橡皮套鞋戴着他的帽子只是脱了他的羊皮外套后来那个老妇人站到他身边比只有十二岁的他和艾勒克·山德都要矮她胳臂上搭着又一条色彩绚丽的百衲被。

"全脱光。"那男人说。

"不我——"他说。

"脱光。"那男人说。于是他把湿漉漉的连衫裤也脱了然后他又坐在椅子里坐在现在变得明亮而火苗乱蹿的炉火前面，裹在百衲被里像个虫蛹似的，而且完全被那不可能搞错的黑人气味所包围——那气味要不是由于现在可以用分秒计算的时间里将发生一些事情他到死都不会考虑不会捉摸也许那气味并不真的是一个种族的气息甚至也不是贫困的气息而也许是说明一种情形:①一种思想,一种信念,一种接受,消极地接受了他们因为自己是黑人所以不应该有可以适当或经常洗涤的设备的思想甚至不应该经常洗涤沐浴的思想即使在没有洗刷设备的情况下;事实上人们更希望他们不接受这种思想。然而那气味现在毫无意义或者一时还没有意义;还要再过一个小时那事才会发生还要再过四年他才会明白那件事的余波有多深远对他有什么影响在他还没有意识到,在他承认他已经接受了那气味以前他就已经长大成人了。所以他只是闻了那气味就把它置之不理因为他已经习惯于这种气味,他这辈子断断续续一直在闻这种气味而且还会继续闻下去:因为他这辈子相当一部分的时间是在艾勒克·山德的母亲巴拉丽的小屋在他们的后院里度过的他俩小时候在天气不好的日子里就在那里玩耍巴拉丽会在大屋两顿正餐之间给他们煮一顿饭食他跟艾勒克·山德一起吃,在两人的嘴里那饭菜的味道完全一样;他甚至不能想象这种气味消失了一去不复返的时候生活会是什么样的。他一直在闻这种气味,他还将永远闻到这种气味;这是他无法逃避的过去的一部分,这是他作为南方人所接受的传统中的十分丰富的一部分;他甚至不必去排斥那气味,他只是不再闻到它就像长期抽烟斗的人从来闻不到已经成为他的衣服和衣服上的扣子和扣眼一部分的冷漠而呛人的烟油味,他坐在那里裹在百衲被温暖而浓烈的气息里甚至有点瞌睡起来,他听见爱德蒙兹的童仆和艾勒克·山德从他们靠墙蹲着的地方站起来走出屋时又有点清醒过来,但没太清醒,又陷入被子温暖的浓烈的气味而那人还一直站在他前面,背对

---

① 原文此处用冒号。福克纳有时用的标点符号不合规范。为保持原文风格,译文尽量不做改动。

着炉火反背着双手跟他从小溪里抬起头第一次看见他时完全一模一样只是两手紧握着没有了斧子和也没有了羊皮袄那人穿着橡皮套鞋和褪了色的黑人穿的工装裤不过工装裤的前胸横挂一条挺粗的金表链他们走进房间不久他觉得那人转身从凌乱的壁炉台上取下一样东西放进嘴里后来他看到那是什么东西：一根金牙签就像他亲外公用的那种牙签。那顶旧帽子是手缝的海狸皮做得很像他外公花三四十块钱一顶买来的那种皮帽，帽子不是端端正正地戴在头上而是有点歪斜帽子下面的面孔肤色像黑人但鼻子的鼻梁很高甚至有点弯钩从那脸上望出来的神情或者说从脸后面望出来的神情不是黑人的也不是白人的，一点都不傲慢甚至也不是蔑视：只是不容置辩说一不二从容不迫。

然后艾勒克·山德回来了，拿着他的衣服，衣服干了甚至由于刚从炉子上拿下来还有点烫，他穿上衣服，又蹬又踩地穿好发硬了的靴子；爱德蒙兹的童仆又蹲到墙根，还在吃手里的什么东西，于是他说："我要在爱德蒙兹先生家吃饭。"

那个男人既没抗议也没同意。他一动不动；他甚至都没看他。他只是平静而又不容争辩地说："她现在已经都把饭盛好了。"于是他走过那老妇人的身边，她站在门口闪开身子让他过去，他走进厨房：一张铺着油布的桌子放在朝南的窗户下太阳光照得很明亮的地方，他不知道他怎么会知道的，因为那里没有标志，没有痕迹，没有吃过的脏碗来表明——爱德蒙兹的童仆和艾勒克·山德已经在那里吃过饭了，他坐下吃了起来，显然吃的是给路喀斯准备的饭——甘蓝菜、一片油煎的裹着面粉的猪肋肉、大而扁的白白的挺油腻的半生不熟的小圆饼、一杯乳酪：也是黑人的饭食，他也接受了而又不予理会因为这正是他所预料的，这就是黑人吃的东西，显然因为这是他们喜欢的，他们所选择的食品；并不是十二岁的时候

(在他第一次对此事感到惊讶疑惑以前他就已经是个长大了的人)在他们长期的历史里除了那些在白人厨房吃饭的人以外这是他们唯一有机会学着喜欢吃的食物而且他们在所有食品中选择这些东西因为这就是他们的口味他们的新陈代谢;事后,十分钟以后然后在以后的四年里他一直企图告诉自己是那食物使他犯错误。但他会知道得更清楚;促使他做出最初的错误判断的错误的原因一直就存着在那里,根本不需要房子和百衲被的气息来怂恿他为了挺过那男人脸上望出来的(甚至不是对着他的,只是望出来的)神情;他终于站起身手里已经攥着那钱币,那五角钱的硬币回到另外那间屋子:因为他正好面对它他第一次看见那金色画架上的镶在金色镜框里的合影他走过去,在他还不知道他要那么做的时候就已经弯下腰定睛细看在那黑魆魆的角落里只有那金色的叶子闪烁发光。那肖像显然被修理过,从那有点折射光的球面圆盖的后面犹如从占卜者的水晶球的里面回望着他的还是那张大摇大摆歪戴着帽子的从容自如不容置辩的面孔,一个蛇头形的跟蛇头差不多大小的领扣把浆洗过的没有领带的硬领扣在浆洗过的白衬衣上,表链现在横着悬挂在细平布上衣里的细平布马甲的胸前只是那牙签不见了,他边上是那个娇小的洋娃娃似的女人戴着另外一顶绘着花的草帽披着另外一块披肩;这肯定就是那个女人尽管她看上去不像任何一个他以前见过的人接着他意识到事情远不是那么简单:那照片或者她这个人有些可怕的甚至不能容忍的不对头的地方。她说话他抬头的时候,那男人仍然叉着腿站在炉火前而女人又坐在几乎是摆在角落里老地方的摇椅上她并没有在看他他知道在他又一次走进屋子以后她还没有看过他一眼可她说:

"那是路喀斯干的又一件好事。"他说。

"什么?"那男人说。

"莫莉不喜欢这照片因为拍照的人把她的包头布摘掉了。"原来是这么回事,她有头发了;这简直像是透过棺材上密封的玻璃盖去看一具做过防腐处理的尸体,他想到莫莉,当然因为他现在想起来舅舅告诉他的有关路喀斯或有关他们俩的那些事情。他说:

"他干吗要摘掉它?"

"我叫他摘的,"那男人说,"我不要在房间里摆什么田里干活的黑鬼的照片。"现在他朝他们走去,把攥着五角钱的拳头放回口袋,又去摸那一毛钱和两个五分钱的硬币——这是他全部的钱财——把它们都攥到手心,嘴里说:

"你是从镇上来的。我舅舅认识你——加文·史蒂文斯律师。"

"我也还记得你妈妈,"她说,"她以前叫麦琪·丹德里奇小姐。"

"那是我的外婆,"他说,"我母亲也姓史蒂文斯。"他伸出手递过硬币;在他认为她会接受那些钱的同一瞬间他知道在那不可挽回的一瞬间他已是永远晚了一步,永远不能挽回了,他站在那里,缓缓流动的炽热的血液像分分秒秒似的缓缓地涌上他的脖子和面孔,那愚蠢的手永远伸开着,上面是四枚抛过光的铸压过的可耻的废料,终于那男人最后做了点至少表示怜悯的事情。

"这是要干什么?"那男人说,他仍然站着不动,甚至没有低下头看看他手心里的东西:又是一个永恒的时刻只有那炽热的死去的不流动的血液直到最后那血液终于汹涌奔腾使他至少能够忍受那耻辱:看着他的手掌翻了过来不是把硬币扔出去而是轻蔑地把它们倒下去让它们叮叮当当地掉在光秃秃的地板上又蹦了起来,其中一个五分钱的镍币甚至滚出一个长长的大大的弧圈发出干涩而轻微的响声好像是只小耗子在奔跑,接着是他的声音:

"捡起来!"

还是没有动静,那男人一动不动,反背着双手,什么都不看;只有那炽热的死去了的沉重的血液在汹涌奔流,从中传来那声音,并不针对任何人:"把他的钱捡起来。"接着他听见并看见艾勒克·山德和爱德蒙兹的童仆在靠近地板的阴影里俯下身子乱转起来。"把钱给他。"那声音说。他看见爱德蒙兹的童仆把两个硬币放到艾勒克·山德的手心,感到艾勒克·山德的手拿着那四枚镍币摸索着找他垂着的手把钱塞进他的手里。"现在走吧打你们的兔子去,"那声音说,"离那小溪远一点。"

二

于是他们又走在明亮的冷空气里(虽然现在已经是中午气温可能已经到了今天的最高点),又从小溪的桥上走回去(突然,他四下张望,他们已经沿小溪走了差不多半英里地而他一点都不觉得)那狗把一只兔子赶到一块棉花地旁边的荆棘丛里又在疯狂的乱吠乱叫中扑上前去把它赶出来,那惊慌失措的黄褐色小东西一瞬间看上去缩成一团呈球形像个槌球不过在接着的一刹那变得很长就像一条蛇似的窜出荆棘丛跑在狗的前面,它的小白尾巴一晃一晃地在只有残枝剩梗的棉花垄里左拐右拐地奔跑就像玩具小船的船帆在起了风的池塘水面漂浮这时艾勒克·山德在荆棘丛的另一边大声喊叫:

"开枪啊! 开枪打啊!"接着说,"你为什么不开枪打它?"而他不慌不忙地转过身子稳步走到小溪边从口袋里掏出那四枚硬币抛到水里。那天夜里他躺在床上彻夜不眠他知道那顿饭并不仅仅是路喀斯所能提供的最好的东西而是他可以提供的全部食物;他今天早上上那里去不是做爱德蒙兹的客人而是做老卡洛瑟斯·麦卡斯林农场的客人路喀斯明白这一点而他不知道所以路喀斯打败了他,他叉着腿站在壁炉前连反背在身后的手都没动一下就拿了他①自己的七毛钱并且用这些钱把他打倒,他辗转反侧无可奈何却又气愤万端,他已经对这个他只见过一次面而且是只不过在十二小时前才见到的男人有了想法,正如第二年他了解到乡下全部地区每一个白人多年来一直在琢磨这个男人:我们得首先让他像个黑鬼。他得承认他是个黑鬼。那时候我们也许会按看来他希望大家接受他的方式去接受他。因为他马上开始了解到更多的关于路喀斯的事情。他不是亲耳听到的:他只是了解到,任何一个熟悉那一带乡下的人所能告诉他的关于那个黑人的一切事情那黑人像任何白人一样称女人为"夫人"他对你说"老爷"或"先生"如果你是白人的话但你知道他心里并不把你当老爷或先生他还知道你明白这一点可他甚至并不等待,甚至并不看你敢不敢采取下一步的行动,因为他根本不在乎。比如说,有这么件事。

那是三年前一个星期六的下午在离爱德蒙兹农场四英里的一个十字路口的商店里每逢星期六下午有一段时间里附近的每个佃户每个地主每个终身享有不动产的人不管是白人还是黑人都至少要路过那里一般来说会停留一下常常还会买点东西,那些上着鞍子被缰绳勒伤的骡子和马都拴在泉水下方被人踩来踩去的泥地里的柳树桦树和悬铃木树上而它们的骑手把小店挤得水泄不通一直挤到门前面落满灰尘的软长椅,他们或站或蹲喝着瓶装的果味汽水啐着烟叶汁不慌不忙地卷着香烟从容不迫地划着火柴去点燃已经抽完的烟斗;这一天有三个在附近锯木厂当工人的年纪比较轻

---

① 指契克。

的白人,都有点喝醉了酒,其中一人以好吵架好用武力出名,这时路喀斯走了进来穿着那件他进城或星期天才穿的已经穿旧了的黑色细平布西服戴着那顶做工精致的旧帽子还有那根粗表链和那根牙签,于是发生了一件事情,那故事并没说或者甚至并不知道是件什么事情,也许是路喀斯走路的样子,他走进来不跟任何人说话便径直走到柜台前买他的东西(那是五分钱一盒的薄脆姜饼)转身把盒子的一头撕掉把牙签拿下来放进前胸的口袋里晃晃那盒子往手心里倒出一个姜饼放进嘴里,也许什么事都没有就足够惹事了,站着的那个白人忽然对路喀斯说起话来,说什么:"你这个该死的傲慢的犟头倔脑的臭里叭唧的脑袋长刺的爱德蒙兹的兔崽子。"而路喀斯嚼着姜饼咽了下去手里的盒子已经在另一只手的上方侧了过来,非常缓慢地转过头看了那白人一阵子然后说:

"我不叫爱德蒙兹。我跟这些新来户没关系。我属于老家老辈的。我是个麦卡斯林。"

"你要是脸上带着这副神情还在这儿走来走去的话你就会变成诱捕乌鸦的烂尸肉。"那白人说。大约有一分钟或者至少有半分钟的时间路喀斯带着沉思默想平静冷漠的神情看着那白人;他一只手里的盒子慢慢地侧过来直到又倒出一块姜饼落在他另一只手的掌心,接着他掀起唇角,唝吸了一个上牙,在突然的静寂里显得挺响但并无含义既不是嘲弄也不是反驳甚至都不是不同意,完全没有任何一点含义,而是几乎漫不经心地唝了一下,好像一个在广漠百里的孤独中吃姜饼的人——要是他吃的话——会唝一下上牙似的,然后说:

"是啊,我以前听说过这种说法。我还注意到提起这话头的人还都不姓爱德蒙兹。"话音未落那白人已经跳了起来同时伸手往背后乱摸他身后的柜台上有六七根犁杖上的单驾横木他抓起一根已经开始往下揍去这时店主的儿子,他也是一个很活跃的年轻人,不是绕过柜台就是从柜台上跳了过来一把抓住那个人结果那横木没有伤害任何人只是飞过过道砸在那冰凉的炉子上;这时另外一个人也抱住了那个白人。

"出去,路喀斯!"店主的儿子扭头说。可路喀斯还是没有迈步,他神色平静,甚至并不含有嘲笑,甚至并不表示蔑视,甚至并不很警觉,那花里胡哨的盒子还在左手倾斜着小饼还在右手里,他只是在观望而店主的儿子和他的伙伴正使劲拦着那满嘴白沫怒骂不已的白人。"滚出去下地狱去,你这个该死的傻瓜!"店主的儿子大声喊。只是在这时候路喀斯才有所动静,不慌不忙地转过身子朝门口走去,一边把右手送到嘴边,因此在他出门时他们看得见他嘴巴一上一下有节奏地咀嚼着。

因为有那五角钱。实际数目当然是四枚硬币七角钱但他从那最初一秒钟的短促瞬间起就把它们换成演绎成一个硬币一个整数从体积和重量都跟它微不足道的可换算的价值不成比例;事实上有时候那煎熬他的后悔心情也许只不过是羞愧难当的心绪或者不管什么样的难受心境终于暂时筋疲力尽甚至消停安宁他便会告诉自己至少我有五角钱,至少我有点东西因为现在不光是他的错误和由此带来的耻辱而且还有这件事的主角——那个男人、那个黑人、那房间、那时刻、那一天——都被锤炼成消融于那硬币所象征的坚硬滚圆的含义之中他似乎看见自己躺着观望着毫无遗憾甚至很平和因为那硬币一天天地膨胀到巨大的极限,终于永远固定地悬挂在他的痛苦的黑暗洞穴里像那最后的死去的没有亏缺的月亮而他自己,他自己弱小的身影对着硬币指手画脚而又微不足道拼命地要遮盖硬币的光芒却又白费心血;拼命而徒劳但又不屈不挠因为他现在永远不可能停止永远不可能放弃因为他并不仅仅损害自己的男子气概而且伤害了他的整个种族；每天下午放学以后还有星期天整天，除非有球赛或者他去打猎或者有些别的他想干或需要干的事情，他总是到舅舅的办公室去接接电话或跑腿做杂事，这一切都出于某种类似责任心的东西即使并不是真正的需要；至少这体现了他想承担一些自己的价值的愿望。他在孩提时期在他几乎还不会记事时就开始这么做了，那是出于他从来不想追究的对他母亲的唯一的兄弟的盲目而绝对的依恋，从此他就一直这么做了；后来，在十五岁、十六岁、十七岁的时候，他常常会想到那个关于一个男孩和他的宠物小牛的故事，每天男孩都要把小牛抱起来放到牧场围栏的外边；一年年过去了，他们或长大成大人或成为大公牛了，可那牛还是天天被抱着越过牧场的围栏。

他抛弃了他的小牛。离圣诞节还有不到三个星期的时间；每天下午放学后和星期六整天他不是在广场就是在看得见广场，可以观察广场的地方。天气又冷了一两天，接着就变暖和了，风力缓和了，然后明亮的太阳施展威力天又下起雨来，可他还是在街上溜达或站在街头那里商店橱窗里已经都是玩具圣诞节商品炮仗彩色灯泡常青树金银箔的街头，或者隔着杂货店或理发店蒙着水蒸气的窗户看里面乡下人的面孔，那两包东西——给路喀斯的四根一毛二分五一根的雪茄烟和给他妻子的一个平底玻璃杯的鼻烟——用五颜六色的圣诞礼物包装纸包好的东西就在他的口袋里，一直到他终于看见爱德蒙兹并把东西交给他请他在圣诞节早晨送过去。不过，这仅仅偿还了（以加倍的利息）那七角钱；那每天夜里悬挂在愤怒与无奈的黑暗深渊里的死去的可怕的没有热气的圆片依然存在：要是他先就当个黑鬼，只当一秒钟，小小的微不足道的一秒钟，那该有多好啊。于是在二月里他开始攒钱——父亲每周给他当零用钱的两角五分和舅舅的作为在他办公室工作的薪水的两角五分钱——到五月里他攒够了钱在母亲的帮助下挑了件带花的仿真丝的裙衫用农村免费投递的方式寄给卡洛瑟斯·爱德蒙兹转交莫莉·布香终于他有某种类似无忧无虑的感觉因为那愤怒已经过去他所不能忘却的只是那悲哀和那耻辱;那圆片仍然悬挂在那黑暗的洞穴,但几乎快有一年了,那洞穴不再那么黑暗了,那圆片变得暗淡他可以在圆片下入睡了,因为就连神经衰弱的人最后也会在他那越来越亏缺和没有光彩的月亮下打瞌睡的。接下来是九月。还有一周就要开学了。一天下午他回到家里母亲正等着他。

"这儿有样东西给你。"她说。那是一桶容量为一加仑的新鲜的家制的高粱做的糖蜜。她还没有把话说完他早就知道答案了:"有人从爱德蒙兹先生家那边给你送来的。"

"路喀斯·布香,"他说,几乎是喊了起来,"他走了有多久?他为什么不等我?"

"不,"母亲说,"他没有亲自送来。他是派人送来的。一个白人孩子骑着头骡子送来的。"

那就是发生的一切。他们又回到他们开始的地方;一切又要从头做起;这一次情况更糟糕因为这一次路喀斯命令一个白人孩子把他的钱捡起来还给他。接着他意识到他根本不可能从头做起因为要是他把那桶糖蜜送回去扔进路喀斯的前门的话,那只不过是把硬币事件重演一遍让路喀斯再指挥某个人捡起来还给他,更何况他还得骑上那匹小孩子才骑的设得兰矮种马他已经太大了不好意思再骑了(只不过他母亲还不同意让他有一匹完全长大的大马或者至少是他想要的舅舅答应给他的那种像个模样的大马)走十七英里的路到他家门口把桶扔进去。事情只能是这样了;任何可以或可能解救他的办法的不仅是他力所难及而且还超越了他的

298

知识范围;他只能等待着如果解救那一天会来到的话,如果没有那一天的话他也只好在没有的情况下如此这般地过日子。

四年后他几乎已经自出了十八个月他以为事情就那样了结了。老莫莉死了她跟路喀斯生的女儿跟着丈夫搬到底特律去了他现在终于通过偶然的间接的迟到的传闻听说路喀斯一个人住在那房子里,孤身一人无亲无故倔强而难以对付,显然没有朋友不仅没有他自己那个种族的朋友他甚至还颇以此自豪。他又见到过他三次,在镇上广场里而且并不都是在星期六——事实上他在最后一次见到他以后又过了一年才发觉从来没有看见他在星期六进城来而乡下其他所有的黑人还有大多数白人都是在星期六到镇上来的,甚至连他见到他的那几次中间的间隔都差不多是整整一年他能见到路喀斯并不是因为路喀斯的到来是种巧合正好赶上自己偶尔穿过广场而是因为他①正好赶上路喀斯每年必须进城来的时候——但不是在周末而是跟那些不是农民而是种植园主,那些像商人医生和律师那样穿马甲打领带的白人一样是在工作日里,仿佛他拒绝,他不肯接受某个不单是黑人而且是乡下黑人的行为方式中哪怕是小小的规范,他总是穿着描金画架上那张照片——肖像里的那套显然当年很昂贵但现在已经破旧然而刷得很干净的细平布做的黑西服还有那顶歪斜的做工精细的帽子他外公时代的上过浆的白衬衫没有领带的活领很粗的表链以及那根跟外公放在马甲前胸口袋里的牙签一模一样的金牙签。他第一次见到路喀斯是在第二年冬天②是他先开的口虽然路喀斯马上就认出他来;他谢谢他送的糖蜜而路喀斯的回答跟外公在这种场合上说的话一模一

---

① 指契克。
② 指契克掉到小溪后的第二个冬天。

样,只是用词和语法有点差别：

"今年的糖蜜做得不错。我做的时候想起来男孩子总是喜欢吃甜的东西喜欢好的糖蜜的。"他继续往前走,又扭头说,"这个冬天别再掉到小溪里去。"后来他又看见过他两次——还是那黑西服、那帽子、那表链,但再一次见到他时没有了那根牙签这一次路喀斯笔直地看着他,从五英尺外笔直地看着他的眼睛然后走了过去他想他已经把我忘记了。他甚至不再记得我了一直到差不多又过了一年舅舅才告诉他莫莉在一年前去世了。他当时没有花心血没有费时间去考虑舅舅怎么那么巧会知道这件事(显然是爱德蒙兹告诉他的)因为他已经在飞快地往回计算时间;他抱着一种被证明无罪的感觉一种解脱几乎是一种胜利的心情,想:当时她刚去世。那就是他没看见我的原因。那就是他为什么不带牙签的原因怀着一种惊讶的心理想他在伤心。你并不一定非得不是黑鬼才会伤心悲哀接下来他表现自己在等候,经常去广场就像两年前老在找爱德蒙兹要给他那两件圣诞节礼物请他转交,他白等了那以后的两个月三个月四个月才忽然想到他以前总是一年在镇上看到路喀斯一次总是在一月或二月然后他第一次明白这是什么道理:他是来付一年一度的土地税。于是那是在一月末,一个明亮而寒冷的下午。他在微弱的阳光下站在银行的拐角看见路喀斯从县政府大楼里走出来穿过广场对着他走过来,穿着那黑西服那无领带的衬衫那趾高气扬地歪戴着的做工精致的旧帽子,走路时腰板挺得如此笔直使得外套只是在肩部垂下来的地方才碰到他的身体他已经能够看见那根翘起来的歪斜的金牙签的亮光他感觉到自己面部的肌肉开始紧张,他等候着后来路喀斯抬起眼睛又一次笔直地看着他的眼睛大约有四分之一分钟然后往别处看他笔直走过来甚至为了从他身边走过去而往边上绕了几步走了过去又继续前进;他也没有回视路喀斯的目光,只是站在微弱的阳光下站在马路牙子边沿心想这一回他甚至没有去想我是谁。他甚至不知道我是谁,他甚至没有费心思去忘掉我。甚至带着平和的心情想:事情过去了。就是这样了因为他自由了那个三年来使他无论醒着还是睡着都心神不安的人已经走出他的生活。当然他还会再见到他;毫无疑问在路喀斯的余生里他们还会像这样每年一次在镇上的街道里相遇并且擦肩而过但就是这么回事了。其中一个不再是那个人而只不过是命令两个黑孩子捡起他的钱还给他的那个人的鬼魂;另外一个只不过是那个孩子心中的记忆他拿出钱来要给他后来把钱扔在地上,他带入成年时期的只有那日渐淡却的一鳞半爪的有关那古老的一度使他几乎疯狂的耻辱痛苦与不是报仇雪恨而是重新肯定他的男子气概和白人血统重新平等化的需要的记忆。到了某一天其中一个甚至不再是那个叫人捡起那些硬币的人的鬼魂而对另外那一个来说那耻辱和痛苦不再是想得起来可以回忆的事情而只不过是一次呼吸一句悄悄话就像那男孩在消逝的童年里所吃过的小酸模①的又苦又甜又酸的味道,只是在品尝的一瞬间才记得在它被想起来被回忆起来以前就已经被忘却了;他能够想象他们两个人成为老人,在很老的时候的某次相遇,到了人们称之为活着的痛苦的某个时刻相遇,由于缺乏更好的言词人们只好如此这般地称呼那赤裸裸的无法麻醉的神经末梢的痛苦那时候不仅他们度过的岁月就连他们那年龄相差的半个世纪都跟煤堆里的沙子一样难以区别无法统计他对路喀斯说:我就是那个孩子当年你分给我一半你的饭而我想用那时候大家称之为七角钱的钱币来付给你为了挽救面子我能想到的只是把钱扔在地板上。你还记得吗?而路

---

① 一种羊爱吃的带酸甜味的青草,叶子比较窄,开红花。

喀斯说:那是我吗?或者换个方式,倒过来是路喀斯说我就是那个在你把钱扔在地板上不肯捡起来的时候让两个黑鬼捡起来还给你的人,你还记得吗?这一回他说那是我吗?因为现在一切都过去了。他把另一半面孔也转了过去并且被接受了。① 他自由了。

(陶 洁 译)

---

① 见《圣经·新约·马太福音》第 5 章第 39 节:"不要与恶人作对。有人打你的右脸,连左脸也转过去由他打。"